美しい人

佐多稲子の昭和

佐久間文子

まえがき

佐多稲子《さたいねこ》（一九〇四—九八）の作家としての活動期間は長い。

最初の作品「キャラメル工場から」を窪川いね子の名義で雑誌「プロレタリア芸術」に発表したのが昭和三（一九二八）年、二十三歳のときで、最後の随筆集『あとや先き』（中央公論社）を出したのが平成五（一九九三）年、八十八歳だから、戦争をはさんで六十五年の長きにわたって、コンスタントに作品を発表してきたことになる。

本や雑誌に掲載された佐多稲子の写真を見ると、その美しさはきわだっている。どの年齢の彼女も美しいが、眉のあたりに煙るような憂いをたたえた若いときの美貌と、老年の、眼鏡をかけて、きりっと口を引き結んだ凜とした美しさには、別人と言っていいほどの隔たりがある。この変貌を遂げるまでにいったい何があったのだろう。

幼いときに母と死に別れ、家の経済を助けるために小学校を五年でやめて働き始めた。デビュー作の舞台になった神田和泉橋の化粧品工場（注・キャラメルもつくっていた）や上野の料亭などを転々とした。少しでも本に近いところにいたいと職場に選んだ日本橋丸善の女店員時代に見初められて資産家の大学生に嫁ぐが、妻を「貧乏人」と見下す夫との結婚はすぐに破綻する。絶望して自殺をはかり、長女を妊娠中にも夫とともに薬を飲んで心中を企て、二人とも命は取りとめたが大きな新聞記事になる。子どもを産んだあとに離婚が成立、本郷のカフェに勤め始めたときに知り合った貧しい文学青年と再婚するが、彼は何度もほかの女性と恋をする。相手の一人は彼女の友人でもある作家の田村俊子だった。

戦争中は軍部に協力を求められ、戦地を訪ねて記事や小説を書いた。戦後になると、そのことを作家仲間から指弾され、戦争責任を問われる。彼女の言葉を借りれば、「恥辱に身をさらした」。

一度や二度の挫折ではない。何度も何度もつまずき転んで、そのつど立ち上がり、顔を上げて曲がりくねった道を再び歩き出した。転ぶたびに内省を深めて歩幅を確かめ、自分の傷を核にして作品にふくらませていった。

作家になるにあたって、本郷のカフェの女給をしていたときに客として知り合った中野重治や堀辰雄、夫となる窪川鶴次郎ら雑誌「驢馬」の同人と偶然に出会ったことが大きい。詩を書いていた彼女に散文を書くようにすすめ、原稿を読んで小説に書き直すように言い、タイトルを「キャラメル工場から」と改めたのは中野である。

稲子には「驢馬」という雑誌の値うちがわかっていた。翳りのある美貌はもちろん目をひいたと思うが、頭の良さはそれ以上に若い文学青年たちの心をとらえ、熱心に応援する気持ちにさせたことだろう。そこだけ切り取れば一篇のシンデレラストーリーだが、作家にとって幸運なデビューはその後の幸運な作家生活を保証しない。実力からかけ離れたスタートを切ることがマイナスに働くことも多い。

長く第一線に立ち続けられたのはひとえに彼女自身の力、才能と運、たゆまぬ努力、逆境から立ち上がる強い精神力によるものだと思う。

未来のなさを嘆いて厭世観にとらわれ、自殺することばかり考え暗い目をしていた少女は、どのような人生を送って、たくましく変化していったのか。

自分で自分の顔をつくりあげていった人として、私は佐多稲子という作家に興味を持ち、彼女の小説を読んできた。

昭和という長い時代を生きた一人の女性作家の跡を追いながら、彼女の作品を読んでいくことにする。

もくじ

【おことわり】

写真の版権、所蔵の著作権については可能な限り調査を行いましたが、権利者が特定できない場合もございました。

お気づきの点がございましたら、お知らせください。

本書はWeb連載「美しい人　佐多稲子の昭和」を加筆、
修正したものです。
【芸術新聞社ウェブサイト】
http://www.gei-shin.co.jp

第一章

彼女の東京地図

二〇一三年三月最後の日曜日、私はひとりで隅田公園まで足を延ばした。

東急田園都市線が半蔵門線に乗り入れているので、世田谷にある自宅から押上まで、乗り換えなしに一本で行ける。押上駅で下車して地上に出ると、巨大なスカイツリーに見下ろされた。観光客の長い列を横目に川沿いの道を歩き出す。

桜の見ごろはこの週末が最後だと、天気予報が告げていた。隅田公園は花見の客でいっぱいだったが、川の向こう岸に比べると、にぎわいはいくぶん控えめである。

公園に入ってすぐのところに、堀辰雄の住居跡を示す碑があった。

堀辰雄は稲子と同じ明治三十七（一九〇四）年生まれで、わずかな期間だが同じ向島小学校に通っていた時期がある。在校中はたがいのことを知らなかったが、堀は、同じ向島で育った稲子に、なにかと親切にしてくれた。

家の事情で小学校を途中でやめざるをえなかった彼女のために、アテネ・フランセの入学手続きをして月謝を払い、通学定期券まで買ってくれた。月謝を払う余裕がなくなると、向島の自宅に呼んで、自分でフランス語を教えた。稲子が窪川鶴次郎と一緒になったあとのことである。

稲子が十一歳のとき、父田島正文が勤め先の三菱長崎造船所を突然辞めて、一家は上京する。三囲《みめぐり》神社に近い長屋の一軒を見つけてきたのは正文の弟、稲子にとっては叔父にあたる佐田秀実である。

私の住んでいた長屋はこの土手下の、かたかたとどぶ板を踏んでゆく路地奥にあったのだが、今はもう見当のつけようもない。向島小梅町と、美しい名の所だった。

『私の東京地図』

昔日のおもかげを失った隅田川土手の懐かしい景色を稲子はそんなふうに追想する。

昭和二十一（一九四六）年、この文章を書いたときの稲子は再訪しても長屋の跡を見つけられなかったが、いまではだいたいの場所がわかっていて、すみだ郷土文化資料館の敷地の一角に佐多稲子旧居跡を示す案内板がある。

正文はまだ三十歳にもなっておらず、これといった仕事のあてもなかった。たちまち暮らしに困るようになり、正文がたまたま新聞の募集広告で見つけた神田和泉橋のキャラメル工場で、稲子はその年の暮れから働き始める。

家を見つけてくれた佐田秀実が正文と姓が違っているのは、父方の伯母の嫁ぎ先へ養子に入ったためである。兄の一家が上京してまもなく、秀実は栄養失調から心臓脚気を患い寝付いてしまった。生活力のない兄たちの巻き添えになっても、キャラメル工場を辞めた稲子が上野の料理屋に奉公に出るとき、「とうとういね子も落ちてゆくか」と涙をためて見送ってくれた優しい人だった。

叔父が死にゆくとき、料理屋の奉公人であった稲子は急いで帰ることを許されなかった。

「お前が帰ったところで、叔父さんの命が助かるわけでもあるまい」

と、善良な主人も店の忙しさには、子守娘にも暇が惜しくて、私は叔父の死に急ぐことが出来ない。次の朝掃除をすまして向島の家へ帰るとき、私は吾妻橋の上を駆けて通った。格子を開けて入ると、もう家の中はひっそりしていて、叔父の寝床は蒲団の裾がととのえられている。(略)叔父はもう息を引きとってしまっていた。

『私の東京地図』

稲子が五十七歳のときに発表した「水」という短篇がある。料理屋で奉公している主人公の幾代のもとに「ハハキトクスグカヘレ」の電報が届く。いつも優しい主人は忙しさの中で幾代が家に帰ることを許さない。次の朝、「ハハシンダ、カヘルカ」と次の電報が来たとき、主人の妻が「あんたが帰ったって、死んだものが生きかえるわけでもないしねえ」と言うのを、幾代は固い顔で聞いている。佐多稲子の小説で好きなのは「水」と挙げる人も多い名短篇の中に、幼い日のつらい記憶が、その日の憤りが、そのまま息づいている。

秀実は、いっとき小説を書いていて、新聞に紹介されたこともあった。早逝した叔父への思いが、窪川鶴次郎と離婚した後に選んだ佐多（戸籍名は秀実と同じ佐田）という名前にこめられているように思える。

幼い稲子は、向島小梅町の長屋から神田和泉橋のキャラメル工場まで、歩いて通うことがあった。

電車賃の七銭は、朝の割引だと五銭になったが、その五銭が用意できないことがあった。

家を出て、三囲神社から隅田川の土手へと上がり、枕橋へ出る。朝日麦酒の前を通って吾妻橋を渡り、言問《こととい》を通り過ぎて和泉橋まで、まだ暗いうちに家を出て、蔵前のあたりを歩く途中で、街燈の電気が消えた。

稲子が歩いた道のりを私もたどってみる。

三囲神社から土手に出て、首都高速六号線の下を、墨堤《ぼくてい》の花見客を避けながら歩く。アサヒビールの前を通り過ぎるとき、『私の東京地図』の、こんな一節を思い出した。

吾妻橋のそばには、何故あんな大きな、松屋などという百貨店が建ってしまったのだろう。浅草のような庶民の街に、こんな高層建築が建つと、建物そのものが威圧を感じさせるし、しかもそれが民衆の消費を狙って、恥かしげもなく子ども騙しの娯楽場を作ったり、町相応の安物をびらびらさせたりしてあったので、場違いのものに強引に割り込まれた上で馬鹿にされているような、そんな気がしたものだ。

稲子らしからぬ、嫌悪感がストレートに出た文章だ。

いつまでたっても見慣れるということがない、フィリップ・スタルクが設計したアサヒビールの新社屋が完成したとき稲子は健在だった。どんな感想を持ったか聞いてみたい気になる。スカイツリーについても感想を知りたいところだ。「場違い」と言われた松屋浅草店は、扱う品物の種類を大幅に減らして「百貨」を商うことを止めてしまった。日本最古の常設屋上遊園地とうたわれた「プレイランド」も、二〇一〇年に閉鎖されている。

吾妻橋を渡って松屋と雷門を抜けたあとの道のりは詳しく書かれていないが江戸通りをまっすぐ進むことにする。厩橋のあたりにあった問屋に、かつて稲子は雑記帳を届けたこともあった。叔父の佐田秀実が、小学生用のノートの表紙に絵を描く内職を請け負い、稲子もときどき手伝った。印刷代より手間賃が安い時代だったのだろう。完成したノートを届けると、工賃と次の材料が渡される。通りにはいまも、造花や仏具を扱う小さな問屋が軒を並べていた。

浅草橋で神田川を渡り、さらに右手に折れる。

和泉橋というのはいまの岩本町のあたりで、稲子が勤めていたのは柳原河岸にあった堀越嘉太郎商店の工場だった。「ホーカー液」という美白液を派手な宣伝で売り出し、クラブ化粧品や御園化粧品といった大手に次ぐ規模の会社だったらしい。「ホーカースイート」というキャラメルもつくっていて、稲子たち女工はキャラメルを包む合間に化粧水のガラス瓶の洗浄を手伝わされた。

向島から和泉橋まで、きょろきょろしながらとはいえ、大人の足でも二時間近くかかった。わき目もふらず歩いたとしても、十一歳の少女は往復するだけでくたくたに疲れ果てたことだろう。

東京へ来る前、稲子は東京には三輪田女学校や跡見女学校、横浜にはフェリス女学院といった学校があることを知っていた。そういう女学校に入れるかしらという少女の夢はたちまち打ち砕かれたが、おどろきながらも環境の激変を耐え忍び、周囲をよく観察する賢さがあった。

和泉橋の上に立つと、神田川の川面に白いユリカモメを見かけた。

佐田秀実が二十四歳で死んだとき、稲子が見ている前で、葬儀屋の男たちは丸桶に入れて運び出すために遺骸の脚をぽきんぽきんと折った。この青年がかつて夢を抱き、生活苦の中でも希望を失わず、東京の街を歩いたことを彼らは知らない。そのときの気持ちを思い出しながら、『私の東京地図』には叔父とのこんな挿話が記されている。

吾妻橋の上に立ちどまって、川上の方を眺めながら、川の上を低くまい飛んでいる鷗を指してこの叔父は、私にそれをおしえるのが自分もたのしそうに言ったことがある。

「鷗だがね。隅田川の上では、都鳥っていうんだよ」

正実が見た都鳥がユリカモメである。

佐多稲子が『私の東京地図』として刊行する連作短篇を書き始めたのは昭和二十一（一

九四六）年のことで、雑誌「人間」に「版画」「下町」「池之端今昔」を、「展望」に「挽歌」を、「婦人文庫」に「坂」を、というふうに、およそ二年にわたって、いくつもの雑誌に次々発表していった。四十代になった稲子は、向島、上野、日本橋、神楽坂、目黒、本郷と、自分が移り住んだいくつもの街と、そこに住む人の姿を、自分自身の歩みと重ねて描いていった。

焼け跡となった東京の街に立って記憶の地図を広げると、そのときどきの年齢の稲子がいる。敗戦の年の暮れ、プロレタリア文学の作家が「新日本文学会」を創立したとき、稲子は発起人から外された。戦地慰問など、戦争中の行為が戦争協力にあたると指弾されたためで、発起人の一人として名前を挙げたのが中野重治、選ばれなかった決定を伝えにきたのも中野で、稲子を批判したのは宮本百合子だった。

決定に抗う気持ちが稲子にはあった。「驢馬」の時代からの友人である中野には、実際に「だって……」と口にしている。

「だって……」に続く言葉は書き残していない。戦争に協力するつもりなどなかった。作家として、この目で戦地を見たかった。そうした言葉をとっさに飲み込んだのかもしれない。

稲子が戦地に行くとき、仲間たちはそのことに反対せず、了解していたはずだという思いがあった。敗戦の年に離婚した元夫の窪川鶴次郎は文学会の発起人に入っていたし、ほかにも戦争協力的な文章を書いていた人が発起人には含まれていた。

だからといって、自分に責任がないと言いたいわけではない。あのときはしかたなかった、ではすまされないものがたしかにあった。戦地へ出かけて時局に迎合した文章を書いたのはやはり間違いで、そうなったのには自分の弱さがあったのではないか――。自責で苦しみながら書かれたのがこの連作だった。

平成二十三（二〇一一）年、『私の東京地図』が講談社文芸文庫に入ったとき、作家の堀江敏幸は毎日新聞でこう書評している。

　歩いている人にしか見えてこない光景がある。ただし、何もしなければ漫然と流れていくだけの眺めを、日々の暮らしのなかで深く身体に染み込ませることのできる人とそうでない人がいて、たとえば佐多稲子はまちがいなく前者に属していた。

だれもが古い過去を切り離して、新しい日本に目を向けようとしていたとき、稲子はひとり、昔の東京を自分のうちに呼び戻し、古い地図の中に自分を立たせた。苦しみながら書かれたものなのに、『私の東京地図』は不思議に感傷にも悔悟にも流されない。

映画でいうところのアップとロングの視点を切り替えながら、昔も今も変わり続ける東京の姿を映し出す。戦前と戦後が地続きであることが、「歩く人」である稲子には身体で感じられている。

『私の東京地図』の「挽歌」の章には、若き日の宮本百合子も出てくる。稲子が丸善の女店員をしていたころ、麻のハンカチやフランスの香水など贅沢な外国製品をもとめて店に来る常連客を描いたあとにこんな一節が続く。

「伸子」の作者を最初に見たのもここであった。一人の人間のものの言い方や態度の系統というものは、おそろしいほど、年月を経ても変らないものだ。

第二章　長崎の海の青さに

十一歳まで長崎で育った稲子にとって、ふるさとの海の色はいつも、とくべつな青に映った。

長崎の海の色が東京近くの海の色とちがうのを知ったのは、私が二十五年ぶりに長崎へ帰ったときだ。大波止《おおはと》に立って見た海の色は、東京あたりのその色が青黒く澄んでいるのにくらべて青に乳色をまじえたような色であった。それを見たとき私は、何か西洋の絵の色を見るような気がした。

『私の長崎地図』

「西洋の絵の色を見るような気がした」というその海の青さへの感動は彼女のなかで長く保たれ、「乳色をおびた蒼い海」「乳色のまじった青い海」といった表現は、長崎を描く文章にたびたび登場する。乳色は、おそらく光をたっぷり含んだ海の青なのだろう。

故郷を離れて一家で上京したのが大正四（一九一五）年で、四半世紀たった昭和十五（一九四〇）年に初めて、再訪することができた。書きおろしの長篇小説『素足の娘』が新潮社から出たあとの六月、朝鮮総督府鉄道局に招待されて友人の壺井栄と朝鮮半島を旅行した帰りに、長崎に立ち寄っている。

長崎時代の稲子も、転々と住む場所が変わっている。

長崎での少女時代を描いた『私の長崎地図』の記述をたどると、生まれてから長崎を離れるまでの十一年間に、少なくとも九回は転居している。ひとつのところに一年と少ししかいなかった計算で、このことは稲子の生い立ちと深くかかわっている。

稲子が生まれた家は「お諏訪さま」と呼ばれる諏訪神社から近い八百屋町《やおやまち》にあった。赤渋を塗った格子の入った二階建てで、棟割りというのだろう、一軒の家をふたつに分けていた。

稲子が生まれたとき、父正文は数え十八歳の中学生、母ユキは十五歳の女学生で、年若い二人はすぐに結婚することができなかった。妊娠がわかって親族から「不義の子はひねりつぶしてしまえ」という声も出るなか、正文とユキは産む選択をする。人目を避けたのだろう、それまで住んでいた佐賀から、正文の母タカの長崎の実家、タカの弟田中梅太郎が跡を継いだ家に身を寄せ、明治三十七（一九〇四）年六月一日、ひっそりと長女イネ

（注・幼名はフミ、文子）を出産する。

赤ん坊は、梅太郎の家で奉公していた山本マサの非嫡出子として届けが出された。戸籍の出生日は九月二十五日で、そのころは届けが遅れることは珍しくなかったとはいえ、子どもの身分をどうするか、すぐには決められなかったのかもしれない。マサはその後、梅太郎と結婚、イネは梅太郎夫婦の長女となり、二年後にユキが第二子を妊娠して正文たちは結婚届を出し、長男正人が生まれる。それから三年後に稲子は「養女」として田島家の戸籍に入った。

若い父と母の結びつきを稲子は、「〝春のめざめ〟のような初々しい恋」「若い二人の愛らしい情熱」とおおらかに肯定する。戸籍の上では養女でも、若い両親は、はじめての子どもを手放さず、自分たちの手元に置いて育てた。

父正文は旧制の県立佐賀中学を卒業すると、三菱造船所の書記の仕事につき、大波止の港から対岸の造船所まで、毎日、船で通った。正文の給料だけでは暮らしがたちゆかなかったのだろう、県立高女を中退したユキも、稲子と弟の正人をタカと正文の妹俊子に預けて、諏訪公園の入口、いま日本銀行長崎支店が建つ場所にあった長崎商品陳列所で受付の仕事を始めた。長崎商品陳列所は、明治三十（一八九七）年、地元の特産品の販路を広げるために設けられた商業施設である。

伊良林《いらばやし》、十人町《じゅうにんまち》、出来大工町《できだいくまち》と、一家は長崎市内を転々とする。稲子が勝山小学校に上がるころは、東中町の借家に住んでいた。県知事官舎から近いこの家に住んでいたときに、ユキが結核に侵されていることがわかる。

ユキは佐賀の実家で養生することになったが、たびたび自宅に戻って娘の小学校入学のしたくなどにこまごまと気を配った。おしゃれな人だったのだろう、稲子は紫のモスリンの袴にハイカラな白エプロンをつけ、ボタンで止める靴を履いて登校した。ほかの子は木綿のカバンだったが、稲子のカバンは牡丹色に光る繻子《サテン》製だった。

あたしは、何かしら、赤という色が好きなんです。それは、遠く母親の揃えてくれた牡丹色のカバンにつながる想いなのかも知れません。心の底に沈んでいる色……。あの牡丹色が、あたし、とっても、好きだった。

『年譜の行間』

自伝的小説の多い稲子は作品としての「自伝」を残していない。「別冊婦人公論」の編集者が聞き手となって同誌に連載した『年譜の行間』が「自伝」にかわるものとしてあり、その中で母の思い出をこう語っている。

ようやくカタカナの読み書きができるようになった稲子が書いた手紙に、療養中のユキから半紙に鉛筆で書いた返事が届く。「ヨクベンキョウヲシテ／ヨイオクサンニナルヨウニ」――まだ七歳の娘にこう書いたとき、若い母親は自分の命が長くないことを察していたのだろう。

小学校の初めての夏休みが終わりに近づいたころ、ユキが「みんなに逢いたい」と言ってよこし、稲子は父と祖母と弟と一緒に佐賀にいる母を見舞う。

二日ほどそばで過ごして長崎に帰った日にユキが死んだと知らせてきた。二十二歳（かぞえ年）の若さだった。


ユキが亡くなった一年後に、正文は再婚している。

相手は琴と生け花の師匠で、尺八が上手だった正文とは音楽を通して知り合ったらしい。「人の気持ちを察しすぎる」と稲子は自分自身について書いているが、そうした性格は長崎で過ごした子ども時代に培われた。

正文と二番目の妻の人間的な相性はよかったが、彼女は二人の子どもの母親になる気持ちは薄かったようだ。

稲子はこの継母に西洋人形を買ってもらったことがある。しばらくして継母が入院することになり、稲子が見舞うと枕元に同じような人形があった。継母の人形は目をつぶるようになっているが、稲子にくれた人形は目をつぶらない。一人娘で、祖母にも母親にも可愛がられて育った継母は、ごく自然に良い方の人形を自分のものとし、継子には質の落ちるものを渡す、お嬢さん育ちの女性だと稲子は理解した。

継母の実家は、正文の勤め先である造船所に近い瀬の脇にあった。正文は西山に家を借りていたが、継母が稽古のために毎日、実家に帰るようになると、正文ともども瀬の脇の実家で暮らすようになる。稲子と正人もしばらく瀬の脇で一緒に暮らしたが、祖母のタカが借りた上筑後町《かみちくごまち》の家に引き取られる。祖母のところに戻るとすぐ、稲子は長く寝ついた。ご飯が食べられなくなり、無理に食べると気持ちが悪くなって吐いてしまう。医者に診せてもどこも悪くないと言われる。

当時は診断がつかなかったが、「この症状は小児神経衰弱なんですね」と後年になってふりかえっている。

ストレスである。正文は新しい妻の家に行ったきり、給料も持ってこなくなった。二人の孫を押し付けられたタカと正文のあいだでいざこざが絶えなかった。

昭和二十九（一九五四）年に「家庭朝日」に連載した「子供の眼」という中篇小説に、

子どもながらに神経をすり減らした、せつない思いが投影されている。母親が死に、父親の再婚相手を迎えた家庭を、小学三年生の男の子の眼から描いたもので、少年がとらえる父親のいら立ち、実家と夫との間で板挟みになる継母の困惑は、幼いころの稲子が鋭敏な神経で感じとったものである。

正文は結局、琴の師匠と別れ、稲子が十歳のときに三度目の結婚をする。

タカは、正文と三番目の妻とのあいだに、わざわざ稲子を寝かせるようなことをした。嫁いびりであろう。稲子が眠ったとみて正文は妻を隣に来させようとするのだが、「いやばい、暑うして」と拒まれてしまう。寝たふりをしながら稲子は、そんなやりとりを聞いていた。具体的なことはわかっていなくても、なにか夫婦の営みがあることは漠然と承知していた。

このころ稲子は、年上の男の子から手紙をもらっている。

取り巻きのいる、ボス的存在で、稲子自身は好きでもなんでもなかったけれど、「鉛筆の走り書きをお許し下さい」という書き出しが大人っぽくてしゃれていると感心した。山登りに誘われ、帰り道で稲子が下駄の鼻緒を切らすと、その少年は自分の草履を脱いで取り巻きに渡し、取り巻きが稲子に差し出す、芝居がかったふるまいをした。

長崎は早熟かも知れない。だからあたしは、もしもあのまんま長崎にいて、女学生かなんかになっていたら、不良少女になっていたんじゃなかろうか、と。その虞《おそ》れ、なきにしもあらず。

『年譜の行間』

そんな稲子の初恋は小学一年生のときで、相手は同じ組の級長、稲子は女の子の級長だった。正文が再婚した後、タカが借りていた上筑後町の家は、その男の子の家の裏にあり、寺町のはずれにあった光源寺に、作り物のお化けの見世物を手をつないで見に行っている。

話すときにどもるくせのあったその少年は、『私の長崎地図』では「野中軍治」という名前になっている。稲子に聞き書きした『年譜の行間』では、この人はのちに、「東北のお料理屋の主人になった」と明かしている。

同じ『私の長崎地図』で、小学校に通学する船で一緒になることが多かったという歌人の川口千香枝は本名で書かれているので、「野中軍治」も本名の可能性はあるが、仮名だとすれば、生涯を通じて稲子の理解者であった中野重治を連想させる、と思うのは考えすぎだろうか。

人の気持ちを察しすぎるのと同時に、「よく言えばさっぱりした、悪く言えばねばりの足りない」ほうで、これは幼いころ南国長崎の街中を転々としたことが影響していると、稲子は自分についてそう書いている。海の色や風の感触、黄色い陽光といった自然だけでなく、再訪した故郷では、南国の光をいっぱいに浴びて育った少女たちの、すこやかに伸びた、張りのある丸い脚にも、稲子は長崎らしさを感じた。

私の性格の根を大まかに操れば、手で造ったお菓子ではなく、木に成った果物の単純さにあるような気がする。

『私の長崎地図』

長崎は古くからポルトガルとの貿易港として栄え、江戸幕府の鎖国政策下でも、出島は唯一の外国に開かれた港として機能していた。中国人街があり、明治の一時期は外国人居留地も置かれた。殿様のいない天領で、旅人が行きかう国際都市には、稲子の言葉を借りれば、「街全体が間貸しをしているような」開放性があった。

東中町の家で暮らしていたとき、隣家の夫婦の妹がたまに訪ねてきた。妹の子どもは稲子と同年配で、父親が日本人ではなかった。勝山小学校の同級生にも同じような子どもがいて、随筆でもたびたび彼女たちの思い出を書いている。

キッチ（キティ）・マルゲルソン、高平ツルという二人の幼なじみと、長崎という土地の雰囲気は稲子の中で分かちがたく結びついている。

イギリス人の親を持ち、天理教の孤児院のようなところに預けられていたキッチ・マルゲルソンと、ほかの同級生と一緒に、新しくできた町の写真館で撮影した記念写真が残っている。市内の寺で育てられていた高平ツルの母親は丸山遊郭の遊女で、黒人の血をひくことがわかる容貌のツルは、長崎という開けた土地でも同級生からいじめられることがあった。

稲子は二人と仲良しだったが、ツルを馬の役にして、彼女の背に乗って駆けっこをして遊ぶことがあった。役割を交代して稲子がツルを背負ったことはなく、痛みとしてその記憶が残った。

キッチとツルは稲子が長崎を離れたあと二人で撮った写真を送ってくれている。写真館で撮ったらしい写真の台紙には「おなつかしき田島いね子様へ」と書かれていた。

のちに、キッチ・マルゲルソンが福岡で幸福な結婚生活を送っていると同級生から知らされた。ツルがどんな人生を送ったかは書いていない。

稲子の祖母であるタカは、長崎奉行所の役人の娘として物堅く育った人だが、娘時代に中国人から月琴の手ほどきを受けて、「九連環」や「算命曲」といった歌をうたうことができた。稲子も耳で覚えて、意味はわからないままうたっていた。

「カンカンイー　スウヌテキュウレンクワン」——。「九連環」は唐人から伝わり、「明清《みんしん》楽《がく》」と総称される曲のひとつ。明清楽は、江戸から明治にかけて全国的に流行し、二十世紀初めには、びっくりするほどたくさんの教則本が出版されている。ちなみに落語の「らくだ」に出てくる、「かんかんのうきゅうのれんす」というかんかん踊りの歌は、「九連環」の卑俗な替え歌ということである。

日清戦争を機に人気が衰え、いまは知る人も少ない。だが中継地点の長崎では保存会がつくられ、演奏会が開かれたり、「ぶらぶら節」に形を変えて歌い継がれている。

後年、稲子は東京でこの「九連環」や「算命曲」を聞く機会があった。昭和五十二（一九七七）年七月九日、国立劇場小劇場で「近世の外来音楽」という催しが開かれ、久しぶりに聞く異国の歌を、いまなお自分が覚えていることを書き留めている。

タカの夫は医者で、三井炭鉱の診療所の所長をつとめていた。何不自由なく暮らしていたが、正文が十歳のときに夫が亡くなり、さらに息子の妻が若くして亡くなってからは、家庭を顧みない息子に二人の孫の世話を押し付けられ、苦労のし通しだった。遊びに出かける息子を、白木綿の湯文字に袖のない襦袢という下着姿で追いかけることもあったが、本来おしゃれで、暮らしを楽しむすべを知る女性だった。

「長崎もんは、食い倒れ、着倒れ、というてネ」が口癖で、余裕があるときは鯛を買い、鯛のしっぽを台所の壁に貼った。「長崎もん」にとっては、しっぽの数が多いほど自慢になるのだった。

のんきな正文は、時折、稲子を連れて遊びに出かけ、丸山の洋食屋で雑誌「青鞜」の女たちが飲んだというペパーミントの青い酒を娘に飲ませた。出島にあった倶楽部（在留外国人と日本人の社交の場だった長崎内外倶楽部）で正文が玉を撞《つ》くのを見ながら、ミルクの入った紅茶を飲み、初めてキャラメルというものを食べさせてもらった。

このときの稲子は、自分がこのあとキャラメル工場で働くことになるのをもちろん知らない。

稲子も弟の正人も、学校の勉強がよくでき、二人そろって級長に選ばれたが、父親である正文は、会社の人に言われるまでそのことを知らなかった。

作家になった稲子は、長崎出身の文芸評論家山本健吉（一九〇七―八八）と親しく、山本が亡くなったときの追悼で、彼が卒業した師範学校の付属小学校を自分も受験して落第した、と書いている。正文は県立佐賀中学校を卒業しているし、ユキも県立の高等女学校に進んでいて、彼女の存命中は教育熱心な家庭だったのだろう。

正文は弟の佐田秀実にすすめられて「中央公論」や「新小説」を購読しており、小学生のころから稲子はそういう雑誌の小説欄を読んでいた。「万朝報」の夕刊が配られると、門口のところに立ったまま小説を読んだ。学校から帰ると、カバンを放り投げて内中町にあった貸本屋に向かった。尾崎紅葉の『金色夜叉』や柳川春葉『生《な》さぬ仲』、渡辺霞亭『渦巻』、菊池幽芳『毒草』と、そのころ大流行していた家庭小説のほか、立川文庫の『真田十勇士』なども手あたり次第に読んでいった。

祖母タカは、娘時代、八百屋町の紅殻《べんがら》格子の家のなかから毎日、本を読む声がするのが感心だと、創刊まもない地元紙に取り上げられたことがあるという。叔父の秀実も、友人を頼って小間物屋の店番をしつつ文学を志していたときに「文壇の若武者、深谷に身を忍ぶ」と「埼玉日日新聞」の記事になっている。本好き、文学好きの血筋なのだろう。

図書館に初めて連れていってくれたのも早稲田の学生だった秀実である。小学校へあがる前の稲子は、まだ入館資格がなかったが、特別に入れてもらえることになった。事務員の部屋で、桃太郎の絵本を見ながら、叔父の勉強が終わるのをおとなしく待っていた。

稲子は作文もうまかった。小学三年生のときに「正月休みの思い出」を書く宿題が出て、父親に連れられ別府と博多へ行ったことを書いている。
「東公園にある日蓮上人の銅像の頭の上にとまっている鳩が、雀のように小さく見えた」
と書いた綴り方は、鳩の小ささを書くことで銅像の大きさがわかると先生に褒められた。文章による描写を意識する、最初の経験だった。東京にいる天皇陛下に綴り方を提出するというので、授業が終わったあと居残りを命じられて半紙に清書し、一字間違えるごとに初めから書き直さなくてはならなかった。

あるとき正文が、「お前は、女文士にしてやろう」と言った。活動写真の弁士と聞き違えた稲子が「弁士は好かん」と言ったため、弁士ではない、文士というのは小説を書くのだと正文が訂正した。島村抱月を識《し》っていた秀実を通して、正文も、東京の文士たちの空気をなんとなく聞き知っていたらしい。

三度目の結婚もうまくいかず、それが面白くなかったのか、会社にいづらくなったのか、正文は三菱造船所を辞め、秀実を頼りに東京に行くことを決めてしまった。稲子たちもすぐに後を追うことになり、稲子と正人の転校願いをタカが勝山小学校に出しに行った。事情を知らない女性の担任教師は、東京に行くというのに晴れがましさを感じたようで、明るい笑顔で送り出してくれた。

売れるものはすべて売り、わずかな家財を荷造りして籐のバスケットや信玄袋に詰め、タカと稲子と正人、嫁ぎ先の炭屋から強引に連れ戻された正文の妹の俊子の四人は、暗くなってから停車場へ向かった。

　周囲には引っ越しを知らせていなかったが、近所の年寄りがひとりだけ見送りに来た。その人を相手に、タカが泣きながらなにごとかを語っていたのを稲子は覚えている。どこから聞きつけたのか、米屋が借金を取り立てていったのを見て、自分たちの出立が「小さな夜逃げ」であることを悟り、停車場の待合室ではしゃぐ弟を制しながら夜汽車が来るのを静かに待っていた。

右から稲子、叔父・秀実、弟・正人

第三章　キャラメル工場へ

夜逃げ同然に東京へ向かった稲子たちは、正文の弟秀実が見つけてきた向島小梅町の長屋にひとまず落ち着いたが、正文の仕事は見つからず、すぐに暮らしが立ち行かなくなった。

苦労知らずの正文は、仕事がなければないでぶらぶらしている。

「ひろ子も一つこれへ行って見るか」

ある晩父親がそう言って新聞を誰にともなく投げ出した。

『キャラメル工場から』

「ひろ子」のモデルはもちろん稲子で、稲子が神田和泉橋にあった堀越嘉太郎商店へ通いはじめたのは、一家が上京して二か月ほど後の大正四（一九一五）年十二月のことである。

プロレタリア文学研究者の鳥木圭太の調べによって、その年の十一月三十日の東京朝日新聞に堀越嘉太郎商店の女工募集の広告が出ていることを教えられた。新聞の縮刷版にあたると、たしかに十一月二十八日と三十日の二回、十二、三歳から二十歳までの女工を募集する広告が出ている。

堀越嘉太郎商店は明治四十二（一九〇九）年創業で、主人の名前の頭文字を取った「ホーカー液」が爆発的に売れていた。「ホーカー液」は美白化粧品で、いまでいう美容液のようなものだろう。偽造商品が作られるほどの人気が出て、大正四年に馬喰横山《ばくろよこやま》から神田和泉橋に本社と工場を移転、増産体制に入ったところだった。ホーカー白粉、ホーカー美髪液のほかに、ホーカースイートの名前でキャラメルも売り出していた。

当時ミルクキャラメルで名をはせていたのが森永製菓である。それまでは店頭でのばら売りだったが、大正三（一九一四）年の東京大正博覧会にあわせてポケットにおさまる紙箱入りを二十粒十銭で売り出し、博覧会土産として大評判をとって大量生産に踏み切った。追随したのがホーカースイートで、広告を見ると、鶏卵や牛乳、バターのほか朝鮮人参まで入っているとうたっている。「滋養豊富」の森永に対抗してのことだろうが、味のほうは大丈夫だっただろうか。

稲子たちが上京した年の十一月十日は天皇即位の礼が大々的に執り行われることになって、この日の前後の新聞は、奉祝広告で埋め尽くされている。堀越嘉太郎商店も「ホーカー液」「ホーカースイート」など十一月だけで大小とりまぜ何度も新聞に広告を出している。堀越嘉太郎はなかなかのアイデアマンだったようで、「ホーカースイートを二箱買えば国技館の菊人形にご招待」という広告も出ている。堀越嘉太郎商店の名前は、正文にとってなじみのあるものになっていただろう。稲子は募集年齢に達していないが、人手不足の折、目をつぶって採用されたものと思われる。

年若い稲子はたちまちいじめに遭う。寒い日にラシャのマントを着ていったところ、同僚に生意気だと言われた。「女工のくせにマントなんか着て」。いじめるのはいちばん腕のいい女工の妹で、姉の威光をかさにきていた。

長崎の小学校ではだれにもいじめられたことがない稲子は、そうしたことにも自分の境遇が変化したことを感じとった。

工場では、時折、堀越の妻が見回りに来た。「一大帝国」という経済雑誌に堀越嘉太郎の成功譚が載っている。それによると、明治二十年生まれの堀越に対して妻ツル（子）は一歳上とあり、当時三十歳を少し過ぎたところか。埼玉の農家に生まれ、一代で年商三百万、三百人の従業員を使うまでになった堀越を支えたのがツルだった。

利口そうな小間使いを従えて、ツルはたいそう権高な顔つきをしていた。

大人というものは、ちっちゃい女の子なんか見るときには、もうちょっとやさしい目をするもんだと。だけど、ここでは違うなと感じる。

『年譜の行間』

長崎では見たこともない大人の厳しい視線が稲子を突き刺した。

『キャラメル工場から』は短い小説だが、ひろ子が泣く場面がしょっちゅう出てくる。出勤前に、もう一膳温かいご飯を食べてから行けと祖母に言われると、「急いで食べられない」と泣き声を出し、遅刻して工場の門が閉ざされるのを見てベソをかく。

父親からキャラメル工場へ働きに行くよう言われたときも、「『だって学校が……』／そう言いかけるのと一緒に涙が出てきた」。工場で、冷たい水で化粧水の瓶を洗わされ、ヒビが切れると、「黙りこくって罎を洗っているひろ子の鼻先からなみだが落ちてきた」。南国で生まれ育った少女に、初めて経験する東京の冬は、どれほど厳しく、冷たく感じられただろう。

一日立ちっぱなしで働いたあと、工場からの帰りにみぞれが降った日があった。隅田川から吹く冷たい風を小さい体に受け、真っ暗な土手の上を、頬を雨で濡らしながら帰りを急いでいたとき、後ろから来た職人風の若い男が「ねえちゃん、入っていきな」

と番傘をさしかけ、いたわりの言葉をかけてくれた。

朝、和泉橋へと向かう市電で、山谷のほうから乗り込んだらしい労働者に「お父ちゃんはどうしているんだい」と聞かれ、「仕事がないの」と返事すると、「それは大変だな」と体をずらして席をあけてくれたこともある。体を使って働く人たちの示す優しさ、声にあるいたわりを、幼いながらもきちんと聞き取っている。

後にエッセイの中で書いていることだが、あるとき弟の正人が、秀実が描いた絵葉書を浅草の神谷《かみや》バーまで売りに行かされた。一杯飲んでいる男たちに買ってくださいと絵葉書を差し出すのが正人にはよほど嫌だったのだろう。帰ってくるなり、「他のことは何でもするから絵葉書売りだけはやめさせてくれ」と泣き出した。自分がつらかったこと以上に、小さい弟はもっとつらかっただろうと、寒い日の記憶に重ねて書いている。

キャラメル工場の工賃は、あるとき日給制から出来高払いになった。

仕事に慣れた者の中には給料が上がるものもいたが、稲子を含むほとんどの女工は、それまで以上に努力しても賃金は下がるばかりだった。

『キャラメル工場から』の父親は、無造作に言い放つ——「止せ止せ、しようがないよ。——毎日電車賃を引けゃ残りゃしないじゃないか」。

いまさら何を言うのかとひろ子に代わって詰め寄りたくなるが、小説のひろ子は自分の力の足りないせいのように思ってしまうのがせつない。

せっかく転校した向島の小学校をやめて通い始めた工場を、稲子は結局、二か月ほどでやめることになった。

第四章　浅草・上野界隈

キャラメル工場を辞めた稲子は、いまだ定職につくことができない正文に連れられ、浅草の口入屋を訪ねた。その口入屋は、雷門のすき焼き「ちんや」のそばの路地にあった。浅草には明治四十四（一九一一）年から東京市営の職業紹介所が置かれていた。芝区と並んで最も早い開設で、宿泊所として長屋もつくられた。周辺には昔ながらの口入屋もあり、明治末には市内最多の百二十七もの口入屋があったという。

『私の東京地図』の「版画」の章に、父親の友だちの松田という男が出てくる。松田は三、四歳ぐらいの男の子の兄弟と自分の母親と浅草に暮らしている。稲子たちと同じく、はるばる九州から上京してきたが、妻は千葉の遊郭に身を沈めており、松田は時折、金を払って自分の妻に会いに行っているらしい。

「口入屋に騙されたのさ」と父親は松田をかばうが、やがて松田は姿をくらまし、残された老母は猫いらずを飲んで自殺する。

歌舞伎の色悪を連想させる整った顔立ちの松田が本当に騙されたのか、金に困って妻を売りとばしたのか確かめるすべはないが、口入屋が楽な勤めだといって芸者置屋や妾にあっせんするケースは結構、あったらしい。当時の探訪記事には「危《あやう》き哉《かな》や悪《あく》口入屋」「鬼の如き詐欺桂庵《けいあん》（口入屋のこと――筆者注）」といった見出しが並んでいる。

稲子が連れて行かれたのは幸い悪徳桂庵ではなかったようで、浅草六区の木馬館前にあった中華そば屋に「お目見得」することになった。正式に雇用する前の試用期間である。

店の主人は中国人で、太りぎみの体軀だった。ジャガイモの皮をむくよう幅の広い包丁を渡されても、稲子は上手に扱うことができなかった。「菜切り包丁」と稲子は言っているが、刃の幅が掌より広かったというから、店で使われていたのは中華包丁だったかもしれない。だとしたら子どもの手には負えなかっただろう。

お目見得の稲子はまじめに働いた。岡持ちをさげて、六区の映画館の活動弁士の部屋まで出前を届けることもあった。銀杏返《いちょうがえ》しに髪を結った姉貴分の店員から「おまえさんは笑った顔しないね」と言われている。

長崎にも中華料理屋はあり、ちゃんぽんは知っていたが、シュウマイは食べたことがなかった。ひとつ二銭ほどのシュウマイを食べてみたいとは言えず、「あたしにもシューマイ売ってください」と調理場に頼んだというところにも、彼女のきまじめさが出ている。

中国人の主人は「お金はいらないよ」と五つほどシュウマイを載せた皿を渡して稲子を喜

ばせた。
このときのことを書いた「お目見得」という初期の短篇に、芸者連れの客が出てくる。店の二階には座敷があって、夜になると主人公の「ひろ子」と姉貴分の女中が寝る場所になる。

その座敷で客が「お前さん、三味線なんか好きかい」と話しかける。「え、聴くのなら何でも好きです」。祖母の口真似で答えるひろ子に、住まいや、くにのことなどをこまごま聞き出そうとし、連れの芸者は逆にそっけない態度を見せる。帰りぎわ、客はちゃぶ台の端に五十銭銀貨を置いて、「これはお前さんのだよ」。客が従業員に祝儀を渡すような店ではなく、その男がどういうつもりで祝儀をくれたのか、という意図まで幼い彼女には考えられないのだった。

「もうちょっと大きくなったら、また、おいで」と太った主人に言われて、お目見得は失敗に終わり、口入屋の老婆がひろ子を連れ帰りに来る。

給料はもらえなかったが、久しぶりに家に帰れることがひろ子には何よりうれしい。小説「お目見得」は、「持って来た時から仕まい込んであったマントを、彼女はその店から着て出ようか、外へ出てから着ようかと迷っていた」と終わっている。キャラメル工場で同僚からいじめられるきっかけになった、あのラシャのマントだろう。

いったん家に戻った稲子は、次は上野の、もっと大きな口入屋の紹介で、池之端《いけのはた》にある清凌亭に小間使いとして住み込むことになった。

清凌亭は、銀座に移る前の空也最中と、鳥鍋本店の間の細い路地の奥にあった。入口に黒い擬宝珠《ぎぼし》をつけた赤い柱が立っていて、「御料理清凌亭」と書いてあった。

寛永寺に出入りする駿河屋という精進料理の仕出しをする家の親戚筋の店で、稲子が働き始めたころは、清凌亭の主人の息子が駿河屋の主人になっていた。

芸者が呼ばれることもあったが、家族連れが気軽に昼ご飯を食べにくるようなうちだったと稲子は書いている。

獅子文六の随筆集『ちんちん電車』で清凌亭は「豆腐料理の店」と紹介されている。

ひっつめの桃割れに髪を結い、木綿の着物に半幅の帯を締めた稲子の仕事は、子守りと奥向きのおつかいだった。稲子より五、六歳年上の、あぐりという娘と、十歳以上年の離れた男の子と女の子が清凌亭にはいた。稲子は女の子の髪を結ってやり、子どもたちが洋食を食べたいと言えば、近所の三橋亭に肉とジャガイモと玉ねぎをどろりと煮込んだシチューをあつらえに行った。

酒悦の福神漬けや、松坂屋裏手の佃煮屋に富貴豆を買いに行くこともあった。駿河屋と三橋亭にはさまれたパン屋の永藤には、ほとんど毎日、あんぱんや甘食、ビスケットやキャラメルを買いに走った。

清凌亭と駿河屋は親戚で、永藤パン店も含めた三軒の家の子どもたちは仲良しだったから、彼らについて他の二つの家の裏口から入り、二階に上がることもあった。長女のあぐりとは血のつながりがない清凌亭のおかみさんに連れられて、子どもたちと一緒に、近くの大正館で映画を観ることもあった。

みやこ座の隣の絵葉書屋にはタバコも売っていて、稲子は大箱の朝日や敷島を買いに行った。

店には三人の女がかわるがわる詰めていて、どの人とも前を通れば笑顔であいさつをかわしたが、彼女たちは清凌亭の内輪の噂を聞きたがり、自分が奉公人だと意識させられて、いやな気持ちになった。

「あいすみません」「ありがと存じます」「かしこまりました」

店で口にするのはこの三語で、なかでも一番多く口にするのが「あいすみません」だった。

忙しいときは稲子も客に料理を出すことがあり、芸者と浅草寺の坊さんの恋の話を耳にすることもあったし、あぐりに頼まれて客に手紙を届けたこともある。

上野にいても、上野の桜をしみじみ眺めることはついぞなかった。

祖母のタカが、着替えなどを持って時折、会いに来た。電車賃を惜しんで、向島から上野まで歩いてくることがあった。家に帰る祖母を途中まで見送りながら、さびしさのあまり泣き出して、心配した警官に呼び止められた。

家には金を渡していたが、正文から電話で呼び出され、上野の公園で、自分のわずかな小遣い銭を渡したこともある。

金を受け取った正文は、電話に出た稲子の受け答えが「まるで男と逢いびきでもするような調子だった」と笑った。「男と女が逢ってるみたいだね」と言うこともあった。十二、三歳の娘を住み込みで働かせてなんという言い草かと思う。稲子も、「妙なことをいう親だと思った」と書いている。

清凌亭の主人は叩き上げで、働く人間の気持ちがよくわかる人だった。丁寧に掃除のしかたを教え、稲子の身の上を心配し、かわいがった。座敷の女中に奥向きの用事はさせず、子どもの衣類の洗濯は姉娘のあぐりが引き受けた。決して人づかいの荒いうちではなかったが、叔父の佐田秀実が息をひきとるとき、稲子はすぐに帰らせてはもらえず、他人の家で働くつらさが骨身に沁みる思いがした。

清凌亭には一年ほどいて、稲子は家に戻る。家が恋しかった。

清凌亭をやめた後は、向島のメリヤス工場で「内職」をした。工場で働くのだから「内職」ではないのではと思うが、当時は女の仕事をそう呼びならわしていたそうだ。

工場では毛糸を洗う機械の音がやかましく響き、毛糸を染めた後の赤黒い水はそのままどぶに流されていた。

『私の東京地図』に、「手編みの帽子に毛出しのチンセルの音を立て」とある。チンセルとは耳慣れない言葉だが、ささらのような毛を掻き出す道具らしい。

内職の仲間に「石井さん」という七十年配の女性がいた。若いころはさる大名の屋敷で奥女中をしていたという身ぎれいな人で、稲子たちは、年をとっていまの夫と一緒になったという彼女の身の上話や、安政の大地震の体験談を聞くのを楽しみにしていた。そのころ大きな地震が来るという噂があった。関東大震災の六年ほど前のことだが、小さな地震がしょっちゅうあった。

メリヤス工場の同僚に「とみちゃん」という娘がいた。とみちゃんの母親は妊娠すると少し変調をきたし、男のように着物の裾をからげて隅田川の土手を走ったりするので、そうなると、小さい弟が工場までとみちゃんを呼びに来た。

そんなとみちゃんには、喜劇役者になりたいという夢があった。

「私、曾我廼家《そがのや》の役者になりたいのよ。五九郎のところに弟子入りしようかしら」

曾我廼家五九郎（一八七六―一九四〇）は、徳島県出身の喜劇役者で、自由民権運動にかかわっていたこともある。浅草の金龍館で一座を旗揚げした人気者で、とみちゃんはまもなく、本当に弟子入りする。

稲子たちも月に一度は金龍館をのぞいていた。

竹屋から渡し船だと早いが、渡し賃の一銭が惜しくて、向島から吾妻橋へ回って浅草に行った。その後、とみちゃんが喜劇役者になったという話は聞かなかったが、将来の夢というものを持てなかった稲子は、『私の東京地図』で、苦しい暮らしの中でも夢を抱いた友だちのことを描いた章に、「橋にかかる夢」という美しい題をつけている。「橋にかかる夢」が雑誌に出たあと、とみちゃんの弟から連絡があり、彼女が早逝したことを知った。

メリヤス工場では祖母のタカも一緒に働いた。そのころ正文は、相生《あいおい》（兵庫県）の播磨造船所で仕事を見つけて単身赴任していたが、母や子どもたちに十分な仕送りをする配慮はなかった。医師の夫が亡くなるまでは何不自由ない暮らしをしていたタカにとって、東京での暮らしの貧しさはひとときわこたえたに違いない。

稲子があるとき、かんしゃくを起こした。「こんなに働いているのに、大福が食べたいときに、大福一つ食べられない」――。自分の家にいる気安さもあっただろう。珍しく爆発して自分に当たる孫娘に、タカは泣き出し、とつぜん部屋の隅で背中を向けてしゃがみ、畳の上で脱糞した。

祖母は気が違ったと稲子は思った。異様な光景にぎょっとして、いじめている場合ではないと祖母に謝って、芸者になろうと決意する。

清凌亭にいるとき身近に芸者衆を見ていたし、「お前さん芸者におなりよ」とすすめる客がいた。芸者がどういうものか知らないわけではなかったが、何から何まで知っている、というのでもなかった。

稲子は相生にいる父親に、芸者になって祖母をらくにしてやりたい、と手紙を出す。

第五章 『素足の娘』の日々

芸者になる、という手紙を娘から受け取って、道楽者の正文もさすがに慌てたと見える。自分のところで暮らすようにという返事が折り返し届き、相生までの旅費が同封されていた。

稲子はかつて、大庭みな子との対談で、子どものときから普通でない生き方をしてきたのにそういう気負いがない、と大庭に指摘されてこう答えている。

なぜそれがないかというのは、あたしはね、そういう言葉で言うとちょっとおかしいけれども、売春をしなかったということね。それをしてたらもうちょっと違うんじゃないかと思うのよ。それがないということが、のほほんといられることじゃなかろうかな。

『大庭みな子全集』第十八巻

大庭みな子は学生時代、稲子の長男窪川健造にフランス語を習っていたことがあり、若いときから稲子とも親しくしていた。そういう相手だからこそ言えた本音で、若いころの自分はそのぎりぎりのところにいたという実感があるのだろう。

正文の良識が珍しく発動され、祖母のタカも芸者になって自分を助けてくれとは言わなかった。稲子が相生に行ったあと、タカと正人がいったいどうやって暮らしていたのかは気になるところだ。

正文が単身赴任していた赤穂《あこう》郡相生町は、兵庫県の南西、岡山に近い海沿いの町である。もともとは漁村で、昭和十四（一九三九）年、相生町が那波町《なばちょう》を編入、読み方も「あいおい」と変更されるまでは「おう」と読むのが一般的で、稲子もこの町を「おう」と呼んだ。

相生と書いて、おう、と読ませるこの町は、瀬戸内海の小さな港のひとつであった。一里ばかり出て行けば、山陽本線の那波という停車場へ出る。（略）そして今相生の町は、青い職工服の姿で溢れていた。入江の向い側を囲んでいる山の、海へ突き出た端にあった船工場が、神戸のS商事に買いとられて那波造船所となり、上から下までの所員が、まだ続々と集められていた。

『素足の娘』

この「那波造船所」が、正文が勤めることになった播磨造船所で、S商事は、米騒動で焼き討ちに遭い、その後、東京渡辺銀行の取り付け騒ぎから連鎖倒産する鈴木商店である。

播磨造船の前身である播磨船渠株式会社が創立されたのが明治四十（一九〇七）年のこと。大正三（一九一四）年に第一次世界大戦が勃発すると、海運造船業は未曽有の好景気にわきたつ。造船業に乗り出した鈴木商店が大正五（一九一六）年に播磨船渠を買い取り、株式会社播磨造船所となる。稲子が相生で暮らした大正七（一九一八）年から大正九（一九二〇）年の間に、造船所は町内に七百戸の社宅を新築、相生は企業城下町として急激な発展を遂げていた。

造船所間で技術者の引き抜きがさかんだった。播磨造船所も社員の厚生に力を入れ、大正六（一九一七）年には病院が、翌年には映画館の播磨劇場も開設され、商店街も造船所がつくった。

人が急にあふれるようになったそのころの町の活気は『素足の娘』に描かれている。正文のかつての勤め先である三菱長崎造船所からも大勢、社員が移ってきており、相生には長崎ちゃんぽんの店ができた。ペーロンと呼ばれる船の競漕も長崎造船所の社員が持ち込んだと言われ、相生ペーロン祭として現在も続いている。ペーロンが始まったのは稲子が相生を去ってすぐのことで、もし見る機会があれば、きっと懐かしく眺めたことだろう。

大正五年に二百五十二人だった工員数は、大正九年には七千二百五十三人にまでふくれあがった。

そんななか、自分都合で会社を辞め、尺八の流しなどして食いつめたあげく、長崎時代の知人のつてで専門職ではない書記としてもぐりこんだ正文は、それほどありがたがられる立場ではなかったはずだ。

工員が青い菜っ葉服を着るのに対し、事務職の正文らは黄色い木綿の詰襟を着た。工員たちが暮らす魚屋の二階に間借りしていた父親のもとで、稲子は久しぶりに若い娘としての暮らしを楽しむことができた。

長崎の街中で生まれ、東京の下町で育った稲子に、初めての田舎暮らしはもの珍しく、新鮮に映った。

学校に戻れるのではと期待したが、相生でも結局、通わせてはもらえなかった。稲子は家事を引き受けるかたわら、父が持っていた夏目漱石の『三四郎』や、定期購読していた「中央公論」「改造」などの雑誌を読んで過ごす。

好況のときは年に四回、賞与が出ることもあったというから生活は苦しくなかったはずだが、正文は東京のタカや正人にほとんど仕送りもしていなかった。『素足の娘』に、正文に思いを寄せる静江という芸者が出てくる。長崎時代同様、正文の給料はもっぱら遊興費にあてられ、稲子のもとへ持ち帰ることは少なかった。

昭和五十八（一九八三）年、相生市に『素足の娘』の文学碑ができるとき、地元の人たちは、「相生と書いて、おう、と読ませるこの町は」で始まる一節が刻まれるものと思っていたそうだが、稲子が選んだのは「『ホ、素足のむすめがゆくぞい』と、囁くのを聞いた。この綽名は、何か私にいじらしく思われた」というところで、この選択はさすがだと思う。

足袋を履くのが嫌いで、冬でも素足に履物をつっかけ、野育ちのように子犬を連れて駆けまわる主人公の桃代は、自分が村の若い衆から「素足のむすめ」と呼ばれているのを耳にする。母親はおらず、若い父親の監視の目や異性の好奇心を感じながら、自分の姿をだれかに見てほしいと願う。からだの中から沸き立つように性にめざめる感覚が若い女性の視点からのびやかに描かれ、いま読んでも色あせていない。

戦争中の昭和十五（一九四〇）年に新潮社から書きおろしで出版された『素足の娘』は初版一万部で、たちまち七万部まで版を重ねるベストセラーになった。

「――へえ、佐多はん、おかえり」。正文たちが下宿する魚屋の老婆の呼びかけにどきりとさせられる。『素足の娘』を発表した当時、稲子はまだ「窪川稲子」を名乗っているので当時の読者はなんとも思わなかったろうけど、主人公の娘とその父親には、のちの稲子のペンネームである「佐多」という姓がつけられている。父親の名前は「佐多秀文」で、正文と弟の佐田秀実を合わせたような名前だ。

小説を書いたのは相生で暮らしてから二十年ほど後のことだが、街並みや建物の位置関係の正確さは、相生の人たちを驚嘆させるほどで、第一次世界大戦（一九一四―一八）を背景にした活況とその後の不景気といった社会情勢も映され、時間空間を把握し再現する能力にきわめてすぐれた作家だということが、この『素足の娘』を読むとよくわかる。

それほどリアルな小説世界に正文と稲子を思わせる父娘を登場させたために、『素足の娘』は稲子の自伝的小説と読まれた。年譜と重なるところも多く、「自伝的」であることは確かなのだが、小説は事実そのままではない。

なかでも主人公の桃代が会社の松茸狩りに行く途中、父の同僚にレイプされる事件は、新聞の身の上相談をヒントにした虚構だと稲子は明らかにしている。

事件に遭って桃代は内省を深め、自分の成長の糧とする。悲嘆にくれるわけでもなく、世間一般で「傷物」というような、女性を家の財産か所有物のようにとらえる感覚とは無縁で、それがこの小説の新しさでもあったが、核にしたこのフィクションがモデル問題を引き起こす。

昭和三十二（一九五七）の「中外海事新報」で、稲子は播磨造船所社長の六岡周三と対談していて、その記事が、筑摩書房から出た『佐多稲子作品集』第四巻の月報に再録されている。六岡は「あなたの『素足の娘』をわたしも読ましていただきました。あの中に出てきよる人物はみなよう知っとりますわ」と話している。正文のことも、六岡はよく覚えていると言う。

稲子は主人公の娘とその父だけでなく、他の登場人物も、実在の人物をモデルにこの小説を書いた。「私と父が相生の町に住んでいたのは、十四、五の子供の時ですから、遠い昔のような気がして（略）もう造船所の人達は、私のことをだれも知らないだろう」という気持ちがあった。

昭和四十七（一九七二）年に相生市民会館で講演したときも、「私の相生は私の記憶の中にだけあるという気持ちでございました」と語っている。

人間の生きていくうちには、いろいろな事があるのですけれども、何か一つのことで、それで決定的に自分の生きていくという価値が、自分に失われたというふうに思ってしまうこと——そんなふうに思う必要はないのではないか、むしろそれを自分の心の中に置きながら、それを乗りこえてまた生きていく、ということが必要なのではないか。

決して興味本位で入れたフィクションではなかったのだと弁明している。

二十年以上経っても、相生の人たちは人気作家になった稲子のことをよく覚えていたし、その他の登場人物もそれぞれ該当者を言うことができた。

『素足の娘』が出たあと、暴行した男のモデルを弾劾する手紙が昔の知り合いから届いたとき、稲子は慌てて訂正の手紙を書いたが、その話はかなり広がっているようだった。モデルとされた本人からもその後、来信があり、穏やかな調子ではあったが、「女房にまで疑われて困っている」と書いてあった。冷や汗をかいた稲子は「全く事実無根であります」という証明書のような返事を書き送った。

戦争中に満州に行ったとき、大連で働いていたその男性の自宅を訪ね、改めて謝罪したが、彼の妻は終始、固い顔をしていたという。作家本人の手紙一通では打ち消しようのないほど、小説に書かれた虚構を事実と受け取る人は多かった。

モデルの人生に与えた打撃を稲子は生涯忘れることがなく、その後も、作品に触れる機会があるときには訂正し続けている。

「会社から帰ってきた父親の晩酌の相手をすること。それが面倒くさかったんです」と、相生時代をふりかえって稲子はそう語っている。

思春期の娘の異性を意識した態度が若い父親の神経にさわるのか、稲子はたえず正文の機嫌を窺わなくてはならなかった。不機嫌になったかと思うと、亡くなった妻のユキは歌がうまかったとか、自分はもてる、自分のために鞍替えして零落した芸者がいた、といった生々しい話を娘相手にするのがわずらわしかった。

学校に行かせてもらえない稲子は、家に届く雑誌の小説をむさぼるように読み、論文なども読んで、出てくる外国語を覚えようとした。

膳を片づけに立ち上りさま、

「オーソリチー」

などと口ずさむ。父は聞きつけて、

「何だ、それは?」

と、言う。


『素足の娘』

小説のこのエピソードは、実際にあったやりとりとして『年譜の行間』でも語られている。「中央公論」で覚えたての「オーソリティー」という言葉を稲子が使うのを聞いて、正文は「なんだ、雑誌学問」と軽蔑した口調で言った。

恥しかったけれど、同時に、「なんて親だろう。自分が学校へもやってくれないでいて、そんなことを言う」と思いましたね。だって、あたしは雑誌からだってなんだって、知識を吸収しようと思った、吸収したいと思った。

『年譜の行間』

穏やかに話しているが、『素足の娘』の桃代は、「このときだけは父に対して真剣な憎悪を感じたのを忘れな」かった。

魚屋の二階から小間物屋の二階、駅前の農家の座敷など、この土地でも引っ越しをくりかえす正文と稲子は、大正八（一九一九）年に近くの一軒家に引っ越し、ここで正文は造船所の同僚に紹介された南里ヨツと結婚する。

ヨツは佐賀市嘉瀬新町の半農半漁の村の出身で、佐賀成美女学校を卒業し、村の娘たちに裁縫を教えていた。結婚したとき、ヨツは当時としては晩婚の二十五歳になっていた。『素足の娘』の、ヨツ（作中では勝）が初めて登場する場面の稲子の書きぶりはちょっとひどい。

泣いたような顔で、とても低い鼻をしていた。丸髷の鬢があんまりだらしなくふくらませてあるので、余計に顔の真中がへこんで見えるという風である。

手厳しい書きようだが、仲が良かったからこそ遠慮のない書き方ができたのかもしれない。十一歳しか年の離れていないこの継母と、稲子はすぐ仲良くなった。母親というより、少し年の離れたお姉さんぐらいの感覚だったのだろう。二人で買い物に行ったり、写真館で一緒に写真を撮ってもらったりした。ヨツは明るく働き者で、縫い物や編み物が上手だった。女学校に憧れる稲子は、学校で習う歌をヨツから教えてもらった。おしゃれな稲子が、毛先を内側に隠す、「行方不明」という当時はやりの髪型にヨツの髪を結ってあげることもあった。

器量好みの父が気に入らないのでは、と義理の娘に心配されていたヨツだが、それまでの相手と長続きしなかった正文と添い遂げることになる。結婚届を出し戸籍に妻として記載されているのも、亡くなったユキと、ヨツだけである。後年、正文が病気になると佐賀の自分の実家で看病し、夫が亡くなった後は稲子と暮らして家事や子育てを助けた。

ヨツが来たことで、家事や、めんどうな晩酌の相手から解放された稲子は、東京へ戻ることを考え始める。

このころの稲子は、「中央公論」や「改造」を読むだけでなく、少女雑誌へ投稿も始めている。いちばん最初に活字になったのは「少女の友」に投稿した和歌、と稲子はインタビューで答えている。相生時代に該当する時期の「少女の友」の短歌欄に田島いね子の名前はなかったが、大正八年五号に赤穂からのこんな投稿が載っていた。

エス〳〵とよべば尾をふり走りきて我れにとびつく小犬あいらし

赤穂　友野愛子

当時の相生は赤穂郡である。稲子が飼っていた犬の名前もエスで、この歌は『素足の娘』の情景そのままである。友野愛子は筆名で、初めて活字になった稲子の歌とみて間違いないと思う。

第六章 再び上野へ

五度目の結婚でようやく父が腰を落ち着けると、稲子は手持ち無沙汰になった。そうなると気にかかるのは東京に残したタカと正人のことで、東京に戻って働くことにした稲子が次の職場に選んだのは前に奉公していた清凌亭である。

帳場で働きたいと申し出たが、主人のすすめで住み込みの座敷女中として働くことになった。座敷女中は収入がよく、月給は七十円で、その中から「お出銭《でせん》」とし一割を主人に戻す決まりだった。当時の小学校教員の初任給が四十〜五十円、東京の巡査の初任給が四十五円だから、これはなかなかの金額である。

酒も出す料理屋の座敷女中になるというのは、十代なかばの、勤め人の娘としては思い切った選択だが、年寄りの生活がらくになるのならそれでいいと、割り切った。

そのころの清凌亭の客に、芥川龍之介がいた。芥川を連れてきたのは下谷の呉服屋の息子で作家の小島政二郎で、小島はのちに芥川の思い出を『眼中の人』として書くことになる。

当時の芥川は新進作家として脚光を浴びる存在で、相生時代に雑誌を濫読していた稲子は、「あれは芥川龍之介という小説家だ」と彼らの係の女中に教えた。小説を読む文学少女の座敷女中は珍しく、そのことを伝え聞いた芥川も面白く感じたようで、彼が清凌亭に来るときには、係ではない稲子が座敷に呼ばれることがあった。

「清凌亭の御稲さんの御酌にて小穴先生と飲み居候」という、芥川と親友の画家小穴隆一が知人に出した、大正九年十二月二十八日付の葉書が残っている。

「田島イネ」という稲子の名前を聞いた芥川は、「田沢稲舟《いなぶね》という女流作家がいたね」と明治の女性作家の名前を連れの久米正雄らに言った。女性作家と名前が似ていると言われたことが稲子はうれしく、光栄に感じた。

芥川はひどく痩せていたので、彼が自分の掌をひろげて「僕の掌は鶏のようだ」と言ったときは、そのとおりだと思った。

作家仲間である菊池寛、宇野浩二、佐佐木茂索、江口渙もよく清凌亭に来るようになった。「キャラメル工場から」を発表したあと文藝春秋から小説の原稿依頼があったのも、清凌亭時代の自分を知っている菊池の厚意だと稲子は受け止めている。

新派出身の俳優井上正夫が洋行する際の送別会も清凌亭で開かれた。二十人ほどが集まったが、給仕で忙しい稲子には、作家たちの話を聞いている時間はなかった。

のちにプロレタリア文学の作家として活動する江口渙は、「芥川龍之介とおいねさん」

という文章で、当時のことに触れている。
愛読者ができて鼻高々の芥川が自著を送り、「この間のあれ、ついたかい」と聞いて、「お礼のお手紙を差上げようと思いながら（略）失礼をいたしまして、ほんとうに申しわけございません」と稲子が謝ったこと、「十七にしては小造りな、むしろ弱々しい体の持主」「形の好く整った鼻と切れの長いきれいな眼と、濃い眉」などそのころの稲子の容貌を具体的に描写している。
その娘と、十年後にプロレタリア作家同盟で再会したときの驚きがこの後続くのだが、稲子には作家的な誇張と創作があると感じられたようで、芥川から本などもらったことはないと反論を書いている。

その頃の料理屋の女中は、殆ど客と話をしなかった。（略）作家たちは、そこの女中に署名入りの本をやる、というような軽はずみなふるまいを、誰もしなかった。

「清凌亭のこと」

佐多稲子という人は控えめでいながら、突然激しさを見せることがある。芥川とのやりとりについての江口への反論にも、強い調子がこもっている。

本をもらっていない、というのは江口に会ったときに直接、伝えもしたが、江口は彼女を指さし、「君、もらったよ」と厳然たる口調で言うのだった。

当人の否定も何ら役立たない。（略）もしかしたら江口さんの言うようにほんとうに私は芥川さんから本をもらったのだろうか、とさえおもってみることになる。

「本を貰った記憶」

後年になると苦笑まじりに書く余裕が出ているが、「本をもらったことなどはなかった」とエッセイでくりかえし否定している。江口は江口で、芥川が稲子に本を贈った、とその後も書き続けた。

芥川が葉書で書いているように話をするぐらいの親しさはあったようだが、名前を知っていたというだけで、愛読者だの本をもらっただの取り巻きのように書かれることが稲子の誇りを傷つけたのだろう。さらりと流すことはしなかった。

清凌亭の座敷には、縞の着物に黒繻子《くろしゅす》の襟をかけ、前掛けをつけて出ていた。同僚はだいたい年上で、銀杏返しか島田に結っていた。

年かさの女中のひとりが丸髷《まるまげ》に結っているのが若い稲子にはたいそう粋に思えた。おかみさんに、今度の正月には自分も丸髷に結いたい、と申し出て、「お前さん、まだ娘だろ」と言われ、すごすご引き下がった。

丸髷は既婚者の髪型で、座敷女中が丸髷に結うのは、旦那がいますよということになるのがわかっていなかった。

「おいねねえさん」と呼ばれ、検番に電話をかけて芸者を呼ぶこともあったし、初めて旦那をとらされるお酌（若い芸者）がしくしく泣くところにいあわせて、酸いも甘いも知った気になっていたが、仲間の恋愛にはとんと気がつかない。ちぐはぐなところが稲子にはあった。

「しじゅうニコニコ笑っているかわいい少女」——芥川を連れてきた小島政二郎は、このころの稲子をそんな風に書いている。

下町ふうの粋な身ごなしに憧れるいっぽう、ハイカラなものも大好きで、調理場に下げられてきた器を洗いながら讃美歌を口ずさんだりした。そのころはやり始めのオペラも好きで、客として来ていた東京帝大の学生が「椿姫」や「カルメン」の楽譜を稲子のために買ってきてくれた。

東京帝大と清凌亭は不忍池《しのばずのいけ》を隔ててすぐ近所である。画家の横山大観や荒木十畝《じっぽ》も清凌亭の客だったし、束髪に紫の長い袴をはいた音楽学校の女生徒が、並んで山を下りてくるのを見かけた。心ときめかせる文化の香りはすぐ近くにあったが、住み込みの女中の休みは年に一日か二日で、本を読む時間もとれず、都新聞に目を通すのがせいぜいだった。

このころ稲子は、座敷に出入りする幇間に求婚されている。話を持ち込んだのも仲間の幇間で、彼が早稲田中退だとわざわざ伝えているのは、幇間としては異色の経歴が、小説やオペラが好きな稲子に響くだろう、と思われたのか。

芥川たちが芸者を呼ぼう、となったとき、稲子が自分の好きな芸者をすすめたことがある。後日、彼らが待合に彼女を呼んだことがあり、「父親がお茶の師匠なんだそうだ。どうりであの女の立ち居ふるまいがわかったよ」と噂をするのを聞いて、さすが作家はよく観察していると感心した。

その彼らが、「おいねさんには旦那ができたのではないか」と言っていたと人づてに聞いたときは、作家なのに人を見る目がない、とがっかりした。新しい世界の入口に思えた人たちが急に遠のくようだった。

座敷女中の暮らしが急につまらなくなった。粋な島田や銀杏返しではなく、西洋風の束髪に結ってみたいと思った。

身体が水をほしがるように、本が読みたかった。清凌亭には、そんな気持ちをわかってくれる人も、読んだ本の話をする相手もいなかった。

一年あまりで、稲子は清凌亭を辞める。

子守少女の時代から稲子を知り、「身を固くしておいでよ」と言い聞かせてきた店の主人は、「うちから嫁にやろうと思っていたのに」と機嫌が悪かった。

清凌亭を辞めた稲子はいったん相生の父のもとに身を寄せ、その年の秋に東京に戻ってくる。新聞広告で見た日本橋丸善の女店員募集に応募したのだ。丸善なら本が読めるのではないかという期待があった。応募資格は高等小学校卒あるいは女学校卒だったので、履歴書に「高等小学校修了」と嘘を書いた。日本橋の本店が女店員を雇うのは初めてのことで、その最初の二十人の中に、稲子の姿もあった。

第七章

女店員になる

本が読みたい、自分の時間がほしいという、のどの渇きに似た思いにつき動かされて丸善の店員募集に応募した稲子は、簡単な入社試験を受けて合格し、大正十（一九二一）年から日本橋で働き始める。

丸善は明治二（一八六九）年創業で、福沢諭吉に学んだ創業者の早矢仕有的《はやしゆうてき》が、新時代にふさわしい洋書と、万年筆やタイプライターなど西洋文化にかかわる品物を、いちはやく輸入販売した。

稲子が働いていたころは一階が洋品、文房具、和書、二階で洋書を売っていた。二階の洋書売り場には英語が読める女学校出の店員が配属され、稲子は勤めていた三年のあいだずっと、一階の洋品部で化粧品や香水を担当した。

舶来品を扱う、ハイカラなイメージの丸善だが、当時は入口で下足番の老人が客の履物を預かっていて、靴を履いた客には靴カバーが渡された。日本橋といえども大通りを外れると舗装はまだ行き届いていない時代である。

店員の装いも、背広姿は係長クラス以上で、男の店員のほとんどは着物に角帯を締め、稲子たち女店員は着物の上に胸に番号の入った紫のモスリンの上っ張りを着た。

稲子にとって、丸善の物堅い雰囲気は料亭よりもなじみやすかった。日本髪の座敷女中から束髪の女店員へと大胆な転身を遂げたことは、新しい職場には内緒にしていた。いくら清凌亭が堅い店だといっても、周りがどう受け取るかわからなかったからである。

ひそかに転身を遂げたものの、同僚の恋人には「普通の娘と違う」と見抜かれていた。若い娘はふつう胸高に帯を結ぶのに、下町ふうに低めに締めていると指摘され、稲子はなるほどと思った。

寄宿舎で暮らす少年店員のために、英語や和漢文を学ぶ夜学会というものがあり、徳川家につながる華族が先生として教えに来ていた。

稲子たち洋物部の店員も商品の名前の英文を知っている必要があり、正則学園に通ったことのある弟の正人にローマ字の読み方を習い、「コンパニイ」「リミテッド」といった略字や外国の化粧品会社の名前、香水の名前を覚えた。

「赤箱香水」と呼ばれたアムールやホワイト・ローズを買っていくのは、上客の、芸者や侯爵夫人、遊園地の女主人、歌舞伎役者夫妻たちだった。コティの化粧品が、このころはやりはじめていた。

香水を買いにくる人たちは、自分の香りというものを決めていた。舶来品の香水は、いつも棚にあるわけではないので、気に入りの香水が入荷するや倉庫にあるぶんまで買っていく客がいた。「匂いというもの」というエッセイで、稲子はそういう贅沢を「床しいとおもった」と書き、貧しい境遇の中でそんなふうに感じる自分の心の動きを面白がっている。『小鳥の来る日』がベストセラーになっていた作家の吉田絃二郎や、のちに友人となる宮本（当時の姓は中條《ちゅうじょう》）百合子も丸善の客だった。

和服姿の内田魯庵を見かけると、女店員はそろってお辞儀をした。評論家で翻訳もした魯庵は丸善の顧問で、ＰＲ誌「學鐙」を編集していた。

給料は日給で八十銭。ひと月で計算すると清凌亭時代の半分以下になったが、祖母のタカはそのことで文句を言ったりしなかった。タカたちと暮らすのは向島の寺島《てらじま》で、「いろは長屋」と呼ばれる一角にあった四畳半である。

丸善には読書家が多く、同僚に本を貸してもらって手あたり次第読んでいった。

行きかえりの市電が読書の時間になった。ストリンドベリ、イプセン、アナトール・フランス、シェイクスピアに「クオ・ヴァディス」、倉田百三、島田清次郎……。市電の中でぶ厚い「近松全集」を読んでいるのが自分でも少し照れくさかった。人いきれの中で一心に本を読む稲子に、若い会社員が親切に扇子で風を送ってくれたこともある。まだ日が高いうちは、帰り道も歩きながら本を読んだ。

たまの休みにはタカと叔母の俊子に芝居見物をすすめ、自分は家に残ってゆっくり本を読んだ。

広告部に、前衛美術グループであるＭＡＶＯ《マヴォ》の同人がいたと書いているのは、丸善で斬新なショーウインドウ装飾を手がけた大浦周蔵だろう。

稲子は招待状をもらってＭＡＶＯの展覧会へも出かけているが、金盥《かなだらい》やブラシを張り付けた作品を見ても、なんだかよくわからなかった。大浦は昭和三（一九二八）年、三十八歳の若さで亡くなっている。ＭＡＶＯの中心であった村山知義や柳瀬正夢《まさむ》とは、その後、プロレタリア文化運動を通じて親しく付き合い、村山とは隣同士の家に住むことにもなるのだが、金盥に目を白黒させていた丸善時代の稲子は知る由もない。

丸善で稲子が親しくなったのは、佐藤喜美と今村愛子《よしこ》の二人で、彼女たちのことは何度かエッセイや小説に登場させている。

佐藤喜美は本所菊川町の材木屋の娘で、アナキストとのつきあいがあり、大杉栄が丸善に来ると、大杉の眼がキラキラ光っていると興奮し、「二重橋の奥は伏魔殿」と言い放って稲子を驚かせた。

喜美は恋愛においても大胆で、稲子に恋人を紹介、のちに結婚した相手にも会わせている。どこか人生を投げたようなところがあり、肺病になって丸善を辞めてしまう。

今村愛子は丸善から近い横丁の車屋の娘で、高等女学校を出て商社の英文タイピストとして働いていたが、辞めて丸善の店員になった変わり種だ。

そのころの女店員は、服装だけでなく髪形にも決まった型があった。ひさしにアンコ（髪の詰め物）を入れて大きく膨らませた束髪がふつうだったが、耳隠しという髪型がはやると、稲子と愛子は二人そろってアンコを取ってしまった。「女店員の風俗を変えたのはあたし」とのちのち自慢しているぐらいなので、当時としてはかなり思い切ったことだったのだろう。

髪型でささやかな造反を企てても、稲子は上役の覚えめでたい模範店員だった。女店員は、基本的に勤務時間内に店外へ出ることはなかったのに、三越や白木屋まで香水の値段を偵察に行かされることが何度かあった。

品物を倉庫から出し入れするときも、男の店員に頼らず、前が見えなくなるほど高く積み上げ運ぶので、上っ張りの胸元がすりきれてしまった。

大正十一（一九二二）年から日給が九十銭になり、その後一円十銭になった。二十銭の昇給幅は他の女店員の倍だったが、昇給した日給の額が、入社したばかりの女学校出の店員と同じと知って稲子は暗い気持ちになった。

当時の丸善は男女交際禁止で、交際がばれるとクビになった。用度課の課長の奥さんが亡くなったとき、女店員代表として稲子は男の店員と一緒にお悔やみを言いに出向いたところ、なぜ男と一緒に来たのかと、当の課長に叱責されている。

男の同僚に本を借りたり返したりするのは、人目につかないよう通勤途中の路上や市電の車内ですばやく行った。

丸善の同僚にすすめられて、詩人の生田春月が主宰する「文芸通報」（のちに「詩と人生」と改題）を購読し始め、読んでいるうちに自分でも詩を書いて投稿するようになる。勤務中に紙切れに書きつけた詩を、「夜思美《よしみ》」というロマンティックな筆名で投稿した。「灯」「信仰」「似顔」「ほめられて」「世」などが掲載され、やがて月会費の一円を払って準同人になる。

しばらくすると、稲子の自宅に生田春月から手紙が届いた。新潮社が出している「文章倶楽部」に女流新人として推薦したいから、新作の詩と写真を送れ、という。生田春月は、いまでこそ文学史に名前のみとどめるような存在だが、そのころの投稿少年に絶大な人気があった。「文章倶楽部」の「青年文士録」というページで、「私淑文士」として名前を挙げた人の数で、大正九年から十二年にかけて夏目漱石を抑えて一位になっている。

寺町の裏長屋と「文壇」とがつながった、と稲子は驚いたが、春月には断りの手紙を書いた。清凌亭時代に芥川をはじめとする華々しい新進作家を間近に見ていたことが逆にチャンスにも尻込みする気持ちにさせた。そのとき掲載された女流詩人として、稲子は友《とも》谷《や》静栄《しずえ》と後藤郁子の名前を挙げている。友谷は大正十三（一九二四）年に、林芙美子と「二人」という詩の同人誌を出す。

林芙美子はその後、「女流」のくくりではなく「新進三家」「詩壇五家」など男性作家とともに「文章倶楽部」に紹介され、そこで発表した「善魔と悪魔」「月夜の花」は第一詩集『蒼馬《あおうま》を見たり』（昭和四年刊）に収められた。

勤勉な女店員として黙々と働くことに倦み疲れてきた稲子は、鬱屈した思いを発散させようと、当時大正琴と並んで人気があったマンドリンを習いに行くようになった。先生は早稲田のマンドリンクラブも指導していて、早稲田の学生が巣鴨の寄席を借りて演奏会を開いたとき、女性も参加してほしいと言われて、稲子は女友だちと参加している。同じころ、九段教会にも通ったが、信仰を持つにはいたらなかった。

毎日は単調で、希望が見えない。自殺することを考えるようになり、通勤の線路を見て投身自殺をはかった自分の肉片がそこにこびりついている様子を思い浮かべた。

そこに関東大震災が起きる。

この時期、大地震が来ることは、ある程度、予期されていた。何度も地震が続き、東京の人間は、これは大地震の前触れだと言い合っていた。

大正十二(一九二三)年九月一日午前十一時五十八分、稲子は勤め先の丸善にいた。早番の店員は昼食のため控室に下がっていたが、稲子は持ち場の洋品売り場に立っていた。

ガラス窓のある鉄筋コンクリートの建物が大きく震《ゆ》れるとき、ガチャーン、ガチャーン、と瀬戸物を入れた籠か、ビール罎をいっぱい詰めた箱でも揺すぶるような音がした。(略)奥の高い帽子棚から白い帽子の箱が放り出すように、ぽんぽんと落ちていた。香水の棚から転り落ちる香水の罎は、まるで小鳥の群が枝から枝へ飛び移るような可憐さで私の視野を横切る。

『私の東京地図』

その瞬間が映像のように記録されている。

別の女店員と抱き合ってなすすべもなく揺さぶられていたが、最初の揺れが収まったとき、誰かの声にうながされて店の外へと転がり出た。とたんに、筋向いの野沢組の赤レンガの建物が崩れ落ちた。

店員たちは向かいの空き地に集まり、帰る方向が同じ者が数人ずつ連れ立って帰宅することになった。男女同席を許さない丸善の日ごろのルールを無視して、女二人、男一人の三人で組になった。

日本橋を渡って三越の前へさしかかったとき、横町のビルの高い窓から火炎が噴き出すのが見えた。だれもが恐怖に目を見開いて、声もなく歩き続けた。和泉橋から三筋町《みすじまち》、厩橋と進み、吾妻橋で連れの二人と別れて、走って橋を渡った。

家にたどりついた稲子の顔を見るなり、タカは声を上げて泣いた。長屋は半壊して、中に入れない。近所の人は、すぐそばの京成電車の停留所に集まっていた。

夕方になって、朝鮮人が井戸に毒を入れたといううわさが伝わってきた。

どこで手に入れたのか、弟の正人が消防の人間が持つとび口を護身用にと稲子に握らせた。一組の夜具だけ持って、稲子たちは空き地で心細い一夜を過ごす。

夜が明けて、半壊した長屋の周りに住人が集まってくると、思い思いに昨夜経験したことを話し始めた。朝鮮人に追いかけられて一晩中、逃げて歩いたという女に、稲子が親しくしていた旅回りの興行師の妻が、「ここは日本の土地なんだから、朝鮮人より日本人の数の方が多いに決まっている」「逃げて走る朝鮮人の前を、あんたは自分が追われると思って走っていたのだ」と思い違いをただした。稲子は彼女の怜悧さに舌を巻き、自分がそういう判断をできなかったことにショックを受ける。

東京にいるのは嫌だとタカが言うので、稲子たちは三日後、信州を経由して、正文がいる相生に向かった。歩きながらタカが気を失い、稲子が大声で助けを求めても、立ちどまる者はなかった。乗り込んだ列車や屋根の上まで人がいっぱいで、駅の陸橋に頭をぶつけて転落する者もいた。

堅牢な丸善の建物も被害を免れなかった。過去に火災被害に遭っていたので四階建ての洋館は防火設計がされていたが、地震には持ちこたえたものの、周囲を火に巻かれ、二日の明け方に全焼している。

飴のように曲った鉄骨が焼け崩れた煉瓦や石材の山の上に覆い被さった光景は重なり合った巨獣の残骸を見るような感があった。

内田魯庵「丸善再度の典籍禍」

内田魯庵は、震災後の丸善を見たときのことをそう書き残している。魯庵が蒐集してきた貴重な洋書もすべて灰燼《かいじん》に帰した。

焼け残った九段の店員寄宿舎を仮店舗として十月八日には営業が再開している。店員たちは呼び戻され、稲子も継母のヨツと一緒に東京に戻ってきた。新しく間借りしたのは神楽坂の牛込納戸《うしごめなんど》町《まち》にあった三味線の師匠の家で、ここには一時期、同僚の今村愛子も一緒に暮らしている。

震災からひと月ほどたって、上野・池之端の博覧会会場跡につくられた臨時の施療院に佐藤喜美がいることがわかり、稲子は見舞っている。地震のあと、火に追われて公園の池に長時間浸かっていたため、病気が一層悪くなっていた。むしろの上に横たわった喜美は稲子の顔を見て泣いた。

年が明けて喜美は亡くなった。

死にたいという稲子の思いは、十万人を超す犠牲者を出した大震災の衝撃で消えてしまった。

模範店員として覚えめでたかった稲子はこののち、上役を通して持ち込まれた見合いにのぞむ。

第八章 愛のない結婚

稲子が見合いをするのはこれが初めてではなかった。

炭屋を営んでいる人との縁談があり、「娘というものは、そういうお話はお受けするものだよ」という祖母タカのすすめもあって見合いをしてみた。男らしい、いい人だと感じたが、これで人生が決まってしまうと思うと寂しくなって、稲子から断っている。

今度の見合いは、丸善の上司を介して申し込まれた。

相手は小堀槐三《かいぞう》という、稲子より五歳上の慶応の大学生で、都内に三千五百坪の土地と広壮な家を持つ資産家の当主であった。

世間的に見ればいわゆる「玉の輿」である。

彼の姉の夫が丸善の客で、模範店員の稲子に白羽の矢を立てた。

「女店員はおしろいばかりつけていて、のらりくらりしている」と男の同僚から言われれば化粧することをやめてしまうような、突っ張ったまじめさのある稲子は、見初められたのではなく見込まれたのだ、と理解した。

神さまがいらっしゃるんならば、その貧しい娘の懸命な生き方を神さまが認めてくだすって、あたしに不釣合いなその縁談がきたのかなと、そういうふうにも思った。

『年譜の行間』

縁談が、天から与えられた褒美のように感じられるほど、二十歳の稲子は働き続けるだけの毎日のくりかえしに倦んでいた。

見合いは大正十三(一九二四)年三月、東京ステーションビルにあった精養軒の支店で行われた。

ちゃんと歩いている、というのが小堀の第一印象だった。

とくに身体的な問題はなさそうだ、というのだから、縁談の不釣り合いと、そこから来る不安はつよく意識されていたのだろう。

丸善では男女交際が禁じられていたが、稲子には好きな人がいた。

佐多稲子研究会の「くれない」(五号)によれば、増田薫という店員で、生田春月の「文芸通報」を購読するようにすすめたのも彼だったが、「夜思美」の筆名で詩を投稿していることは彼に内緒にしていた。増田薫の投稿詩(増田かほるの表記も)も「夜思美」に少し遅れていくつか掲載されていて、入院経験を詩にしたものもある。

言葉にはしなかったがたがいの気持ちは通じていた。「そういうのは相寄る魂で」と稲子がいう「相寄る魂」というのは、生田春月の自伝的小説のタイトルである。

稲子が見合いをして結婚すると決まったとき、増田は「僕は、その結婚に反対です」と言った。増田はその後、結核で早逝している。

『相寄る魂』のほかに、厨川白村《くりやがわはくそん》の『近代の恋愛観』（大正十一年刊）も当時ベストセラーになっていた。文学少女だった稲子も読んでいたと思うが、劇的な恋愛が自分の人生にありうるとは思えなかったし、貧しい暮らしのなかでは恋愛の美しさも破れていかざるをえないと悲観するだけの世間知があった。

丸善で友だちになった佐藤喜美は、自分の恋愛についてもよく言葉にした。恋人から「俺は君の肉が欲しいんだ」と迫られる、といったあけすけな物言いをしたが、稲子は、他人の内側にずけずけと踏み込まない下町の流儀でやわらかく聞き流した。

戦後になっての女性誌の座談会で当時をふりかえり、「苦労しすぎて、なんでも知っているような気がして、いくらか自信もあるわけね。結婚すればうまくやっていけるだろうという、うぬぼれと投げやりのからまった……」と稲子は語っている。

初めて見合いをしたころ、祖母のタカから「お前の寝顔を見てたら、とても可愛らしい。きっと旦那さんに可愛がられるだろう」と言われたことがある。タカの言葉にあるエロティシズムは稲子を少したじろがせたが、うなずく気持ちも確かにあったのだ。

見合いの翌月、稲子は小堀と結婚する。

新婚旅行は葉山で、稲子は丸善の友人たちから結婚祝いでもらった洋傘を持って行った。新生活へのささやかな期待は、木端微塵に打ち砕かれる。

葉山の海辺で寝そべった夫は新妻の膝に頭を載せ、「貧乏人根性を出さないようにして呉れ」「貧乏人というものは金さえ持つと、すぐパッパッと費《つか》ってしまうものなんだ」と言い放った。

とっさに笑おうとしたが顔はこわばり、泣きたい思いが胸にうずまいた。黙って海を見ながら、「ソレ見ろ、ソレ見ろ」という内心の声に責め立てられていた。

小堀家には、遺産相続をめぐって親族間の複雑な争いがあった。長兄が禁治産者として廃嫡され、次兄は他家に養子に入っていて、父が死ぬと、末子の槐三が家督相続することになった。地代として月に四百円の収入があったが、父の代に人のためにつくった借金が五万円あり、年に二度、利息の二千数百円を銀行に支払わなくてはならなかった。長兄たちに仕送りもしていたので、若夫婦の暮らしむきはそれほど豊かではなく、「俺は、財産の番人にさせられているんだ」と夫は自嘲した。

稲子との見合いをお膳立てした、夫と義兄との関係も事態をさらに複雑にした。結婚前、稲子の家に私立探偵が訪ねてきたが、これは義兄と稲子との関係を疑う小堀が差し向けたものだった。

義兄はもともと小堀のすぐ上の姉と結婚していたが、妻が死ぬとその上の姉と再婚していた。

上の姉との関係は妻の病気療養中にできており、結婚相手にと小堀に紹介した女性とも関係があったと人に聞かされた小堀は、その結婚をあきらめたという。

どこまでが本当かわからない。なぜそんな疑いを持ちながら仲立ちを頼むのか、結婚を承諾するのか不思議に思う。

話を聞いた稲子も夫をなじったが、「俺はやっぱり弱かったんだ。俺はぐんぐん引きずる人間に、結局頼ってしまうんだ」と力なく言うだけだった。

家族や親戚とのつきあいを嫌い、小堀と稲子との新所帯は、長兄らが住む九段の広大な屋敷ではなく、大田区蓮沼の借家で始まった。

小堀は毎日、学校へ行き、夜になると、義兄との関係を疑って稲子が泣き出すまで責め立て暴力をふるった。稲子のからだは銭湯に行くのをためらうほど体中あざだらけになった。

結婚して半年ほどで、稲子は再び自殺を考えるようになる。

ある晩、いつものような諍いが起こり、小堀の投げた洋服ブラシが顔に当たった稲子は、黙って立ち上がり台所に行った。チューブの猫いらずをビスケットに塗り、口に入れようとしたところで泣き崩れ、台所に飛び込んできた小堀が猫いらずとビスケットを取り上げ庭に投げた。

稲子はこのとき妊娠していた。

冬になって、二人は目黒の洋館に引っ越す。新居の近くには小堀の慶応中等科時代からの友人が数人住んでいて親しく行き来があったが、夫婦の諍いや夫の暴力について話すことはできなかった。

大晦日に、稲子は先に出かけていた小堀と三越で待ち合わせていたが、普段着のまま手回り品と合羽と足駄だけ風呂敷に包んで家を出た。買い物の費用にと渡された四十円が手元にあった。

目黒から電車で両国へ出て、そこから三等車で木更津へ向かった。行く当てはなく、どこか古めかしい地名の響きがそのときの自分の気持ちに沿っているということで決めた行先だった。

初めての旅館に三泊すると、一月三日の午後に木更津を離れ、震災前に住んでいた向島へ向かった。長屋で親しくしていた興行師の家に立ち寄ると、稲子の行方を探して人が訪ねて来たと知らされる。それから小堀ではなく弟の正人が迎えに来て、稲子は目黒の自宅に戻った。

小堀は相生の正文のところに行って留守だった。身重の妻が家出するほど夫婦が深刻な問題を抱えていることは家族や友人も知るところとなり、正文からもタカからも文句を言われた小堀は、だれひとり味方してくれる者のいない淋しさを稲子にぶつけた。

半月ほどして稲子は今度は睡眠薬を飲むが、小堀が口へ指を入れて吐かせた。

一月末に、夫婦は心中すると決めて湯ヶ島温泉へ旅立った。新しいトランクと香水、睡眠薬を二瓶買った。死出の道行なのに、なぜか小堀はカメラ持参で、車窓から見える富士山の冠雪を写真に収めた。

「お前は、ほんとうに俺と死ぬつもりなのか」「お前は俺だけ殺す気なんだ」

堂々巡りのうちに六、七日たち、小堀が「もう、帰ろう」と言い、稲子は「新しい生活に入ろう」と訴えた。帰り道の小堀は上機嫌だった。

目黒に戻った二人は、二日後の二月八日、またも心中を企てる。

誰のことも信頼できず、猜疑心にとらわれて死のうという夫に絶望しながら、稲子は新しい寝間着を出してやった。自分も着替えてベッドに入り、夫婦は湯ヶ島に持っていった睡眠薬のジアールを、一瓶ずつあおった。
稲子は自分が死にゆく時間を知っておきたかった。簞笥のカバーがかぶさっていて時計が見えないので、ベッドから出てカバーの乱れを直し、午前二時十七分を過ぎたのを確認してベッドに戻る。

翌朝、寝室に倒れて苦しんでいる二人を発見したのは、稲子の叔母俊子である。少し知的障害のあるこの叔母は一家が上京するときに嫁ぎ先から連れ戻され、稲子が結婚すると、家事を手伝うため目黒の洋館で一緒に暮らすようになっていた。いつも通りの時間に起きてこない姪夫婦のようすを見に来た俊子が、あわてて近所の医者を呼んできたため、二人は命を取りとめる。
資産家の若夫婦の心中未遂事件は新聞記事になった。

「資産家の／若い夫婦／劇薬自殺／枕を並べて」（東京朝日新聞）
「若い資産家が／夫婦心中／末ッ子で相続した／複雑な身の上の青年」（東京日日新聞）
「金持ちの慶応学生／財産争いで夫婦心中／中目黒の宅に劇薬で」（読売新聞）
「資産家の／若夫婦心中／毒薬を呑んで」（萬朝報）

「慶大生が妻と／謎の毒薬心中／寝床で苦悶中を発見さる／男は三十万の財産家」（報知新聞）

大々的に報じたのは徳富蘇峰が創刊した「国民新聞」である。

「身重の妻と／奇怪な魔酔／資産家の若夫婦が／洋館で枕を並べて」と、怪奇小説ばりの見出しをいくつも並べて事件を詳報している。

「東京日日」が小堀と兄の財産をめぐる確執に少し触れているぐらいで他紙がほぼ警察発表をそのまま書いているのに対して、「国民新聞」は独自取材を敢行、ボリュームでも圧倒している。

「恨まれる姉婿」の見出しで小堀の義兄と夫婦の関係に踏み込んでいるのも目をひく。

記事では、義兄との関係を疑った小堀が煩悶した結果、神経衰弱に陥り、しばしば稲子を虐待したと書かれている。義兄の実名や勤め先も出てしまっており、稲子との間には何もなかったと自分の潔白を重役に証明してほしいと、当時北海道に赴任していた義兄が上京してきて稲子に頼んだ。

「国民新聞」は小堀の叔父や、次兄が養子に入った神田の呉服店にも取材している。

「あの男がどうも薄情なので親類中でも死んだってそりゃ可愛相だと云う人もありません」などと、薄情なのはどちらだと言いたくなる談話を「親戚達から／嫌われ者」の見出し付きで載せている。新聞記者が面白おかしく書き立てていることを割り引いても、これでは小堀が「自分には味方がいない」と稲子にぐちを言うのも無理はない。

話が少し脇道に入るが、稲子がエッセイで「K」と書いている小堀の義兄について少し触れておきたい。

「K」は小西貞雄、旧姓木下といい、明治二十年に生まれ、昭和十四年に五十二歳で亡くなっている。

木下家は『葉隠』や化け猫騒動でも知られる佐賀の大名龍造寺家に連なる家系で、佐賀から長崎に移り住んだ。四男の貞雄は小西家の養子となり、慶応大学を出て小堀槐三の次姉にあたる女性と結婚する。次姉が亡くなり、槐三の長姉と再婚するがその人も亡くなって、三回目に結婚した女性との間に生まれた長男康雄の妻、小西惠さんが「佐多稲子の結婚」というエッセイを書いている。私は小西惠さんに話を聞くことができた。

惠さんが結婚したとき「K」にあたる義父はすでに亡くなっていたが、義母や夫の姉から佐多稲子の思い出を聞いたことがあるという。

義姉は、父貞雄に連れられて行った丸善で、稲子を見かけたときの光景を覚えていた。

「とてもすてきな人だと思ったわ。そのとき、父ったらおイネさんに義弟のお嫁さんになってほしいと口説いていたのよ」

貞雄の当時の勤め先は日本橋の三井本館にあり、目と鼻の先の丸善によく立ち寄っていて、洋品部店員の稲子を見初めた。複雑な家庭環境に育ち、学生の身分のまま家督を継いだ弟の嫁探しを、亡き妻はずっと気にかけていた。妻の遺言もあって、貞雄はお嬢さん育ちでないしっかりした女性を探しており、そこで目に留まったのが丸善店員だった稲子だったという。美しい模範店員が、自分と同じ佐賀と長崎にルーツがあることを知って、貞雄は何か運命的なものを感じたのではないか。

稲子がおそらく意図的にぼやかして書いている最初の出会いをへて、縁談は丸善の上役を通じて正式に申し込まれ、結婚式は小西家の二階で行われた。小西の亡くなった妻の着物を、稲子の継母ヨツが喜んでもらってくれたという。小堀夫婦が結婚した直後に小西貞雄の北海道転勤が決まった。

貞雄の勤務先は三井系の北海道炭礦汽船で、当時の財閥系企業で、義弟夫婦と自分にまつわる大スキャンダルは確かに釈明の必要があっただろう。

恩義を感じこそすれ恨まれる筋合いのないこの人は、プロレタリア作家となった、義弟のかつての妻に散々な書かれ方をしている。

「婦人公論」昭和六年四月号に発表した「隠された頁」というエッセイでは、妻の実家の力を背景に「ブルジョア的に這い上ろうとしているK」として描かれる。貞雄は、じつは佐賀の殿様の家系なので、「ブルジョア的に這い上ろうとしている」人間にはあてはまらないことを、佐賀と長崎にルーツのある稲子が知らないはずはない。

猜疑心の塊になっていた小堀が貞雄に対し相当ゆがんだイメージを持っていたことと、プロレタリア作家として貞雄をブルジョア階級の仮想敵として描く必要があったからだと推測される。婦人雑誌の手記として、そういう煽情的な調子が求められた可能性もある。

事件から半世紀ほどたった昭和五十四（一九七九）年ごろ、小西恵さんの夫の康雄さんは長崎県人会に講師として招かれた稲子に会っている。控室で挨拶すると稲子は椅子から飛び上がるように立ち上がり「お久しぶりです」と頭を下げた。もちろん初対面だが、康雄さんは父貞雄によく似ていたそうだ。

小堀と稲子の心中未遂に戻る。

「国民新聞」の記事では、虐待したり、稲子が家出したりするうちに本当の愛が芽生え、二人は心中するにいたった、と見てきたような結論が導かれている。稲子が最初の結婚について書く文章からは相手に対する本当の愛は感じられないが、夫だった人の性格の弱さや不幸な境遇に同情する気持ちはじゅうぶん伝わってくる。

財産管理を任せていた弁護士も信用できず、後述するが後見人にも裏切られていた小堀は、唯一人の身内と思う妻を完全に自分のものとしたいと、暴力をふるい、言葉で責めさいなむことでしか相手の愛情が確かめられなかったのだろう。

命が危ぶまれた二人だが、先に小堀の意識が戻り、そのあと稲子も正気づいた。薬を飲んでから三日ほどたっていた。

正文とヨツは相生から出てきて娘の回復を見守った。

正文たちは、稲子を小堀のそばに置いておきたくなくて、少し動かしてもいい状態になると寝室から隣の部屋に移し、翌日には自動車で、寝かせたまま四谷にあったヨツの親戚の家へと運んだ。四谷で数日養生したあと、稲子は相生の正文の家へ引き取られる。

後列右から叔母・俊子、継母・ヨツ、稲子、弟・正人。
前列右から祖母・タカ、父・正文、娘・葉子

第九章

「驢馬」同人との出会い

相生の父のもとに引き取られた稲子は六月に長女を出産する。

葉子と名づけたのは、大正八（一九一九）年に出た有島武郎の小説『或る女』が頭のどこかにあったからだと後年、エッセイに書いている。幸せな人生を送ったとはいえないヒロインの名前を選ぶところに稲子の文学趣味が顔をのぞかせる。

小堀も相生にやってきた。結婚生活をやり直そうと、夏のあいだ、夫婦は赤穂の海岸に別荘を借りて暮らしてみたが、嫉妬深さや生活態度も含めて夫は何も変わらず、子どもができたら夫婦の関係も変化するのでは、というはかない期待は打ち砕かれた。小堀は東京に帰り、稲子は離婚を決意する。

離婚したあとの生活を考えて小説を書き始めたのがこの時期のことだ。

「朝日新聞」の懸賞小説に応募するつもりで数枚書いて弟の正人に見せると、「なんだか探偵小説みたいだ」と言われ、続きを書くのをやめてしまった。そのとき当選したのは吉屋信子、と稲子は書いているが、吉屋が「大阪朝日新聞」の懸賞小説に当選したのは五年ほど早い大正八年なのでこれは記憶違いだろう。

「私の青春は、子どももひとり生んでそこからようやく輝き出すようであった」――稲子の述懐にはさまざまな思いがこめられている。大きかったお腹が出産で平らになった解放感もあっただろう。一度、どん底まで行ったことで精神的に解放され、世間の目からも自由になった。

親の後ろ盾がない貧しい娘が、後ろ指をさされないように身を堅くして必死に生きてきたが、ひとが玉の輿と言う結婚は早々と失敗に終わった。悪いレッテルを貼られまいと気を張ってきたのに、心中未遂で新聞に書き立てられ、気がつけば出戻りの身で、子どももいて、悪いレッテルをありったけ貼られる身になっていた。

そうなって初めて怖いものがなくなり、これからは世間の目に縛られるまい、自分の思うように生きようと踏ん切りがついた。

稲子は東京へ戻って働こうと決意する。葉子は小堀家の跡取りであり、離婚の調停は長引くことが予想された。

正文は稲子をひとりで東京に行かせることをためらった。足かけ八年つとめた播磨造船所を辞めて、大正十五（一九二六）年一月、一家は上京する。稲子にとっては若すぎる父親だった正文だが、葉子が生まれて初めて、父親らしい愛情を示すようになる。

東京の住まいは田端《たばた》の駅を下った駒込神明町《こまごめしんめいちょう》の電車通りの裏道の借家で、正文がここに家を借りたことはその後の稲子の人生に決定的な意味を持つ。

乳飲み子を抱えた稲子は、できるだけ家の近くで働きたかった。ある晩、銭湯からの帰りに、電車通りを渡ったところにある「カフェー紅緑」の女給募集の張り紙を見つける。濡れた髪を肩に流し、「洗い髪のままで失礼ですけど」と入っていくと、翌日から来てくれということになった。

「紅緑」は女給三、四人の小さな店で、コーヒーも出せばビールや酒も飲ませ、カツレツやハンバーグ、カレーライスも出していた。上野や浅草のような繁華街と違い、チップをはずむような客はほとんど来ない。昼から午後十時ごろまで働いても大した収入にはならなかったが、裁縫の先生だったヨツが茅場町の染め物屋で働き、ほどなく正文も東京電燈（東京電力の前身）に職を得ることができたので、このたびの東京生活は順調にスタートした。

女給たちは、着物の上に胸当てのあるエプロンをつけ、うしろでリボン結びにしていた。朋輩は黒地にトランプ模様のメリンスの着物に赤い帯、といったはでな装いで、上野の清凌亭で粋な着こなしが身についている稲子のすっきりした装いはかえって目立った。

そのころ田端には室生犀星が住んでおり、犀星の家に出入りしていた文学青年たちが文学雑誌を出そうとしていた。

創刊時の同人は六人。中野重治が二十四歳、窪川鶴次郎が二十三歳、最年少の宮木喜久《みやぎ》雄が二十歳だった。創刊の打ち合わせは田端に間借りしている宮木と窪川の部屋で大正十四（一九二五）年の暮れから、行われていた。

稲子が「カフェー紅緑」に勤め始めたのとほぼ同じころ、彼らもコーヒーを飲みに店に来るようになった。

雑誌の創刊号は大正十五（一九二六）年四月に出た。誌名が「驢馬」に決まる前、中野は「車輪」「赤縄《せきじょう》」を主張、プロレタリア詩人である中野の好みに偏りすぎていると反対されて、堀がフランシス・ジャムの詩の一節から選んだ「驢馬」に決まった。

堀は口数が少なかったが、彼が何か言うと仲間はだいたいその通りにした
表紙の題字を書いた空谷山人《くうこくさんじん》は、芥川龍之介や犀星の主治医であった下島勲《いさおし》で、題字が表紙の上半分を覆う大胆なデザインを指示したのは犀星である。

「紅緑」へやってきた若者たちは、できあがったばかりの「驢馬」を稲子に見せた。

店で知り合った文学青年たちに、自分も文学好きであると見せないようにしていたが、彼らのほうでは、すっきりした額の美しい女給は話が通じる、と感じていたのだろう。芥川や犀星も寄稿しているのに気づいた稲子は「立派なものだ」と感心した。

「驢馬」同人は魅力のある男たちだった。室生犀星のこんな証言がある。
犀星と仲のいい萩原朔太郎が、「君のまわりの人はみな美青年が多いのは、君の好みでそうなるようだよ」と冗談めかして言ったのを引いて、こんなことを書いている。

中野重治は顔の中にしみ一つついていない苦み走った好い男振りだし、西沢隆二（ぬやま・ひろし）も『ろば』時代は手のきれるような美青年だった。窪川鶴次郎にいたっては上眼をして笑いながら談論風発すると、ちょっと惚れさせる側の人だった。（略）堀辰雄は豊頬含羞のたわやかなものを多分に持っていた。萩原のいうことに間違いはない。

室生犀星「詩人・堀辰雄」

粒ぞろいの同人たちの中で、稲子は貯金局に勤める貧しい窪川鶴次郎と恋に落ちる。
このとき稲子は思い切った行動に出た。「綺麗な髪ね」と、店に来た窪川の髪を撫でたのだ。自分で「一世一代」と言うにはささやかで、当時のことを窪川視点で描いた彼の小説『新浅草物語』にも、髪を撫でる場面は出てこない。それでもこれまでの稲子からすると考えられない大胆な行動で、相手も自分が好きだとわかっているからできたことだった。
同人の髪については、堀辰雄がこんなエピソードを書いている。堀は窪川から「君の髪毛が曲者だよ」と言われたことがあった。柔和な堀は、自分でも手に負えないほどの硬い髪をしていた。一方、中野重治は、いつももじゃもじゃしているが、その実しなやかで、柔らかな髪質だった。

すこぶる奔放なようで、その実なかなか細かい神経の行きとどいている彼のすべての作品の秘密は、恐らくそこにあるだろう。

堀辰雄「二人の友」

堀は、中野と自分との個性の対照を、二人の髪質を通してそう表現した。

稲子が手を伸ばしたのは、堀でも中野でもなく癖のない窪川の黒髪だった。

なぜ窪川だったのだろう。

中野と堀は東大生で、西沢は東京都内に自宅があった。宮木には仕送りしてくれる姉がいた。窪川は早くに両親を亡くし、働きながら苦労して文学を志していた。

窪川にひかれたことについて、のちに稲子は「言われてみれば、あまり強い人には魅かれませんねえ」と語っている。

窪川からも求愛の手紙が届いた。自分の事情を知らない窪川に、「会って話をしましょう」と返事を書いた。

離婚して子どもが一人いることを打ち明けると、窪川は自分の母親も子どもを一人産んで、その子を連れて父親のところに再婚で来たことを話し、だから稲子が身を引く、ということにはならないと言った。

二人の恋は「驢馬」同人や犀星も知るところになる。結婚の申し込みには犀星が行ったが、正文は、娘がまだ離婚係争中であるのを理由に断った。次に犀星の妻が行ったが結果は同じだった。

稲子は六月に「紅緑」を辞め、浅草の「カフェー聚楽《じゅらく》」にうつる。家には住み込みと嘘をつき、葉子を正文のところに残して、翌月には上根岸の日本画家の家の二階で窪川と暮らし始める。

九月、小堀との離婚がようやく成立し、稲子と葉子の籍を抜くことができた。稲子は田島家の戸籍に戻り、葉子は正文の養女となった。戸籍の上では稲子の妹ということになる。

大正十五(一九二六)年十二月二十五日、かねて病床にあった天皇が崩御し、元号が昭和へと変わる。

「昭和は、私の青春とともにはじまった」と稲子が書くとき、その輝きは「驢馬」同人とともにある。

窪川鶴次郎と暮らし始めた稲子を、同人たちは仲間の一人として迎え入れた。皆が集まると、「稲子が稲子が」としじゅう話題にしたし、中野重治は稲子の額の美しさを「edel Stirn（高貴な額――筆者注）」と得意のドイツ語でほめたたえた。

同人たちに、若くしてさまざまな経験をしてきた女への偏見はなく、むしろその人生経験があることを尊重した。堀を除く四人は左翼運動に身を投じていき、彼らの影響で稲子はエンゲルスの『空想より科学へ』『家族・私有財産及び国家の起源』やレーニンの著作を読むようになる。

堀は堀で、稲子にフランス語を学ばせた。

二人は同い年で、このころには同じ向島の小学校に通っていたらしいこともわかっていた。学校に行けなかった稲子に外国語を学ばせるため、アテネ・フランセの月謝を払ったのが堀である。経済的に月謝を負担する余裕がなくなると、メリメの『トレドの真珠』を教材に自分で教えた。

「驢馬」同人のそばにいた日々を稲子は「私の大学」と呼んでいる。

同人にはなっていないが、「驢馬」には稲子も詩を発表している。昭和二（一九二七）年三月に出た十号に、田島いね子の名前で「薄けぶり」「プラットホーム」が掲載されている。一年の休刊をはさんで出た昭和三年二月号は名前が窪川いね子に変わって「小鳥たちの眠り」「夜を待つ」、五月号にも「朝鮮の少女一・二」を発表した。

犀星がパイプを好んでいたので、同人たちは月一回、上野の三橋亭でパイプを楽しむ会を持っていた。堀辰雄の初期作品「不器用な天使」でカフェ・シャノアルとして描くのがこの三橋亭である。パイプの会には犀星の親しい友人で、堀のことを「タッチャンコ」と可愛がっていた芥川龍之介も参加したことがある。

芥川は「驢馬」にも詩や俳句を寄稿、同人全員と知り合いで、プロレタリア詩人として作品を発表している中野重治に特に興味を持っていた。中野の小説『むらぎも』に、「才能として認められるのは、深江君（堀辰雄のこと――筆者注）と君とだけでしょう?」と葛飾（芥川）が言う一節があり、彼の「驢馬」同人評価を窺い知ることができる。

芥川も田端の住人だった。稲子は一度、聚楽での勤めを終えて帰るとき、同じ電車に乗り合わせた。駅まで迎えに来ていた窪川と連れ立って歩く芥川は足元もおぼつかないようすで、後ろを歩く稲子は、颯爽としていた清凌亭時代からの変わりように衝撃を受けた。

昭和二（一九二七）年七月、稲子に会いたいという芥川の誘いで、稲子は堀と窪川と一緒に芥川の自宅を訪ねている。

「おいねさん」びいきの芥川だったが、清凌亭時代の話は出ず、聞かれたのは「自殺するとき何を飲んだか」ということだった。堀を通じて稲子の自殺未遂を耳にしているようで、「また死のうと思いませんか」と聞かれ、変なことを聞くと思いながら「いいえ、思いません」と返した。

芥川が自殺したのはその三日後である。自宅で睡眠薬のベロナールを飲んだ。享年三十五。

窪川鶴次郎は、芥川の紹介で小説を持ち込んでいた文藝春秋社で芥川の死を聞いた。「カフェー聚楽」にいた稲子は、女給部屋の真下の調理場でコックが「芥川龍之介が自殺した」というのを聞き、驚いてはしごを駆け下りた。三日前の質問の意味が卒然とわかった。

稲子が「カフェー聚楽」にいたとき、小説家の宮嶋資夫《すけお》に連れられ林芙美子が店に来たことがある。芙美子には、窪川が徳田秋声の家で会っていて、夫から芙美子について聞いていた。女給経験のある芙美子は稲子に、「私、この人好きだわ」「堕落しては駄目よ」と気さくに話しかけた。

稲子たちが間借りした上根岸の家にいた日本画家は、展覧会に出す絵を描く一方で、生活のために春画のたぐいも手がけていた。この時期のことは稲子が『樹々新緑』や『私の東京地図』、窪川も「驢馬」に発表した短篇「柘榴」や『新浅草物語』で描いている。

葉子の顔を見にたまには田端に帰りたい稲子と、帰らせたくない窪川とがたびたび争い、帰ろうとする稲子の足を窪川が払って力ずくで止めることもあった。

窪川は貯金局を辞めた。文学に専念するためで、そうするようにすすめたのは稲子である。

暮らしのことは自分が何とかするからという妻に、最初は驚き、逡巡はしたものの退職を決断する。台所仕事などはもっぱら窪川がやるようになり、立ちづめで働き疲れはてて戻ってくる妻の足を揉んだり、温めたタオルで化粧を落としてやったりした。

二人は転々と「二階借り」をする。

八月ごろ、鶯谷に転居すると、ある程度まとまった金の入る仕事が窪川に入ったのを機に、稲子もカフェー勤めを辞めた。菊池寛が芥川龍之介との共同編集で刊行を始めた『小学生全集』の、菊池の名前で出ている『曽我物語・忠臣蔵物語』は窪川が書いており、評判も良かった。

稲子も、菊池に言われて、作家で評論家である三宅やす子の『手紙の書き方』の代筆をした。

『年譜の行間』では「本になった記憶がない」と語っているが、菊池寛編『文藝創作講座』（文藝春秋）の第十号『書簡の書き方講座』に三宅やす子の「女子手紙の書き方」の章があり、稲子が言及しているローザ・ルクセンブルグの手紙が紹介されているのでおそらくこれだろう。

ほかに紹介されているのは共産党幹部渡辺政之輔の妻、丹野セツの獄中からの手紙で、名流夫人の三宅が書くとは思えない激しく左傾化した「女子手紙の書き方」である。よくこのまま出版されたと思う。

秋口には浅草清島町の下駄職人の家の二階へ引っ越している。定職のない二人の暮らしは常に逼迫していて、部屋代も払えず、堀辰雄の友人の下宿に転がり込んだこともあった。

その次に移ったのが、大塚・巣鴨新田《すがもしんでん》の時計屋の二階である。

西沢隆二の強いすすめで、稲子はこの家から新宿西口にあったプロレタリア芸術連盟本部まで演技の稽古に通い始める。

西沢は「ぬやま・ひろし」のペンネームを持つ詩人で、司馬遼太郎『ひとびとの跫音』では、正岡忠三郎（子規の妹リツの養子）の親友タカジとして、そのユニークな人柄が紹介されている。

実はこの西沢の父親こそが、稲子が最初に結婚した小堀槐三の後見人、西沢吉治なのである。

西沢吉治（一八七二～一九三三）は実業家で、明治四十（一九〇七）年に、台湾近くの海上に無人島を発見し、「西沢島」と名前をつけ、十か条の「西沢島憲章」も制定して紙幣まで発行している。島にはリン鉱石が埋蔵されており、西沢は大儲けするが、清国の抗議を受けて安値で売却することになる。買い取り価格は投資額に見合わず、西沢は莫大な負債を背負う。その後、シベリアで再起を期すがこれも失敗、債権者から逃げて隠れ住んだ伊豆半島の村で亡くなった。

こともあろうに、この稀有壮大な夢を見る人物が、小堀家の財産を管理していたのだ。


僕の父親は、事業に失敗して破産を宣告された。その青年（小堀槐三――筆者注）の死んだ父親から委託されていた財産も、その時、失われてしまった。

これが、その若い夫婦が心中をしようとするに至った全部の原因でないまでも、重要な原因の一つになっていたと思う。

ぬやま・ひろし「稲子の思い出」


稲子が小堀と心中未遂事件を起こしたとき、西沢は目黒の家まで行ったが、中には入らず門前で引き返している。

呪いのように毎日、名前を聞かされていた人物と、自分たちの結婚を親切に後押ししてくれた青年が親子と知った稲子は、運命のめぐりあわせに驚愕した。もし小堀が知ったら、自分との結婚も西沢の差し金だと思うかもしれない。

窪川にそのことを言うと、「西沢は俺の友人である以外の何ものでもない」と不機嫌になり、二度とその話をするなとくぎを刺された。

第十章　稲子、作家になる

「驢馬」同人で、最初に左翼運動に足を踏み入れたのは中野重治である。中野は東京帝大在学中の大正十四（一九二五）年に東大生による社会運動団体である新人会に入り、林房雄や鹿地亘らと東大に社会文芸研究会をつくった。大正十五（一九二六）年一月、操業短縮に反対した争議が共同印刷で起きると、新人会から派遣されて参加する。二月には林や鹿地とマルクス主義芸術研究会をつくり、十一月にプロレタリア芸術連盟ができるとこれに参加した。

「驢馬」創刊はこの時期のことで、創刊前後に中野が文学をやっていけないから同人を辞めると言い出し、窪川に慰留されてとどまっている。その後、堀以外の同人たちが左翼運動に進んだことで二年間で十二冊を出して「驢馬」は終刊する。

プロレタリア文化団体はこの時期、分裂と統合を繰り返し、略称もそれぞれ似ているので非常にややこしいが、できるだけ簡単に整理しておく（カッコ内は略称）。

きちんとした運動体がなかったプロレタリア文学陣営で、はじめて大きなまとまりとして大正十四年につくられたのが日本プロレタリア文芸連盟（プロ連）である。

大正十五年十一月、プロ連からアナーキスト文学者が分かれ、プロ連は日本プロレタリア芸術連盟（プロ芸）と改称する。

翌昭和二（一九二七）年、プロ芸から青野季吉《すえきち》や蔵原惟人《これひと》らが脱退、労農芸術家連盟（労芸）を結成。その年十一月、労芸から蔵原らが分裂し、前衛芸術家同盟（前芸）をつくる。

昭和三（一九二八）年三月、プロ芸や前衛芸術家同盟を再結集するかたちで日本左翼文芸家総連合がつくられるが、直後に日本共産党への弾圧、いわゆる三・一五の一斉検挙が起きて消滅。三月二十五日に全日本無産者芸術連盟（ナップ）が成立する。

アナーキストを排除し、中野や鹿地ら先鋭的な若手が残ったプロ芸に、昭和二年十一月、窪川鶴次郎が参加する。

窪川は明治三十六（一九〇三）年、静岡県生まれ。開業医だった父親が窪川が十五歳の時に亡くなり、二年後に母親も亡くなる。八歳から十九歳まで一年おきに近親者の葬式を出す不幸が続いた。

残された兄弟は離散し、窪川は、医者になって他家の養子に入ることを条件に学費を出してもらって金沢の第四高等学校に進学、四高の短歌会で中野重治と親友になる。関東大震災をきっかけに郷里の金沢に戻っていた室生犀星に知遇を得るのもこの時期のことだ。

三度目の落第が決定して中退し、養家（注・戸籍の上では窪川家の籍のままで養子にはなっていない）には詫びを入れて上京、逓信省の貯金局に下級吏員の職を得る。日給は一円十銭で、カフェーの女給として稲子がもらう額に及ばない。

窪川よりひと月早くプロ芸に参加した西沢が、女優不足を理由に「プロレタリア女優になることが階級的義務である」と、しぶる稲子をプロ芸本部事務所に向かわせた。俳優の指導にあたっていたのは、東大新人会・社会文芸研究会のメンバーだった佐野碩《せき》である。

佐野碩は、初期日本共産党の指導者だった佐野学《まなぶ》の甥にあたる。祖父は後藤新平で、鶴見和子・俊輔姉弟とはいとこの関係になる。幼いころに患った結核性の関節炎がもとで、右足を引きずり、杖が手放せなかった。

日本プロレタリア劇場同盟（プロット）の中心的存在で、昭和六（一九三一）年の共産党シンパ事件で逮捕されるが釈放、ドイツからソ連に渡り、メイエルホリドのもとで演劇を学ぶ。ソ連が粛清の時代に入ると、フランス、チェコ、アメリカを経てメキシコに亡命する。メキシコでは演劇学校を創設、「メキシコ演劇の父」と呼ばれる存在になり、一度も日本に戻らないまま、昭和四十一（一九六六）年、メキシコで客死する。佐々木孝丸とともに労働歌「インターナショナル」の訳詩者としても知られている。

中野重治は、佐野のことを「プロレタリア演劇の演出者としては『神聖な頭』」と呼び、小山内薫、青山杉作、村山知義、千田是也といった名だたる演出家と比較して、「小山内、青山、村山らの諸氏は演出家として若い佐野碩についに及ばない」と断言している。

新宿・角筈《つのはず》にあったプロ芸の事務所兼合宿所は木造の洋館で、稽古場に使える小ホールがあった。集まってきた女たちは断髪で、先鋭的な雰囲気を持ち、話し方もはっきりしていた。碩の妻で女優の平野郁子が「サノセキ！」と夫を呼び捨てにするので、稲子はびっくりした。

人前でせりふを言うのは、稲子にとってつらく恥ずかしい苦行だった。

若き天才演出家は稲子に「舌が長すぎる」と指摘した。滑舌が悪く、女優には向かないということだ。

ハイカラな荒っぽさに場違いを感じてなじめなかった稽古場だったが、新しい出会いもあった。稽古場には女優の原泉がいて、すぐに二人は仲良くなる。

日本プロレタリア芸術連盟（プロ芸）はそのころ、機関誌「プロレタリア芸術」を出していた。編集に携わっていた中野重治から随筆を書くように言われ、稲子は神田和泉橋のキャラメル工場で働いた二か月のことを書いた。長崎から上京してすぐ、父正文の仕事が見つからず、転校したばかりの小学校をやめて通った、ホーカー液の工場である。

執筆までのいきさつは、中野の没後に彼との思い出を書いた『夏の栞』にくわしい。

昭和二（一九二七）年の終わりごろ、間借りしていた巣鴨新田の家に中野が訪ねてきた。窪川は外出中で、中野が「しばらく仕事をさせてほしい」と言うので、机のある六畳に通して茶道具を用意し、ふすまを閉めて、自分は奥の三畳でつくろいものをしていた。二時間ほどして中野は引き揚げた。窪川に、と封書を置いていった。

「プロ芸」のために書いた随筆を、小説になる題材だからと書き直しをすすめる手紙だったが、稲子に直接言わず、帰宅した窪川が手紙を読んで稲子に伝える、という手順を中野は踏んだ。


窪川への配慮もふくむことだったろうと受取った。私はのちに中野のこの態度を、中野らしい美意識とおもったことがある。多分に古風な感覚に裏打ちされた美意識というふうに。

『夏の栞』


八枚ほどの随筆は、急遽、四十枚の小説に書き直された。

かつて懸賞小説に応募しようとしたことはあるものの、最後まで書きとおした経験はない。夜になって、稲子がちゃぶ台に突っ伏して居眠りしているあいだに窪川が原稿を読み、ころあいを見て揺り起こして続きを書かせた。

稲子は小説の中で、ひろ子になった。

初めて経験する女工の生活に対する少女の驚きととまどい。まだ幼い者からも遠慮なく搾取する資本家の容赦なさが、少女たちのおしゃべりをいかした飾り気のない文章で映し出されている。

作中のひろ子が自分を「か弱い小さな労働者、馬に喰われる一本の草のような」とたとえていることから、稲子はタイトルを「若草」としたが、中野が「キャラメル工場から」と改め、「プロレタリア芸術」昭和三年二月号に掲載された。

中野はのちに、こう誇らしげに書いている。

一人の女窪川稲子を見つけたのは窪川鶴次郎であるが、そのなかにすぐれた小説家を見だしたのは私であったといっていいと私は思う。

「『くれない』の作者に事よせて」

小学校も卒業できず、小さいときから働いてきた者の感覚で書くことが運動の役に立つなら、という思いが稲子のなかにあった。「キャラメル工場から」は、働く者の中から文学が生まれなければならないというプロレタリア文学の理論に励まされて書いた小説であり、労働者の中から新しい文化が生まれるべきだという彼らの願いが形になった、待ち望まれていた小説でもある。

作家として活動を開始した頃

評論家で作家の山田清三郎は「キャラメル工場から」を、『プロレタリア芸術』にのった作品のなかでは、もっともすぐれたものの一つであった。生活の中からうみだされた作品の強さを、この作はかけ値なしにもっていた」と評価する。

一方で稲子自身には、勤め人の娘として生まれた自分は本当の意味でのプロレタリアートではないという意識もあった。だからこそ、違和感を抱いて環境の変化や理不尽なできごとを観察し、書くことができたとも言える。

昭和三（一九二八）年二月十日の「読売新聞」の、「読捨御免」という匿名コラムに、「キャラメル工場から」が早速取り上げられた。「この雑誌においては、看板扱いにされている、小むずかしい評論よりむしろ雑誌の片隅につつましやかに組込まれてある名もない作家の詩作や創作に少からず気を惹かれた」と好意的に紹介されている。

急いで書き換え、原稿を入れたせいか、「プロレタリア芸術」の目次は「久保田いね子」と名前が間違っていた。そのことに目を止めた「読捨御免」の筆者は、「筆の運びから見て、僕は男の変名だろうと睨む」と書いている。

この年、昭和三年というのは日本の左翼運動にとって激動の一年となった。

二月二十日の衆議院議員選挙は、納税額による資格制限を撤廃した初の普通選挙（男子のみ）となり、無産派の代議士が八人誕生している。

前年、昭和二（一九二七）年のコミンテルン（ロシア共産党を中心とする国際共産主義運動の指導組織）の指示で活動を公然化した日本共産党も、この選挙に徳田球一らを労働農民党から立候補させたが、当選者を出すことはできなかった。

選挙後の三月十五日、共産党員の一斉検挙が始まる。普通選挙で関係者をあぶり出すように全国で千五百六十八人が検挙され、のちに「三・一五事件」と呼ばれることになる。日本左翼文芸家総連合もこの時、消滅した。

このころ窪川夫婦は、巣鴨新田から王子・北十条の、陸軍の火工廠に近いところに転居している。

『私の東京地図』に、巣鴨新田の時計屋から追い立てをくらういきさつが描かれている。

三・一五の検挙を逃れた活動家が、二間しかない稲子たちの部屋で身を潜めていた。ある晩、地震が起きて、慌てて二階に駆け上がってきた時計屋の夫婦が、見知らぬ男たちがいるのを目撃する。翌朝、時計屋の妻から「主人がね、ああいう方が、お泊りになるんじゃ、うちじゃお部屋をお貸ししとくわけにはゆかない、っていうんですよ」と言われ、親しくつきあい、おかずのやりとりなどもしていた人のその口ぶりに、「私」は思わず涙ぐむ。

稲子たちの部屋にかくまわれる活動家に、「秋野松吾郎」という名前の男がいる。普選についての新聞記事を調べているとき、東京府第五区で労農党から立候補し、落選した「秋和松五郎」という人物がいることがわかった。東京市電の車掌出身で、自治会の幹部という経歴が一致するし、それからおよそ一年後、昭和四（一九二九）年五月十日の朝日新聞に、「我子の思想を悲しんで／さびしい老母の死」の見出しで、秋和の母が入水自殺をしたという記事が出ている。

『私の東京地図』では、「新聞の下の方に小さく秋野松吾郎の母親が利根川に投身自殺をした、と書かれているのを見つけた」となっているが、朝日新聞の記事は三段見出しでわりに大きい扱いである。

名前もほぼそのままだし、この人がモデルと考えて間違いないと思うが、普選の候補者紹介では奥さんがいるのに、小説では亡くなっているとしていたり、ところどころ変更を加えている。

小説では「何か悲惨な死に方をした、という噂がどこからともなく伝わってきた」と書かれているが、昭和二十四（一九四九）年九月十八日の読売新聞の、都電のストを受けて東京都が人員整理を発表したという記事の中に、解雇される都職労中央執行委員の一人として「秋和松五郎」の名前が出てくる。立花隆『日本共産党の研究』には秋和はスパイだったという袴田里見の証言（注・真偽は定かでない）も出ており、『私の東京地図』の「移りゆき」を執筆した昭和二十二年夏の稲子は、秋和が生きていることを知らなかったのか、知っていてあえてこういう書き方をしたのか気になる。

三・一五によって結成してまもない日本左翼文芸家総連合は消滅したが、ただちに日本無産者芸術連盟（ナップ）が結成され、稲子は窪川鶴次郎や中野重治とともに参加する。「キャラメル工場から」が掲載された「プロレタリア芸術」と、前衛芸術家同盟の機関誌「前衛」が合併し、五月にナップの機関誌「戦旗」が創刊される。同じころ、「驢馬」の十二号が出て、稲子は「朝鮮の少女」の詩を発表している。「驢馬」はこの号が終刊号となった。

「キャラメル工場から」を発表した稲子は、その後、旺盛に作品を発表していく。「戦旗」や長谷川時雨が主宰する「女人芸術」を始め、「若草」（宝文館）、「創作月刊」（文藝春秋）といった商業誌からも依頼が来はじめ、原稿料が入るようになった。

歌人で翻訳家でもある松村みね子（片山廣子）の「火の鳥」にも詩や小説を発表した。堀辰雄に紹介された松村は、稲子には特別に自分で原稿料を払った。

松村は芥川とも親しく、「芥川さんはご自分だけではなく、ご自分の死によってまわりの人たちまで一緒に死なしておしまいになった」と松村が言うのを稲子は聞いている。芥川の死後に松村が「婦人公論」に発表した「芥川さんの回想（わたくしのルカ伝）」の中で、「ＩＫ（窪川いね子のこと――筆者注）」が死ぬ直前の「Ａ氏（芥川）」に呼ばれた話が出てくる。

所轄署の刑事がときどき家へ来るようになっていた。警察庁が全国の都道府県に特高課を置き、全国的な警察網が完成したのもこの年七月のことである。

十一月、天皇即位の礼が近づいてきた時期に、自宅近くの工場地帯で「労働者農民の政府を樹立せよ」というビラを貼っていた窪川鶴次郎が検挙される。このときは十日ほどで帰宅することができたが、これ以後、たびたび拘束されることとなった。

晩秋に、二人は同じ王子の上十条に転居している。

稲子は、三・一五で拘束された人たちを支援する「解放運動犠牲者救援会」の仕事も始め、暮れには逮捕された仲間の留守宅へ行き、正月用ののし餅を配った。救援資金を稼ぐために「無産者新聞」を街頭で売ったときの経験をもとに「女人芸術」に「一歩」という作品を書いている。

昭和三年十二月に全日本無産者芸術連盟（ナップ）の再組織が決定され、それぞれの部が独立してナップは芸術団体協議会の形をとることになった。昭和四（一九二九）年二月、文学部がプロレタリア作家同盟（ナルプ）となり、劇場同盟、映画同盟、音楽家同盟もできた。ナップ出版部は戦旗社となった。

四月十六日、前年の三月十五日に続いて再び全国一斉検挙が実施され、窪川鶴次郎も捕まった。このとき稲子は妊娠していて、妊娠をきっかけに二人は結婚届を出す。

昭和初年のプロレタリア文学の勢いについて、既存の作家が恐れ、警戒したと言われるが、文壇での隆盛期は、「戦旗」が創刊された昭和三年五月ごろから、だいたい昭和九（一九三四）年初めまでと短い。

創刊時、七千部ほどだった「戦旗」の部数は、三・一五の弾圧を受けて直ちに小林多喜二が書いた「一九二八年三月十五日」が掲載された十二月号は八千二百部まで伸ばし、昭和四年一月号は一万部を超えた。

同年五月号、六月号には小林の「蟹工船」が載り、大きな話題となる。六月号からは、徳永直《すなお》が自身も参加した共同印刷の争議を題材に「太陽のない街」の連載を始める。これらの作品は、プロレタリア文学の枠を超えて広く読まれ、「戦旗」の名前を高らしめた。

同年九月には、戦旗社の「プロレタリア作家叢書」の第一弾として『蟹工船』が出版されるが、雑誌掲載時の伏字を復活させて発禁処分を受ける。著者の小林と出版責任者の山田清三郎が不敬罪で起訴され、山田に懲役八か月の実刑判決が下る。

「戦旗」二月号に掲載された稲子の「煙草工女」は、淀橋にあった専売局の煙草工場を取材して書いたものだ。知人の赤ちゃんをおぶって女工たちの控え室に入り込み、自宅まで訪ねて話を聞いている。

発表の場は商業誌にも広がり、「文藝春秋」九月号に「レストラン洛陽」を発表し、同誌の川端康成の文芸時評で激賞された。じつは川端の初恋の女性は浅草のカフェー聚楽時代の稲子の同僚で、稲子の小説の「夏江」のモデルはその女性だったが、稲子も川端もこの時点ではそのことを知らない。

この年、春陽堂から刊行された『明治大正文学全集』の、「芥川龍之介・室生犀星集」

の巻の月報に稲子は「室生先生のこと」を書いている。

前の年の犀星の日記には、犀星が田端を引き払うにあたり、「窪川の妻君来り手伝いて貰う。夜おそくまで荷作りをなす」という記述がある。すでに「キャラメル工場から」を発表してはいるものの、この時はまだ、犀星にとって稲子は「窪川鶴次郎の妻」だったのだろう。ここから一年ほどで、稲子は急速に作家として認められていく。

四・一六の検挙のあと家に帰ってきた窪川は、九月末に、雨に打たれたことで風邪をひいて寝込み、激しい咳とともに血を吐いた。肺結核と診断され、しばらく療養生活を送る。稲子は作家として小説を書くかたわら、筆耕などの仕事も引き受けた。女性に仕事を斡旋しようと菊池寛が立ち上げた、「文筆派出婦人会」の集まりにも二、三度顔を出したが、会を通じての仕事は結局していない。

作家の山田順子《ゆきこ》が「国民新聞」の懸賞小説に応募するというので清書を頼まれたのは、窪川が発病してすぐのことだ。山田順子は自然主義文学の大家徳田秋声の愛人で、「順子もの」と呼ばれる秋声作品のモデルとなった女性である。竹久夢二の愛人だったこともあり、秋声と別れたあと文芸評論家の勝本清一郎と暮らしていたが、この時期は秋声との仲が復活していた。

身重の身体で清書を引き受けた稲子が本郷の順子のアパートで仕事をしていたとき、秋声が訪ねてきたことがある。二人のよりが戻っていたと知らない稲子は慌てたが、夜になると、順子と稲子がひとつの布団に入り、秋声は押入れをベッドの代わりにして眠った。

復活をかけた作品を順子は完成させ、秋声が選考委員をしている懸賞小説に仮名で応募したが、受賞はしなかった。秋声の『仮装人物』という小説に、順子（作中では葉子）の浄書を手伝う助手の「プロレタリヤ作家夫人」である稲子（作中では栗原夫人）がちらっと姿を見せている。

『仮装人物』の記述に従えば、秋声は、えこひいきにならない程度に二等で当選させるつもりだったが、「栗原夫人」の名前で応募したことが問題となり、選から洩れた。

昭和二年の金融恐慌に端を発した不況は、昭和四年十月二十四日のウォール街の株価大暴落が世界恐慌を引き起こし、よりいっそう深刻なものになっていく。

「レストラン洛陽」を「文藝春秋」に発表した稲子のところには商業誌からの注文も次々来るようになった。

四・一六の一斉検挙で刑事に踏み込まれた経験を生々しく描く「或る一端」（単行本収録時に「四・一六の朝」と改題）を文芸誌「新潮」の昭和五年一月号に発表したほか、「週刊朝日」や「近代生活」など、この年は五誌の正月新年号に小説を載せている。どの雑誌も新年号には力を入れるので、新進作家窪川いね子への期待の高さがうかがえる。

文壇の動きをまとめた『文藝年鑑』に稲子が登場するのも昭和五年版からだ。

昭和三年十一月から四年十月までに発表された小説を概観するページで、小林多喜二や徳永直らプロレタリア作家の躍進を紹介したあと、「新進又は新人にして活躍したものとして藤澤桓夫《たけお》、武田麟太郎、中野重治、立野信之、明石鐵也、橋本英吉、窪川いね子等の名を茲《ここ》に記して置こう」と名前を挙げられている。

翌六年版にも同様の記載があり、七年版になると、作家紹介の口絵写真にも登場している。「文芸家総覧」という住所録にも「窪川いね子」が載るようになった。

松尾尊兊『中野重治訪問記』で、朝日新聞の原稿料が小林、窪川、中野の順だと知った中野が「小林は仕方がないが、佐多（当時は窪川姓――筆者注）より少いのは承知できぬ」と朝日に抗議した、と話しているのはこのころのことだろう。

昭和五年二月に、長男を帝大（東大）病院で出産する。

中野重治に名づけ親を頼み、郷里の福井にいた中野から「ケンゾウスコヤカツクル（健造、健やかの健に造るという字解き――筆者注）」と電報が届く。中野からは、出産祝いとして赤ん坊用の布団も贈られた。

窪川家は依然、貧しく、帝大病院で産んだのも、窪川の友人が働いていて出産費用をただにしてもらえるからで、次女の達枝を産んだのも同じ病院である。

昭和五年新年号の稲子の活躍には、出産を前にできるだけ生活費を稼いでおこうという「書き溜め」の面もあったのではないだろうか。年譜を見ると、ひと月ほどのブランクですぐ執筆を再開しているので、産後の体調はとくに問題なかったようだ。

四月には、「キャラメル工場から」を表題作とした短篇集が、戦旗社の「日本プロレタリア作家叢書」の第八編として出版される。叢書では初めての女性作家で定価は六十銭、初版三千部だった。

表紙の絵は松山文雄によるもので、白地に赤レンガを描き、少女工の影を映した清潔な装幀を稲子は気に入った。

自分の初めての本が出版されたことについては、「忘れがたい感動というふうな気持でなかった」とも書いている。左翼の運動のなかで、作家という特権的な立場に安住するのではなく、実際の活動に身を投じるべきではないのかという迷いのなかにそのころいたからだろう。

赤ん坊の名付け親になってくれた中野重治が結婚する。

女性に対して万事消極的な中野を結婚させようと、自分も結婚したばかりの西沢隆二が動き、窪川がそれに同調した。「ふさわしい相手がいないか」と聞かれて、女優見習いのときに親しくなった原泉の名前を出したのは稲子である。

中野のところには窪川が、原のもとへは西沢が使者に立ち、それぞれの承諾を得た。中野と原の結婚通知の差出人は窪川と西沢で、文面は「中野重治・原泉／右両人このたび結婚いたさせ候」となっている。通知の日付は四月十六日で、前年のこの日に行われた一斉検挙への抗議の意味が込められていた。二人は式を挙げず、結婚届もしばらくは出さなかった。

寝間着と洗面用具を入れた包みを提げた中野が原のところに転がり込むかたちで実質的な新婚生活は始まっていたが、二十日ほど暮らしたところで、中野が逮捕される。

小林多喜二、片岡鉄兵、村山知義、立野信之といったプロレタリア作家がこの時、一斉に逮捕されている。戦旗社のメンバーも全員、ひっぱられた。

ナップの講演会で京都、大阪、三重を回っていた中野の代わりに、原と、そのころ東京にいた中野の妹で詩人の鈴子が拘束されたが、五月二十四日に東京に戻ってきた中野が田端駅で逮捕され、女二人は釈放される。中野の容疑は日本共産党に活動資金を提供したという治安維持法違反で、七月に起訴され、豊多摩刑務所に送られた。

プロレタリア文学の作家が次々、逮捕されたことは世間の注意をひき、プロレタリア文学陣営に与えた衝撃も大きかった。

不況が長引き深刻化するなか、資本家は労働者の解雇や賃下げで経営危機を乗り切ろうとし、労働者は組合を結成してこれに対抗した。

昭和四年から五年にかけて、各地の紡績工場で労働争議が頻発する。東京・亀戸《かめいど》などに工場があった東京モスリン（京モス）でも争議がおこり、窪川鶴次郎と連絡があった組合オルグ二人が、寄宿舎にいた女性組合員を七、八人、十条の窪川家に連れてきた。

これがきっかけとなり、稲子は女工たちの取材を始める。

親しくなった組合員に案内されて、争議まっただなかの工場の周りを歩き、寄宿舎で、娘たちが打ち鳴らす太鼓の音を聴いている。

取材をもとに、翌年からその次の年にかけて発表した「強制帰国」「幹部女工の涙」「小幹部」「祈禱」「何を為すべきか」の五作は、女工たちの苦境を表面的に伝えるのではなく、細かな心の揺らぎや、仲間うちの争い、労働者間の分断を、リアリティをもって描いている。

京モスの争議のあとに起きたのが「女の争議」で有名になった東洋モスリン（洋モス）の労働争議である。二か月にわたって争議は続き、一時は亀戸の住民も巻き込んで、警察とのあいだで市街戦の様相を呈したという。

洋モス争議に取材した稲子の作品に昭和九（一九三四）年の「恐怖」がある。五部作を最初に読んだとき、私はこれも洋モスのことと早とちりしたが、「恐怖」と五部作は題材が違うと、全集のあとがきをまとめた『時と人と私のこと』の中で稲子自身が解説している。

争議が終わったあと、女工たちの多くは、退職金にわずかな金を上乗せされただけで、食べるあてのない郷里へと帰されていった。


少女のころ、父親から「お前は、女文士にしてやろう」と言われ、「弁士は好かん」と答えた稲子だったが、文士に続いて弁士になる機会が訪れる。

昭和五年十一月九日、上野の自治会館で開かれた「『ナップ・戦旗』防衛」の講演会で、初めて演壇に立っている。

「火の鳥」昭和六年一月号に掲載された稲子の「獄中への手紙」の中で、前年十一月の講演会に触れ、「その夜私は始めて、演壇というものに立ちました。労働婦人と文化ということをしゃべりました。実際、闘争する洋モスの女工さんの姿は立派だと思いました」と書いている。途中で巡査から「弁士中止ッ」の声が出て、最後まで話すことはできなかった。

一斉検挙で多くの活動家を失い打撃を受けた一方で、プロレタリア文化運動はますます隆盛していく。ナルプ書記長に就任した西沢隆二に頼まれ、窪川鶴次郎は「戦旗」からわかれて創刊された「ナップ」の編集を手伝いはじめ、のち編集責任者になる。

昭和五年十一月、ロシア文学者の湯浅芳子とともにソ連に外遊していた作家の中條百合子、のちの宮本百合子が三年ぶりに帰国すると、窪川と西沢は連れ立って、本郷の菊富士ホテルに逗留中の百合子を訪ね、ナルプへの参加を要請して承諾を得た。『貧しき人々の群』（大正五年）で天才少女と騒がれた百合子のナルプ参加は新聞記事になった。

このとき稲子が同行していたのか後日のことかわからないが、稲子も菊富士ホテルで百合子と会っている。女性のプロレタリア作家として紹介された稲子がずいぶん幼い印象だったと、後に親しくなった百合子から聞かされた。

昭和六年一月、大阪と京都で開かれた「ナップ・戦旗」の講演会に、稲子は百合子や武田麟太郎、徳永直、黒島伝治らと参加している。東京を発つとき、前年に逮捕され、他の作家からは少し遅れて出獄したばかりの小林多喜二が見送りに来てくれた。

人前で話すことが苦手な稲子は講演会でもすぐトイレに行きたくなって、何度も往復するはめになった。プロレタリア文学運動に参加してまもない百合子も緊張していて、何度もトイレに立った。二人並んで鏡の前でパフをはたいていると、聴きに来ていた人から「プロレタリア作家もお化粧するのか」とからかわれた。

演題は「労働婦人の文化啓蒙運動」で、このときも話の途中で「弁士中止ッ」と止められたが、「弁士中止ッ」よりも「お化粧するのか」の記憶のほうが、あとあとまで残った。

第十一章

表と裏と

戦旗社から『キャラメル工場から』が出たのに続いて、改造社から『研究会挿話』を出した稲子は、作家としてのキャリアを順調に重ねていく。

文芸誌「新潮」は、昭和六年三月号で窪川いね子の小特集を組んだ。「驢馬」以来のつきあいである室生犀星や、プロレタリア作家の貴司山治《きしやまじ》と平林たい子が寄稿、窪川鶴次郎も「僕の希望」という題で書いている。

犀星と貴司は、そろって窪川夫妻のパワーバランスの微妙な変化について言及している。あるとき犀星が西沢隆二に「鶴次郎はこのごろいね子におされ気味じゃないか」と言ったところ、とりなすつもりか西沢は「鶴次郎が威張るので、いね子は最近また惚れ直したらしい」と答えたという。中野重治らと集まったときにも「窪川いね子がいて窪川鶴次郎が、存在しているように見られていないか」と中野が残念そうに言ったとも書いている。

二人をよく知る犀星は「生徒がうまくなって先生より有名になっただけ」と結構、身もふたもない。

窪川と親しい貴司は、彼と顔を合わせると稲子の話ばかり聞かされるという一方で、夫婦喧嘩のときに、「あたしは、あんたのせいだけで書けるようになったんじゃない」とタンカを切るのを目撃したと明かす。

周囲の心配に気づかないのか、気づかぬふうを装ってなのか、窪川は、夫であり文芸評論家でもある立場から、作家としてその「控え目な態度」を捨てるよう促し、「窪川いね子は今、もう一と廻り大きな作家にならねばならぬ秋《とき》に直面していると思うが如何？」と二度、くりかえしている。

稲子は翌月の「婦人公論」で「隠された頁　私の情死未遂事件」を発表する。

最初の結婚のことはこのときまで伏せられていたようだ。

「女人芸術」昭和四年三月号に発表した「自己紹介」という小説では、主人公みね子が、女工や女給などさまざまな仕事を経験してきたと自己紹介したとき、労働運動の仲間から「海千山千のみね子氏」と言われて憂鬱になる。夫と一緒になるまで一度の男女関係も恋愛もなかったとここでは書かれていて、稲子自身が過去に結婚していたとは読み取れない。

「驢馬」同人たちには感じることのなかった世間の偏見、先入観への防御だろうし、「婦人公論」の手記を書くころには、そうした過去を明らかにしてももう大丈夫だと思えるくらい作家としての地歩を固めていたのだろう。

ナルプが解散したあとにできた日本プロレタリア文化連盟（コップ）に、稲子は中條百合子らと一緒に参加する。稲子はコップの婦人協議会委員になり、連盟が出す「働く婦人」という雑誌の編集委員にもなった。「働く婦人」では、署名入りで論説記事を書いたほか、「旅のつくりかた」といった実用記事も無署名で書いている。

昭和七（一九三二）年を、稲子は「辛い、怒濤の一年」と記録している。

一月、稲子夫婦の家に手伝いとして来ていた叔母の俊子が脳溢血で倒れた。小堀槐三との「情死未遂事件」のときに第一発見者となったこの叔母は、数日して亡くなっている。

三月、窪川鶴次郎が壺井繁治《しげじ》らとともに検挙される。王子署に留置され、起訴されて豊多摩刑務所に身柄を移された。このとき父正文は脳梅毒を発症して入院中で、継母のヨツは正文と、養女とした稲子の娘の葉子を連れて故郷の佐賀に帰った。祖母のタカは稲子が引き取り、両親が住んでいた大森新井宿の家へ引っ越す。

四月に次女達枝が生まれる。暮らしむきに不安を感じていた稲子は産むかどうか迷ったが、窪川が産むことをすすめた。のちのちまで稲子は彼のこの判断を感謝しているが、帝大病院で達枝を産んだとき窪川は獄中で、稲子は何もかもひとりでやらなくてはいけなかった。風邪をひいて体力が落ちたせいで母乳が出なくなり、隣のベッドの産婦が赤ん坊が飲み切れないお乳を捨てるのを見て達枝にも飲ませてもらえないかと頼んでみたが、すげなく断られている。

検挙を逃れて地下に潜っていた西沢隆二がひょっこり顔を見せ、十円札を一枚、置いていった。その十円でパンを買い、牛乳を飲み、刺身を食べると、ようやくお乳が出るようになった。

産後の身体を休めている余裕はなかった。「働く婦人」の編集責任者だった百合子が同じ月に検挙され、稲子がその後任となる。

同じ時期に夫が検挙されたことで、稲子は壺井繁治の妻の栄と親しくなっていく。二人は「女人芸術」五月号に、窪川らが捕まった三月二十四、二十五日の検挙に抗議する文章を発表する。日比谷公園で開かれた抗議集会にも参加、佐々木孝丸や関鑑子《あきこ》らとともに弁護士に引率されて、警視庁の特高課長に面会し、抗議を申し入れた。


作家としての活動が表だとすれば、裏の活動は非合法の共産党員としてのもので、稲子は昭和七（一九三二）年、共産党に入党している。窪川鶴次郎の入党はそれに先立つ昭和六年一月で、「特高月報」によれば窪川を検挙した時点で特高課はそのことを把握していた。

生まれたばかりの達枝の最初の外出先は警察の面会室だった。稲子が乳飲み子を連れて面会に行くのは、逮捕が不当だというデモンストレーションの意味合いもあった。

達枝は、初めて会った父親からまるまる太った虱《しらみ》をプレゼントされた。その後も彼女は、非合法の連絡活動に奔走する母親の背中にくくりつけられて、小さい体をさまざまな場所に運ばれていく。

稲子が初めて検束されたのは昭和七年九月、演劇同盟の演出家だった土方与志《ひじかたよし》宅で開かれた、コップの婦人協議会の会合に出た時のことである。中條百合子や女優の平野郁子（佐野碩夫人）ら各同盟の委員八人と一緒に捕まったが、乳飲み子を抱えた稲子だけ一晩で帰されたという（注・新聞記事では検束当日に帰されたことになっている）。

執筆に機関誌の編集、刑務所にいる夫への差し入れと、忙しく動き回っていた稲子の顔にはこの夏、過労から面疔《めんちょう》（感染症によるできもの）ができた。

窪川が昭和九（一九三四）年の「中央公論」十一月号に発表した小説「風雲」に、この時期のことが書かれている。

刑務所に送られる前、彼は妻の「ゆき子」に「面会が月に三回、差入れが土曜日毎に一回」と約束させた。彼にとっては「月に七回はゆき子の無事を確めることが出来る」。自分の健康を維持するための卵や牛乳など差し入れの品もことこまかに指示した。

「風雲」を読むと、なんとも言えずやるせない気持ちになる。

幼子二人と老人を抱え、仕事を持ち、地下に潜った同志との連絡に奔走しながら、合法と非合法の危うい綱渡りを続ける妻にとって、月に七回も刑務所を訪ねる約束をさせられるのはかなりの負担だが、主人公はそのことに思いいたらず、そうすることが妻のためだと言わんばかりだ。約束した差し入れがパン一袋であったことに失望し、面疔になったゆき子が面会に来られないと知っていらだち、健康管理を怠ったのは不注意だと手紙で彼女をなじる。

刑務所には暖房がないので、主人公は早々とセーターを手に入れる算段をする。妻にセーターを編む余裕がないのをわかっているから、かつて自分に恋文をくれた女性二人のどちらに編んでもらおうかと思いをめぐらす——。

実際に初恋の女性にセーターを編むよう頼んでほしいと夫に言われた稲子は「それはちょっと無理じゃないの」と断っている。初恋の人にはいまの生活があるだろうし、物価の高騰で毛糸も値上がりしている。病身で不自由な刑務所暮らしを強いられる事情を考慮しても、窪川には、社会運動にかかわる自分が正しいことをしていると思う自己中心さと、妻への甘えが感じられる。

稲子もそう感じていたのだろう。「風雲」のゆき子は冷ややかで、もの言いたげで、そんな妻の態度に夫のほうでも不満を感じている。

のちに稲子も小説『くれない』で描くことになる仕事を持つ夫婦のすれ違いは、この時期に生まれ、妻より先に窪川が小説に発表している。

昭和八（一九三三）年二月二十日、検挙を免れ地下に潜っていた小林多喜二が赤坂で逮捕される。築地警察署に連行された小林は、取り調べで激しい拷問を受けて死亡する。二十九歳だった。

その少し前に、稲子は街頭連絡で小林に会っている。一緒にそば屋に入って、稲子の膝の上にいた達枝の顔を小林が覗き込むと、人見知りが始まった赤ん坊は母親の胸に顔をうずめた。それを見た小林は、「おやあ、こいつ、おれにほれたな」と言った。

二十一日の夕方、稲子は信濃町の中條百合子の家で夕食の膳に向っていた。百合子が広げた新聞に、小林の死亡記事が小さく出ていた。

「また、殺した」とうめくように百合子が言った。昭和七年十一月にも、党中央委員の岩田義道が、取り調べ中の拷問で命を落としていた。

小林多喜二が捕まったのは赤坂の表通りから一本入った裏道で、数日前に稲子と会ったのも同じ場所だった。

変わり果てた姿で杉並の自宅に戻ってきた小林多喜二は、奥の間に敷いたふとんに寝かされ、稲子は百合子と一緒に着物を脱がせるのを手伝った。

小林の身体はむごたらしく痛めつけられ、両太ももは皮下出血で暗紫色に腫れあがっていた。下ばきをとると、蹴り上げられたのか睾丸が裂けていた。こめかみに穴が開き、歯も折れている。首の周りには縄で締めたような跡が残り、のどぼとけが折れるほどの強い力が加えられたようだったが、警察が小林の母セキに渡した死亡診断書には心臓まひと書かれ、新聞にもそう発表された。

セキは、「心臓が悪いって、どこ心臓が悪い。うちの兄ちゃはどこうも心臓悪くねえです」と訴えた。息子の身体を前にして「それ、もいちど立たぬか」と言って泣いた。

午前二時ごろ小林宅を辞した稲子は、その日の朝のうちに豊多摩刑務所にいる窪川に会いに行った。小林の死を知らせるなら面会させないという看守と争いになり、それでもなんとか面会にこぎつけると、「昨晩お通夜をしてね、そのことで話しに来たんだけど、言っちゃいけないって言うもんだから」と、遠回しになんとか小林の死を伝えようとした。

刑務所の中野重治を訪ねた原泉の場合は、あらかじめ手帖に「多喜二築地署で虐殺」と書いておき、メモを取るふりをして、そのページを中野に見せた。

二月二十二日の夜、刑務所で一緒になった壺井栄とともに、稲子は再び小林の家へと急いだ。駅前の商店街の人通りは少なく、ラジオから流れる軍歌だけが響いていた。

小林の家はひっそり静まり返っていた。訪れた弔問客が次々検束されたためで、最寄りの警察署は収容者でいっぱいになった。

死因を確かめるために、三か月前の岩田義道の病理解剖にも立ち会った医師の安田徳太郎と、作家同盟のメンバーが大学病院に解剖を依頼したが、後難をおそれた帝大と慶応大は断ってきた。小林の名前を出さずに電話して引き受けてくれた慈恵医大病院に遺体を運んだところ、病理学教室の助教授が「小林さんの死体を解剖すると、わたくしはクビになります」と泣き出してしまい、結局そのまま自宅に戻されてきた。

稲子はただちに、「小林多喜二の死は虐殺であった」（「働く婦人」三・四月合併号）と、小説「二月二十日のあと」（「プロレタリア文学」四・五月号）を発表している。

自分が見た事実を公にして問いたいという、裂帛の気合をこめた文章である。激しい怒りの中にも、精度のよいカメラで死の前後のできごとをフレームにおさめ、小林の母セキや仲間たちの口から出る言葉、街角の物音まで精緻に再現され、観察者としてのすぐれた資質を感じさせる。

左翼運動への弾圧はいよいよ厳しさを増し、活動家は片端から引っ張られていった。共産党には複数のスパイが送り込まれており、昭和七年十月の熱海事件（特高による日本共産党員の一斉検挙事件）によって、党はすでに壊滅状態にあった。小林多喜二の逮捕も、スパイが手引きしたものだったとのちにわかっている。

現場で働ける人間が足りなくなって、稲子は「働く婦人」だけでなく「大衆の友」や「プロレタリア文化」の編集もやることになり、多忙さに拍車がかかっていく。

昭和八年十二月に宮本顕治が、翌年一月に百合子と西沢隆二が逮捕される。

この年二月、日本プロレタリア作家同盟は解散する。解散することに稲子は最後まで反対したが、大勢に影響を与えることはできなかった。

「驢馬」同人たちが次々捕まっていくのを見た室生犀星は、弾圧が自分の身に及ぶことを覚悟した。党の活動にかかわっていなくても、党員に資金を提供するだけでも警察に引っ張られていたからで、「驢馬」の支援者だった犀星なら警察がその気になれば検束することができたはずだ。

不安になった犀星は、寝込みを襲われてもいいように、夕方に髭を剃り、すぐ手の届くところに手ぬぐいと歯ブラシの包みを置いて床につくようになったが一度も踏み込まれなかった。捕まった同人はだれ一人として彼の名前を口にしなかった。

第十二章　不協和音

日本共産党の大幹部である佐野学（演出家佐野碩の叔父）と鍋山貞親の転向声明が獄中から発表されたのは、小林多喜二が惨殺されてから四か月後、昭和八（一九三三）年六月十日のことで、彼らの転向声明書は刑務所にいる党員に配られた。

声明の効果は絶大で、雪崩を打つように転向が相次ぐ。風間丈吉や田中清玄といった党の大幹部が後に続き、治安維持法違反で収監されていたマルクス主義経済学者の河上肇も転向宣言した。

結核の病勢がすすんでいた窪川鶴次郎も、転向を誓って十一月に保釈される。

窪川が保釈される少し前、十月二十日の「読売新聞」に稲子は「留置場の一日」という文章を寄稿している。彼女もまた十月に一週間ほど警察署に留置されていたようで、共産党シンパの容疑で捕まった声楽家の母娘、繊維組合の女性など、同房にいあわせた女たちを、あまり深刻にならない筆致でスケッチしている。

夫が自宅に戻って、ようやく稲子の日常も平穏を取り戻す——ということにはならなかった。

刑務所から出て自由の身になった窪川は執筆意欲に燃えていた。新しく淀橋区戸塚に借りた家でも、広い六畳を窪川が使い、隣の三畳が稲子の部屋となる。

稲子が口述筆記で執筆を助けることもあった。「窪川は上等な口述筆記者を持っている」と仲間うちで言われたが、この筆記者には、夫が語る内容が面白くないと感じると、自然に手が止まりがちになる手ごわさがあった。

窪川が出所してくる前に書いた「進路」という小説を読んだ貴司山治が、「亭主のいない方がいいね」と言うので稲子は苦笑した。なぜなら、夫が刑務所に入って多忙で小説の書けない時期に、「亭主がいないと小説が書けないのか」と別の人に言われたこともあったからだ。いなければいないで、いればいるで、何かにつけ鶴次郎の存在と結びつけられるのには閉口させられた。

窪川の評論はほとんど金にならず、家計の主たる担い手は依然として稲子で、家事をやるのも稲子だった。興が乗っているときでも、時間がくれば筆を止め、食事のしたくをしなくてはならない。夫が不在だったときにはない不自由さを感じるようになっていく。

疲れがたまって肺尖カタル（結核性の炎症）でひと月ほど床についたときも、「中央公論」

に約束した「牡丹のある家」を寝たまま仰向きで書きはじめ、まだ起き上がれないのに書き上げる離れ業を見せている。

昭和九（一九三四）年九月には、初の随筆集『一婦人作家の随想』（ナウカ社）と短篇集『牡丹のある家』（中央公論社）の出版記念会が、内幸町のレインボーグリルで開かれている。

主催は神近市子が創刊した雑誌「婦人文藝」で、中條百合子、湯浅芳子、中野重治、壺井栄のほか、平林たい子、武田麟太郎、秋田雨雀《うじゃく》、亀井勝一郎ら四十人ほどの出席者は、そのほとんどが、所属する派の違いはあってもプロレタリア陣営の作家だった。

神近が主催者としてあいさつしたあと、平林の司会で秋田や百合子、版元であるナウカ社の大竹博吉、中野らがあいさつに立った。

『一婦人作家の随想』の表紙の肖像画を手がけた画家の柳瀬正夢も出席した。深夜二時ごろ、ふらっと家にやってきた柳瀬は、寝ていた稲子を起こし、彼女の顔をスケッチし始めた。寝間着のまま慌てて座り直したので、表紙画の稲子はいつもの眼鏡をかけていない。このときの肖像画は、彼女の最も好きな絵の一枚となる。

「婦人文藝」に載った紹介記事は、夫の不在中、二人の子どもと祖母を抱え、プロレタリア文学運動にもかかわりながら、わずかな時間を集めて作品をつむぎ出した稲子を応援する、真情がこもった内容である。

筆名を「窪川いね子」から「窪川稲子」に改めた時期を、稲子自身ははっきり覚えていないとしているが、この記事に「最近、改名した」とあるので、昭和九年半ばのことだと思われる。「亭主のいない方がいいね」と言った貴司山治は出版記念会で、「いわゆる女らしさというものへの訣別と、氏の一面である太々しさをより積極的に育くもうとする気構えを見る」と改名について述べている。

作家としてさらに大きく飛躍しようという時期に、狭い家で物書きが二人、隣り合わせで執筆する息苦しさを稲子は感じ始めていた。

それは窪川も同じで、彼には評論だけでなく、小説を書きたい気持ちがあった。運動の壊滅は、はからずも夫婦のあり方に二人の目を向けさせていく。

昭和九年十月、三一書房からプロレタリア文学作品のアンソロジーが刊行され、百合子の「小祝の一家」や松田解子、武田麟太郎、徳永直らの作品とともに、稲子が「文藝春秋」三月号に発表した「押し流さる」も収録された。

プロレタリア文学運動の退潮は誰の目にも明らかで、アンソロジーのタイトルが『われらの成果』となっているのは、流れを押しとどめようとするようでもあり、終わりを認めてひとつの区切りをつけたものとも読める。
「押し流さる」を、風邪をひきながら無理して書きあげたため、ひと月近く寝込み、入院もした。前述した七月の肺尖カタルに続き、昭和十（一九三五）年三月にはひどい大腸カタル（急性大腸炎）にかかって二十日間寝込んだ。

昨夜久しぶりでいねちゃんがやって来た。（略）ニヤリニヤリ笑うだけでろくに声も出さないの。大腸カタルのひどいのをやって、もう殆ど三週間経ちますがまだやっとおもゆの親方を食べているところ。

検挙されて獄中にいる夫宮本顕治に、百合子が稲子の病後を知らせる手紙である（宮本顕治・宮本百合子『十二年の手紙』）。顕治も返信で「いねちゃんは大腸カタルからすっかり恢復しただろうか」と案じている。昭和七（一九三二）年に九歳年下の顕治と結婚した百合子はこの後、昭和十二（一九三七）年に、獄中の夫を支える思いで筆名を中條から宮本に変えている。
窪川鶴次郎には、夜じゅう仕事をする習慣があった。自宅のそばに仕事部屋を借りるようになっても、昼の十二時すぎに「おはよう」と、朝食を食べに家に戻ってくる。声を聞きつけると、稲子は二階の仕事部屋から降りて食事の支度をした。食べ終わると窪川は仕事部屋に戻り、夕食の時間になるとまた戻ってくる。

退潮にあるプロレタリア文学の作家として、日常に流されず新たな展開を図ろうとする気持ちが稲子には強かったのだろう。窪川の中学時代の友人である小学校教師に労働者の子どもの作文を見せてもらったのがきっかけで、工場と労働者の町に身を置いて、その生活を書いてみようと思い立つ。亀戸に近い大島町の長屋を借りて仕事場とし、ひと月ほどそこで暮らして小説「一袋の駄菓子」やエッセイ「沼の中の町」を書いている。

稲子が自宅に帰るとすぐ百合子が検挙され、その翌日、稲子も戸塚署に身柄を拘束された。昭和十（一九三五）年五月のことで、留置期間は三十八日間に及んだ。

逮捕理由は「働く婦人」の編集が先鋭である、というもので、ある女性が稲子に共産党の機関紙「赤旗」を渡したという証言を盾に、党との関係を追及された。否定すると、木村という警視庁の刑事に「嘘をつくなっ」と頬を張られたがそれ以上の拷問はされなかった。

ふだんは留置場にいて、呼び出しがあると二階の取調室に連れて行かれる。差し入れの弁当を食べるとき、留置されている者は自分のお茶を入れ、刑事たちにもつぐことになっていたが、夫が「お茶」と言えば手を止めてお茶を入れに立つ、家庭でのお茶くみの問題でさんざん悩んでいた稲子は、刑事たちにお茶を入れることを拒否した。稲子が席を立たないので、しかたなく刑事や他の留置人の男が稲子の分もお茶を汲んでくれた。

「婦人の友」に約束した小説の締切が迫っていた。当時の「婦人の友」は作品掲載の年間予定を発表しており、家計のためにもどうしても落とすわけにはいかなかった。留置場で原稿を書かせろと稲子は要求し、広い畳敷きの取調室のすみの机を借りて、調べの合間に筆を走らせた。

留置場で書いたのは「柱」という小説で、最初の結婚に失敗した稲子が相生に戻って葉子を産み、一家が再び東京に出る時期のことを書いたものだ。タイトルの「柱」は大黒柱で、父親らしさのなかった正文が、葉子が生まれて初めて肉親の情にめざめるようすを描いている。不安はあっても小説の家族には希望の光がさし、現実の正文は脳梅毒で義母ヨツの実家で厄介になっていた。正文に対する稲子の思いは、親と子が逆転したような、娘のほうが必死で父親を守ろうとするところがある。

正文が佐賀で亡くなるのはその一年後で、もしかしたら、拘束されたときには父との別れを予期していたのかもしれない。稲子の一連の自伝的小説は、書いた時期と書かれた時期が一見、バラバラで何のつながりもないようで、独特の勘で書くべき時をつかまえている。

取り調べのために自身の「闘争経歴」を書くのと並行して書き進めた六十枚ほどの小説原稿は、出版社に渡す前に取り調べとは別の刑事が検閲した。検閲担当の刑事が「この漢字、間違ってるよ」と誤字を直してくれたので、警察というのは一律一遍のものではない、という印象を稲子は受けた。

遅筆だったが、いわゆる「カンヅメ」（出版社に旅館などに拘束されて原稿を書くこと）の経験はなかった稲子は、このときの留置場での執筆を、生涯ただ一度の「カンヅメ」だと笑い話として人に話している。原稿はぶじ「婦人の友」七月号に掲載され、「女作家、留置場で原稿稼ぎの筆」という新聞記事にもなった。

頬を張った木村という刑事に、稲子は戦後になって、吉祥寺《きちじょうじ》駅前でばったり出会っている。「俺はあんたをひいきしたって言われて、それが癪にさわって警視庁を辞めたんだよ」という彼は、パン屋に転身していた。

六月に稲子はひとまず釈放されたが、同じ容疑の百合子はまだ留め置かれた。

稲子が留置されている間のことを窪川鶴次郎が「読売新聞」のエッセイに書いている。警察にいる母親に会いに行った娘が、南京虫にくわれてかゆがり、手伝いの娘たちももてあましている。父親はいらいらするばかりで何の役にも立っていない。家に戻った稲子がどんな思いでこれを読んだだろう、とハラハラする内容である。

その窪川は、稲子が帰宅してすぐに新しい恋の相手を見つけた。

相手は出会ったときの稲子と同じくカフェー勤めの女性で、七月半ばに出会い、三度目に会うころには恋愛を意識するようになっていた。八月初めには妻に「好きな女の人に出会った」と告白している。

そのころ稲子たちは別居を検討していた。べつべつに暮らそう、と言い出したのは稲子である。「作家などという人間はもっとがむしゃらに生活しなければならないのではないか、対手の何でもを吸い取ってしまう程の逞しさがなければ大きくならないのではないか」――十年一緒に暮らして、稲子はそう考えるようになっていた。作家として、外へ出て、社会のさまざまな層の人とふれあいたい。子育てからもできるだけ解放されたい。

怜悧な稲子は、それは窪川も同じはずだと考えていた。一軒の家に作家が二人いては、おたがい充分手足を伸ばせないのではないか、と稲子が言うと、窪川は妻の言葉にうなずいたものの、べつべつになるのなら自分は一人では住めない、と言い出した。そういう会話をしてすぐに、夫の新しい恋を打ち明けられたのだった。

稲子に結婚経験があり、子どもがいる、と言われてもためらいのなかった窪川は、新しい相手に対してもまっすぐに進み、過去にこだわらず、新生活の計画を描き始める。そんな夫の姿に圧倒されて、稲子は複雑な思いを抱いた。

俗世間の常識や価値観にとらわれない窪川を愛し、尊重し、生活費や子育てのことで彼をわずらわせず、そういう生き方を守ってきたのは妻の自分である。別れる、という局面に立って、自分のこれまでの努力が報いられず、どちらかといえば逆に作用しているのをひしひしと感じた。子どもを抱いてくれ、と妻から言われたことのない夫は、子どもを置いて出ていくことにためらいがない。夫の仕事を大切に思い、そういう状態を意識して維持してきたのは自分だった。

新しい恋に心弾ませる夫とは対照的に、自分の感情生活はひからびてしまっている。作家として、この先、それでやっていけるだろうか。夫を自分のもとに引き戻したい、とは思わないのに、はじめて知る寂しさと、矛盾だらけの嫉妬心に稲子は苦しむ。ガス管をくわえて自殺することも考えたが、子どもたちのことや、女性解放を提唱してきたプロレタリア作家が自殺する影響の大きさを考えて踏みとどまった。

窪川の相手は稲子に似ていた。顔かたちだけでなく性格も似ていると窪川は言い、共通の知人もそのことを認めていた。

写真を見せられて、いい娘さんだと好感を持ったが、伯母との旅行で撮影したというその写真を撮ったのは、たぶん男の人だろうと直感し、窪川にもそう言った。「そうかなあ」

と彼は意に介さなかった。

稲子の勘は当たっていた。

窪川と一緒になる約束をした相手はじつは既婚者で、夫は彼女が働く店の経営者だった。そのことがわかって、窪川は友人の大宅壮一と一緒に話し合いに出かけたが、戻ってきて「あれはやめたよ」と稲子に言った。窪川の独り相撲だったのか、相手にだまされていたのか、稲子にはわからなかったし、そのあたりのことは窪川もくわしく書いていない。

皮肉なことに、窪川の恋が実らないとわかった後で、文壇でも似合いと言われた夫婦の破局が新聞記事になる。

『年譜の行間』で稲子は、「大宅壮一さんが関係したこともあって」と話している。稲子自身が小説として書いた『くれない』では、もう少しくわしい事情が描かれている。

「あれはやめたよ」と広介（窪川）が言った翌日、彼は飲み歩いた先の酒場で新聞記者に事の顛末を話してしまう。記事が出ることになり、一緒に行ってくれた友人（大宅壮一）が書くというのを断っておいて、別の新聞に出るのは悪いと謝りに行き、友人の新聞にも書かれ、他の新聞のインタビューも受けることになった。

記事が出たのは、大宅壮一がいた「東京日日新聞」が一番早かった。

毎月、事件の当事者を追いかけ、独占手記を載せて評判をとっていた「婦人公論」が、それぞれ手記を書くよう依頼してきた。「婦人公論」の編集者堺誠一郎が、窪川と一緒に、湯浅芳子の家に身を寄せていた稲子のところに原稿依頼に行ったとき、彼女は「何しに来た」というような強い目で夫をまっすぐに見た。

稲子の「恐ろしき矛盾」、窪川の「生活と愛情」は、「婦人公論」昭和十年十月号に掲載される。

仲の良さで知られていた作家夫婦の破局報道は大きな反響を呼んだ。

稲子が書いた「恐ろしき矛盾」は、家庭と仕事をどう両立させていくかに苦しむ女性たちの心情に突き刺さる問題提起と受け止められた。

「婦人公論」の編集後記には、「完全なる夫婦として共稼ぎ夫婦が思い出しては自分等の生活の安全弁の如く励まされていた作家窪川夫妻の離婚は若き人々の生活にほの暗い影を投げた。裏切られた、と感じるのも貴方丈《だ》けではありますまい」と書かれている。

「婦人公論」十一月号に、「窪川稲子さんへ」という平塚らいてうの文章が載っている。十月号が出てから依頼したのでは間に合わないので、編集部では、窪川夫妻の手記が大きな話題になると見越して手回しよく頼んでおいたのだろう。

編集部のリード文には「平塚女史の批判」とあり、依頼の趣旨もそういうものだったのだろうが、雑誌「青鞜」を主宰し、「新しい女」と呼ばれた平塚の文章には「成程そうであろう」「いかにもその通り」と稲子への共感と同意が頻出、自分も三歳年下の夫との二十数年の結婚生活で同じ矛盾に苦しんできたと書く。むしろ十年も矛盾を感じずに来られたとすれば、それは二人が若く幼かったからだろうとも。

理想の夫婦の破局をきっかけに、女性の社会進出と、仕事と家庭の両立の問題は、さまざまな新聞、雑誌で取り上げられた。神近市子の「婦人文藝」でも、十一月号の「社会時評」でさっそく、「窪川夫妻離婚問題について」を取り上げている（筆者は狩野弘子）。

プロレタリア文学運動の停滞期にあって、プロレタリア作家の進む方向は二つあると狩野は示す。一つは積極的に現実と闘争してゆく方向で、もう一つはしばらく現実から逃避する方向。「外へ出てゆきたい。社会の種々な層へも入りたい」と書く稲子を闘争継続の方向、「本を揃え、植木を植え」、家庭生活に腰をおちつけようとする窪川を逃避方向ととらえて、窪川は「稲子氏発展のためによき指導者であったでしょうが、今やさらに前進しようとする稲子氏にとって一つの桎梏《しっこく》に化した」と指摘する。

女性の共感は当然のことながら稲子に集まったが、宇野千代は稲子に、「窪川（鶴次郎）さんのほうがよかったわ」と直接伝えた。稲子の原稿が問題意識にとらわれガチガチになっているのに比べて、窪川の文章には夫婦の行きづまりや新しい愛情を得たことの喜びといった素直な感情があふれていて、稲子にも宇野の言葉にうなずくところがあった。

中央公論社社長の嶋中雄作に強くすすめられて稲子が書いた『くれない』という小説に、時々で変わる自分の感情や、そのことへのとまどいが率直に描かれたのは、宇野の指摘があったからかもしれない。

『くれない』を書くと決まったのは、宇野や林芙美子ら女性の人気作家数人が嶋中から赤坂の瓢亭に招かれたときで、五か月間連載することは前もって約束していたが、何を書くかはこの会食の時に決まった。

「婦人公論」新年号には、瓢亭ではなく吉屋信子宅で撮影された林、宇野、吉屋、稲子の写真が、第一線で活躍する女性を特集する口絵のページに載っている。同誌の新年号で、野上弥生子も含めた人気作家がそろって長篇連載を始めているのは壮観である。

自分たちの破局を小説に書くようすすめられた稲子は、顔がゆがむような思いがした。書くものかと反発したのに、恥をさらす覚悟をその場で決めたのは、大舞台に抜擢された駆け出し作家の従順さではなく、手記では書き切れなかった、小説にしか書けない複雑な感情があることに気づいていたからだと思う。宇野が感想を伝えたのも、この席ではないだろうか。

仕事を持って自立した女として自分から別れを切り出しておきながら、『くれない』の明子は初めて経験する寂しさで沈み、新しい恋を見つけて去ろうとする夫に執着する。愛情に泣くかと思えば次の瞬間には憎悪で目を吊り上げる。妻の浴衣を狂ったように引き裂いた夫に身を任せる瞬間までを描き出す稲子の筆からは暗い情念が立ちのぼり、あやしい美しさで輝く。

先に世に出た自分に対する夫の複雑な思いも、明子は痛いくらいわかっている。互いの成長を願って苦難を乗り越えてきた夫婦は、結果として自分たちで解決できない矛盾に突き当たる。

『くれない』は「婦人公論」の昭和十一年一月号から五月号に連載された。原稿を書き上げると窪川に見せ、彼が怒るのを見て書き直した箇所もある。予定の五回で書き切れなかった最後の部分をおよそ二年後の「中央公論」昭和十三年八月号に掲載して、単行本が中央公論社から刊行された。

嶋中が「婦人公論」の愛読者大会で全国を回ったとき、どこでも『くれない』への関心が高かった。稲子にそう伝えた嶋中自身は、小説に書かれている葛藤を一般読者はどこまで理解しているのだろうと考えているようだった。

『くれない』の「永見」のモデルである中野重治は、この作品の文庫解説を書くために再読したとき、最後に「完」となっているのを見て苦笑いしたと書いている。何ひとつ問題は解決せず、終わってもいないからである。

第十三章　運命の女

『くれない』の連載が始まった昭和十一（一九三六）年の二月二十六日未明、「昭和維新」を旗印に掲げた陸軍皇道派の青年将校のクーデター未遂、のちに「二・二六事件」と呼ばれることになる事件が起こった。

作家の田村俊子（一八八四〜一九四五）がカナダから帰国したのはそのひと月後である。『あきらめ』や『木乃伊《みいら》の口紅』などの作品があり、明治・大正文壇で華々しく活躍した俊子は、十歳年上の夫田村松魚《しょうぎょ》と別れて渡米、その後、カナダのバンクーバーで愛人の鈴木悦と邦字新聞を編集していた。鈴木が単身帰国した際に病気で急逝したため、俊子も十八年ぶりに帰国することになり、そんな俊子を新聞は「女浦島」と報じた。

日枝丸で帰ってきた俊子の服装は、こげ茶のスーツに同じ色の帽子、ハイヒールというしゃれたもので、写真を見ても五十一歳という年齢に見えない若々しさである。横浜港で待ち構えていた新聞記者に「最近の日本の作品をあちらでも読まれましたか？　どんな作家のものに感心されましたか」と聞かれ、「女の作家では窪川稲子さんの作品」と答えているのを稲子も読んでいた。

同じ記事を読んだ吉屋信子はそれを、今の日本の文壇と自分の感覚がズレていないと誇示する俊子の身構えと受け止めた。

帰国から二か月後の「読売新聞」のインタビューでは「身辺小説なんて駄目々々、(久々に発表する新作は――筆者注)夢の中に現実を描く、現実の中に夢をとかし込む、そういった作品になるでしょう。あの青年将校たちこそ私は大きなドリーマーだと思うんですよ」と、二・二六事件の当事者に言及している。

この記事でも「女浦島」という言葉が使われていて、「女浦島」が「女実盛」に転身を図る、と書く記者の文章には揶揄がまじっている。

二十年近い空白を意に介さず、文壇復帰を夢見る俊子自身もまた「ドリーマー」だった。

ホテル住まいを経て俊子が居を定めたのは日本橋本町にあった本町アパートの一室で、建築雑誌で取り上げられるような、モダンで洋風の建物だった。

稲子が俊子と初めて会ったのは誰かの出版記念会の帰りに銀座で、と『年譜の行間』で語っているが、「婦人文藝」昭和十一年六月号では、「この間あるお茶の会でお目にかかった」と書いている。同じ号の口絵写真に、「田村俊子氏を迎えるお茶の会の帰りです」というキャプションのついた、稲子と神近市子が銀座で撮影された写真、対向ページに俊子を囲む、長谷川時雨や宇野千代、神近の写真が掲載されている。

自分より二十歳年上の先輩作家に、稲子は初対面から好意を抱いた。「婦人文藝」に載せた作品評でも、「明治から大正にかけて華麗な筆を振ったこの作家の、新たな活動が期待され」る、と好意的に書いている。

稲子と百合子は本町アパートの俊子を訪ねるようになる。

カナダで新聞を編集しながら、長年、社会主義運動にかかわってきた俊子だが、稲子たちには、官能的な小説を発表して話題を振りまいていたころの女性作家に戻ったように見えていた。それでも俊子は、プロレタリア作家である百合子や稲子と親しく付き合おうとした。

この年の十二月、稲子は「読売新聞」の「『女流作家』検討座談会」に、百合子や岡本かの子、宇野千代、平林たい子と出席している。

その前の月に室生犀星が「女流には大家がいない」と文芸時評の中で書いたことをきっかけとする企画で、稲子が『くれない』で提起した、仕事と家庭の両立がここでも問題にされた。

議論の冒頭、明治以来の女流作家で「大家」といわれる人は誰だろう、と司会が問いかけ、真っ先に宇野千代が名前を挙げたのが田村俊子で、ほかに名前が出たのは樋口一葉と中條百合子である。それほどかつての俊子は仰ぎ見る大きな存在だった。

その年の暮れ、稲子と百合子と俊子は、三人で浅草に出かけている。武運長久ならぬ文運長久を観音さまにお参りしたあと、三人は仲良く仲見世で買い物をした。

窪川の下駄を一緒に見立て、俊子は窪川の湯のみも買ってくれた。

そのときすでに、窪川と俊子との関係は始まっていて、稲子はそのことを知らなかった。知らなかった、と言い切るのはじつは微妙なところで、のちに発表する当時の回想では、知らなかったにもかかわらず、「あたしの心にはっきりと目に見えるように二人の様子が描かれるの。相手は田村俊子だというイメージがどんどん浮かんでくる」と話している。

恋愛をしているらしい夫の表情は暗く、相手は自分の年上の友人だと直感していた。自分の中で想像がふくらみ、まさかと打ち消す、そのくりかえしに苦しんでいた。

『くれない』で書いた恋愛事件のあと、窪川は仕事場に泊まり込んで仕事をすることが多くなった。近所に引っ越してきた妹の家の二階を仕事場に借りて、それでも夕飯には戻ってきていたが、あるときから帰ってこなくなる日が増えた。

食事がむだになると文句を言うと、「いいじゃないか、一人分よけいに食べられる」と言って取り合おうとしない。

夜中に近所の酒屋が火事になったときも、いつもなら面白がって飛んでくる夫が帰ってこないことで、留守にしているのがわかった。翌日、帰宅したときにその話をしても、「そうか、俺、知らなかった」とあしらわれてしまう。

この時期に俊子が稲子に出した手紙には、「ふとんのかわ（お約束の）買ってある／十日会に行かれる？／もし行けば　持っていくけれど」と屈託のない言葉が並んでいる。「十日会」は中央公論社の嶋中雄作が毎月開く女性作家の集まりで、座蒲団をくるむ生地を持っていってあげようと言っている。

これより前に、窪川が風邪をひいて寝込み、俊子が見舞いに来たことがあった。窪川を前に俊子が「稲子さんを大好き、窪川さんもいい人だけど、どっちかと言えば、稲子さんのほうが好き」と言い、「何か買ってあげたい」といって「座蒲団のかわ」を買ってあげようと約束したのだった。

夫との関係をどこかで疑っている稲子は、美しくお化粧をしている俊子を見て、「俊子さん、今日はとても綺麗ね」と口にした。皮肉ではなく自然に出た言葉だというが、窪川にしてみれば、ゆっくり寝ていることもできなかっただろう。

俊子から手紙が届いて二週間ほどして、「働く婦人」の編集で稲子が治安維持法違反に問われ、起訴された事件の裁判が開かれた。公判の前の晩は家で寝てほしいと頼んだのに、その日も窪川は帰ってこなかった。

夜が明けて、時間ぎりぎりまで待ったが窪川は帰らず、暗い気持ちのまま稲子ひとりで裁判所に向かった。ともに闘った同志として、夫には一緒に裁判に臨んでほしかったし、だからこそおし止めようとする他の女の存在を、何も証拠はないのに感じていた。

廊下で判決を待っているとき、柳瀬正夢が顔を見せた。稲子の『一婦人作家の随想』の装画も手がけてくれたこの友だちは、たまたま知り合いの弁護士から今日判決が出ると聞いてすぐ来たと言い、稲子にはその気持ちがうれしかった。

しばらくすると妹を連れた窪川が「ごめんごめん、遅くなった」と姿を見せたが、この日のことを思い出して、稲子はのちのちまで激しい怒りをかきたてられる。

判決は懲役二年執行猶予三年。上訴はせず、判決は確定した。

特高警察が出していた「特高月報」の復刻版には、「窪川イネ」「中條百合子」の名前は昭和十（一九三五）年十月に起訴された時に記載されている。稲子も百合子も入党しているはずだが、月報には党員ではなく、「目遂」と記されている。

「目遂」は目的遂行の略で、昭和三（一九二八）年に治安維持法が改正され、「結社ノ目的遂行ノ為ニスル行為ヲ為シタル」罪が加わっていた。つまり共産党のシンパと認定されたということだ。稲子自身、取り調べで党員であるとは知られなかったと話している。もし党員だとわかっていればおそらく実刑は免れなかったのではないか。

戦後になって、特高が共産党上層部に複数のスパイを送り込んでいたことが明らかになったが、組織が壊滅状態になって、こうした取りこぼしもあったようだ。

夫が田村俊子と恋愛していた時期を稲子は、戦後になって『灰色の午後』という小説に書いている。夫の表情のかげりや言葉づかい、これまでと足音が違っていることまで、夫の情事を察した妻の神経は張りつめていて、どんなささいな変化も見逃さない。

相手は俊子だと考えたのは、前述したように彼の表情が暗かったからで、『くれない』で描いた恋愛のときのような、甘くはずむようすがまったくなかった。

あるとき、稲子が本町アパートの俊子の部屋を訪ねると、俊子はドアを少しだけ開けて、「ちょっと下の喫茶店で待っててよ、すぐいくから」と笑顔で告げた。

ことさら愛想良くふるまう彼女のようすに、窪川が部屋にいる、と稲子は階段を下りながら感じていた。二人の恋愛が明るみに出たあとで確かめたところ、本当にそのとき窪川は俊子の部屋にいたという。すべて察しながら、稲子は俊子となにごともなかったかのようにお茶を飲み、しばらく話して別れた。

疑念にさいなまれながら稲子が書いたのが、「驢馬」の時代を回顧する『樹々新緑』であり、「婦人公論」の五回連載では書き切れなかった『くれない』の最後の部分である。かつて二人の間にあった、みずみずしい愛情を小説の中によみがえらせたあとで、夫婦のあいだに走った最初の亀裂を克明に書き継いだ。

このとき稲子は二人の関係に終わりが来たとわかっていたのだろう。


俊子と窪川の仲が明るみに出たのは、電話からだった。

本町アパートには当時まだ珍しかった電話があり、俊子のところに入り浸っていた窪川は、そこから仕事の電話を何度もかけていたらしい。アパート内では公然の秘密となっており、電話の交換手が人に話した噂が百合子の耳に入った。

何かの間違いだと思った百合子は、まっすぐ窪川家に確かめにやってきた。百合子が耳にした噂と自分の想像の完全な一致に稲子は戦慄したが、その場では何も知らないふりをした。窪川もきっぱり否定し、二人は何食わぬ顔で俊子にも会うよう百合子に頼んだ。

別の日に俊子に会いに行った百合子は、その晩、激怒して窪川家にやって来た。

情事の噂を百合子の口から聞かされた俊子は、百合子をどなりつけた。その剣幕に百合子は泣き出したが、嘘をつきとおせなくなった俊子は、結局、窪川との関係を認めてしまう。しまいには、世話のやけるお金のかかる人だと愚痴をこぼし、百合子が窪川家を訪ねた後で口裏を合わせるよう窪川が俊子に指示したこともばらして、潔癖な百合子は怒り狂っていた。

この直後、俊子が年下の友人である丸岡秀子（評論家）への手紙に、「あんなヘンな正義感でかたまった女の子ぐらい愚劣なものはないし、私もそう思っていやになった。そして実に厄介な人に秘密を知られたものだと思います」と書いている。手紙の続きに「Cさん」と出てくるので、中條百合子のことであろう。

ここにいたっても、窪川は妻に対して白を切り通した。「本当なら本当だと言えばいいじゃない」と言われると、「そんなことが本当だと俺が言えるか」と言う。その物言いは、かつて彼が、取り調べの刑事に対してそんな答え方をしただろうことを稲子に連想させた。

彼らの情事が明るみに出て、稲子は俊子からもらった黒地に赤や黄色の椿を散らしたメリンス生地でくるんだ座蒲団を使うのをやめた。

ある日、俊子が窪川の仕事場を訪ねてきた。窪川は家にいて、階下に住んでいる窪川の妹が知らせにきたとき、彼のかわりに稲子が一人で応対しに行った。

話すこともなく、車が拾える大通りまで送っていったとき、ふいに俊子は稲子に、これからも親類のようにつきあってほしいと言った。このまま会わなくなるのではあんまり寂しいからと。さすがにそれはできないと、稲子は断っている。

俊子の気持ちはどういうものだったのだろう。新しい才能として注目していた稲子を通して夫の窪川を知り、年若い気鋭の文芸評論家の才能から吸収したい思いが強かったのかもしれない。

丸岡秀子に出した別の手紙では、「彼との交渉のおかげで、私は日本における現代の知識を相当に吸収し、咀嚼し、これこそ二十年近くの不在を短時日で取り返したと思う」と書いている。

カナダから帰国した後、俊子は何作か小説を発表したが、かつてのような話題作を出すことはできなかった。

俊子が、稲子のことも本当に好きだったというのは稲子自身、疑っていない。俊子はかつて事実婚の夫だった田村松魚と伊東六郎との三角関係を『炮烙《ほうらく》の刑』という小説にしている。親しい友人夫婦の間に割り込み、彼女の夫を奪うことで、作家としての自分に火がつくよう期待したのだろうか。

情事が発覚した昭和十三（一九三八）年十二月に俊子は中国に渡る。中央公論社の特派員として一、二か月かけて中国各地を見て回るつもりで、アパートの部屋もそのままにして発ったが、ついに日本に帰ってくることはなかった。

俊子が発つとき、稲子が見送りに来ていないことを岡田八千代から指摘された俊子は、「友だちじゃないもん」と言った。

日本を発つ前に「中央公論」十一月号に小説「山道」を発表、主人公は恋愛に苦しみ、男と別れようと決めて温泉宿に滞在する。男は女のあとを追い、堂々巡りがくりかえされる。俊子の伝記を書いた瀬戸内寂聴は、「山道」は、窪川との関係が発覚する前に書かれたものだと推測し、俊子の贖罪意識をこの小説に見る。

第十四章　万歳の声

昭和十二（一九三七）年七月、盧溝橋事件によって日中戦争がはじまった。日本はいよいよ国を挙げて戦争の道を突き進んでいく。

千葉・内房の保田《ほた》海岸に家を借りて、ひと夏を子どもたちと過ごしていた稲子の耳にも、出征兵士を送る万歳と行列の歌声が駅の方から聞こえてくるようになった。

十二月には労農派代議士の加藤勘十や、山川均、荒畑寒村、向坂逸郎《さきさかいつろう》ら四百四十人以上の学者や運動家らが、反ファシズムの統一戦線結成をはかったとして治安維持法違反で検挙された。いわゆる人民戦線事件である。

内務省はただちに事件の検挙者の原稿掲載禁止を各出版社に通達した。「中央公論」十二月号に掲載された、経済学者大森義太郎の映画批評が削除処分を受け、以後、被検挙者の著作は原則として発行が許されないという扱いになる。

そのふた月前、十月には、内務省警保局と主だった出版社との月一回の「出版懇話会」が発足している。戦時体制下の出版に関する方針がそこで示されるようになり、十二月二十七日の懇話会の席上、科学史家の岡邦雄、哲学者の戸坂潤、宮本百合子、中野重治ら七人の名前を挙げて、原稿掲載を見合わせるように通達した。

狭められつつあるプロレタリア作家の発表の場を確保しようと、武田麟太郎が昭和十一（一九三六）年に創刊した雑誌「人民文庫」も発売禁止が続き、定期購読者が警察からたびたび呼び出されるようになっていた。「人民戦線」の次は「人民文庫」だという噂に、内部からも危険視する声が出るようになり、昭和十三（一九三八）年一月号が発禁になったのを最後に終刊した。

稲子は執筆禁止にこそならなかったが、禁止の範囲は今後拡大する方針が、図書課長談、というかたちで示されていた。「事実指名をされなかった窪川夫妻などの執筆場面をも封鎖した結果になっ」た、と戦後になって宮本百合子が書いている。

稲子は、執筆の場がなくなったときに備えて、百合子と一緒にコーヒー店を出そうとした。

昭和十三年二月二十四日の「朝日新聞」に、「生活に喘ぐ左翼文士／就職に駈け廻るきょうこの頃」という記事に、名指しで禁止処分を受けた百合子や中野重治とともに、「困窮組」の窪川夫妻が「喫茶店を開こうと準備中」だと書かれている。

コーヒー店を出すことに窪川鶴次郎は賛成していたが、稲子が日本橋本石町に店を探している、と言うと、「やめたほうがいい」と急に反対した。あとになって、田村俊子のアパートから近いことが理由だとわかった。店を開くだけの資金が集められず、この計画は結局、実現しなかった。執筆禁止になった中野重治は、五月から東京市社会局調査課千駄ヶ谷分室の臨時雇いの仕事につく。

稲子の身近で起きた大事件として、この年の一月、原泉や村山知義がいる新協劇団の演出家杉本良吉が、女優の岡田嘉子と樺太国境を越えソ連に亡命したことを書いておかなければならない。

「恋の逃避行」として大々的に報じられたこの事件に稲子は強い衝撃を受ける。

杉本の妻智恵子と稲子は親しく、智恵子は結核で病床にあった。稲子が見舞うと、何も知らされないまま夫に去られた智恵子は気丈にふるまった。この時期の智恵子のことを、稲子は『灰色の午後』や『歯車』などに書いている。

智恵子はまもなく二十九歳の若さで亡くなり、稲子は葬儀に参列している。杉本と岡田はスパイ容疑で逮捕され、杉本は昭和十四（一九三九）年、銃殺刑に処されていたことがのちに明らかになった。収容所に送られるが生き延びた岡田に、稲子は昭和四十一（一九六六）年になって作家同盟に招待されソ連を訪問したときにモスクワで会っている。岡田嘉子は平成四（一九九二）年にモスクワで亡くなった。享年八十九。

同じ時期に稲子が書いた文章、たとえば南千住《みなみせんじゅ》の託児所のルポ（「託児所と百貨店と」、「新女苑」昭和十三年二月号）や、千葉・犬吠埼《いぬぼうさき》の漁師町の女性たちに取材した「浜の婦人たち」（同三月号）を読むと、働く女性たちに会い、彼女たちの実情を肌で感じて、声なき声を伝えたいというプロレタリア作家としての思いが伝わってくる。

この時期のルポのひとつに「『綴方教室』の小学校」（「文藝」同年十一月号）がある。『綴方教室』は前年に出版された豊田正子の本で、小学生の豊田が書いた作文をまとめたものだ。子どもの目から見た貧しい庶民の暮らしが、父親が仕事にあぶれたときのひもじさまでありのままに描き出され、ベストセラーになった。新築地劇団が舞台化し、その後、高峰秀子主演で映画にもなっている。

豊田正子を指導した大木顕一郎は、「赤い鳥」の鈴木三重吉の指導を受けた人で、その大木のいる葛飾区の小学校を稲子は訪ねた。喜びも悲しみも伝える子どもの目の曇りのなさに読者は熱狂したが、稲子は、六回も転校を繰り返さざるを得なかった豊田の生活がいかに不安定であったかを物語るとはっきり書いている。ちなみにこの記事を担当したのは当時「文藝」にいた改造社の小川五郎、のちの高杉一郎で、二人が一緒にうつる小学校での写真がある。

『綴方教室』については「読売新聞」にも寄稿している。「プロレタリア」ではなく「勤労者」という言葉を選んでいるが、勤労者の、とくに女性は、引き出し手がなければ表現の面での自己の実現は難しいという思いが稲子にはあり、豊田正子がひとり立ちするまで、大木教諭がその引き出し手になってほしいという願いを書いている。「驢馬」同人たちが引き出し手となって作家になりえた自分自身に重ねられた言葉で、稲子にとって、豊田正子がこの先どう進んでいくかはかなり関心のあることだっただろう。

ルポの中で稲子は、小学校を卒業した正子の近況を「近所の紐工場に一女工として働いている」と紹介している。豊田正子はその後、「婦人公論」に小説を発表し作家になるが、大木教諭とは『綴方教室』の印税をめぐってたもとを分かつ。

戦後、豊田は、作家の江馬修と事実婚の関係になる。「新日本文学」に対抗してつくられた「人民文学」に加わり、「新日本文学」や宮本百合子を激しく批判する文章を書くようになる。

窪川と田村俊子との恋愛は、稲子に暗い影を落とした。

「私はもう今後、笑うということはないであろう」と書いたのもこの時期のことだ。『くれない』では、同じ未来を見ていた夫婦が、いつのまにか互いを桎梏と感じるようになり、それでもむなしく相手に執着する姿を、自分の心が血を流すこともいとわず、容赦せずに書いた。このときは相手が既婚者だとわかり、夫婦が離婚することにはならなかったが、夫は再び彼女を裏切った。

今度の恋の相手は稲子の友人でもある俊子で、彼らの恋愛は百合子にも知られ、稲子ともども軽蔑された。稲子が打撃を受け、絶望的な気持ちになるのも無理ないことと思う。『くれない』では女性にとっての仕事と結婚の両立というテーマを読者に示すことができたが、戦後に発表した『灰色の午後』にそうした社会性はなく、背信を重ねる夫と狎《な》れ合いの共犯関係を結ぶ主人公に、作家は厳しすぎるほどの視線を向ける。赤と灰色という、タイトルにつかった色の対照にも、作家の心情がそのまま反映されている。

「灰色」の時期の稲子が書いた小説としては、『くれない』の好評を受けて「婦人公論」昭和十二年三月号から五月号に連載した「乳房の悲しみ」がある。

九州にいる両親のもとで、自分の妹として育てられている娘の葉子（小説では康子）に向けた手紙のかたちで、最初の不幸な結婚から、娘が生まれたが離婚することになり、娘を両親のもとにおいて窪川との恋に飛び込んでいったことなどを赤裸々に書いている。連載二回目には、「特別告発小説」という、編集部がつけたであろう煽情的な惹句がついている。

「母は子供のために一生を捧ぐべきなのだろうか」「どちらが犠牲になるのでもなく、二人とも生きよう」。そう娘に呼びかけるこの小説もまた、「婦人公論」読者に好意的に迎えられたようだ。

四月号の「読者ルーム」という長めの投稿欄に感想が載っている。投稿者は、「読みながら幾度か泣いた」と書き、「決して感傷でも慟哭でもなく／乳房は知性にみがかれ、『表面のうそと忍従の犠牲の大きさ』への『自覚の顛末記』でもあろう」と共感を寄せている。

昭和十三年の「文藝」四、五月号には「樹々新緑」を書いている。窪川や中野、堀ら、「驢馬」同人と出会った輝かしい青春の季節を描く小説で、同人たちは作家ではなく画家になっている。これは舞台となる田端が、画家が住む町として知られていたこともあるだろう。室生犀星や芥川龍之介も含めてモデルがはっきりとわかる書き方で、堀辰雄には「佐多」という、のちに自分の筆名に選ぶ、『素足の娘』の主人公と同じ名前が与えられている。

夫への尊敬も愛情も見失い、退廃の淵に沈む稲子は、徐々に内向を深め過去に目を向けていく。離婚を機に再出発し、視界がみるみるひらけるようだったころの自分の姿をたどり直した。敗北と認めざるを得ない経験をきっかけに、それまで歩んできた道筋を、一歩一歩確かめて書きつづる心の動きは、戦後になって『私の東京地図』を書く手法と重なる。

昭和十四（一九三九）年二月、菊池寛賞が創設され、稲子は選考委員として選考会に出席した。横光利一、川端康成、武田麟太郎ら、全部で十七人いる選考委員の紅一点である。

稲子や武田ら退潮期のプロレタリア陣営の作家を加えたのは、古くからのつきあいである菊池の配慮、あるいはバランス感覚だろうか。名前の並びを見る限り、稲子は当時の文壇から孤立していないようである。

創設当時の菊池寛賞は、いまとは異なり、長年、創作活動を続けた四十六歳以上のベテランを顕彰する目的で、前年に力作を出した作家に贈られた。選考委員のほうが若く、四十五歳以下と定められているのが面白い。

第一回の受賞者には、『仮装人物』を発表した徳田秋声が選ばれた。懸賞小説に応募して再起をはかる山田順子や、順子の清書を手伝う「プロレタリア作家夫人」の稲子をモデルにした人物も登場する小説である。おのれの来し方を淡々と書く、秋声の「菊池寛賞を受けて」の文章を読みながら、稲子は思わず涙ぐんだ。

信頼関係は崩れていたが、稲子と窪川との結婚生活は続いていた。

昭和十四年二月十一日の「読売新聞」夕刊に窪川の「妻への手紙」が、翌日には稲子の「夫への手紙」が掲載されている。はためには、夫婦が元の鞘に収まったように見えただろう。

「妻への手紙」で窪川は、郷里に帰省したとき、稲子のことを「お稲さん」と言ったら、経済力のある妻だから遠慮してそう呼ぶのだろうと親戚に言われたと書いている。平然とふるまいながら、明治生まれの男には、屈託もあったに違いない。

稲子は稲子で気兼ねがあった。夫の稼ぎに頼る妻なら、夫が本を買いすぎたとき、少し控えてくれと頼むこともできるが、稼いでいるのが自分だからこそ「買ってくれるな」とは言いにくく、微妙な遠慮があった。

後年、瀬戸内寂聴との対談で、田村俊子が窪川のことを「お金のかかる人だった」と言ったことにふれ、「私、それよくわかる」と打ち明けている。俊子自身も浪費家だったが、窪川も金遣いが荒く、上海に発つ前の俊子は友人知人に借金を重ねていた。

「妻への手紙」の中で窪川は、「僕にはお前ほどしっかり自分を把えることは出来ていない」と書いている。窪川の批評集『現代文学論』がこの年十一月、中央公論社から刊行されるが、彼自身は評論より詩や小説を書いていきたい気持ちが依然、強かった。

「私が、情勢に狎れ合ってゆくのは一九四〇年頃からである」と稲子は書いている。

紀元二千六百年、「日本書紀」の神武天皇即位から二千六百年後にあたるとされたこの年を境に、時代の空気は急速に変わっていく。

この年の四月、「秋田雨雀氏を慰労する会」が開かれ、稲子も発起人の一人に名を連ねた。

秋田雨雀（一八八三―一九六二）は劇作家、童話作家で、当時は原泉が所属する新協劇団の幹事長をつとめていた。前の年に一人娘を亡くし、妻も病気で、秋田の生活が困窮しているというので、佐々木孝丸や原が責任者となり寄付を集めることになった。

その二年前に原が妊娠し、体調を崩したときも、同じように「原泉子を静養させる会」が開かれ、秋田や稲子が発起人となって寄付を集めた。この会のことは「うるわしい友情の集い」として美談仕立てで新聞記事になり、原はぶじ長女卯女《うめ》を出産している。

秋田のために、島崎藤村をはじめとして百四十一人から千三百十九円もの金が集まった。これは当時の勤め人の平均年収に相当する額で、秋田や彼の妻に対する見舞いというだけでなく、秋田の左翼的立場を支持激励するモップル（弾圧犠牲者の救援運動）であるとみなされた。「戦時下におけるかかる寄付金募集行為は許容し難きもの」として、警視庁は中止を言い渡す。

秋田は見舞金を町会貯金として預ける意向を示し、まだ受け取っていなかった四百五十円は寄付した人間に戻されることになったと「特高月報」に記録されている。

仲間の窮状に奉加帳《ほうがちょう》を回すのはよくあることで、これは特高の言いがかりに思えるが、あちこちでこうしたことが起こり始めていた。

復刻された「特高月報」のプロレタリア文化運動の項目を追っていくと、文学関係は、昭和十三年の「人民文庫」の終刊を最後に、地方の小さなグループの結成があるぐらいで、ほとんど動きが記録されなくなる。一方、演劇は昭和十五年になっても新協劇団、新築地劇団などの公演があり、ひそかに階級的立場を固守するそうした劇団の動向に、当局は神経をとがらせていた。

紀元二千六百年奉祝芸能祭の先頭を切って、二月から三月にかけて新協劇団が上演した「大仏開眼」は天平時代を舞台に農民と奴隷を搾取して大仏が建立されたことを暗示し、当局を激怒させた。八月十九日、村山知義、久保栄、滝沢修のほか、秋田や原も含めた劇団関係者二十六人が逮捕され、地方の支援組織にも逮捕者が出て劇団は解散を強制される。同じプロレタリア文化運動の一翼を担いながら、文学と演劇では運動崩壊の時期にずれがあり、演劇のほうが遅く、中野重治、原泉夫妻の場合は、偽装転向して釈放された中野に対し、原があきたりない思いをぶつけることがあった。劇団の友人は、転向した中野と離婚することを原にすすめている。

それに対し窪川家では、夫と妻の思想的後退は、ほぼ同じ道すじをたどった。妻は夫を責められなかったし、夫もそれは同じだった。夫婦の間にも狎れ合いがあったと後年、稲子がふりかえることになるその狎れ合いは、足並みを揃えて歩いてきた夫婦だからこそ起きたことではなかったか。

それより少し前の昭和十四年秋、稲子は箱根に三か月滞在している。新潮社から依頼された初めての書きおろし長篇になかなか着手できず、近所に住む画家の藤川栄子に紹介された箱根湯本の古い小さな旅館の、食事つき一日二円の八畳間に泊まり込み、執筆に没頭した。自著の出版を控えていた窪川は妻を送り出すことに積極的で、タカと二人の子どもの世話を引き受けた。

相生の父のもとで過ごした十三歳から十五歳までを題材にした『素足の娘』は翌十五年三月、新潮社から定価一円八十銭、初版一万部で同社の「書きおろし長編小説」として刊行される。

主人公の少女の経歴が稲子自身の経歴とほぼ重なり、自伝的小説として読まれた。主人公が松茸狩りに行く途中、山で父親の知人に犯されるという小説的虚構も事実と受け止められ、モデルにした人物に思わぬ迷惑をかけたのは前述したとおりだ。一連の「婦人公論」の記事に連なる、センセーショナルな「告白」と受け止められた面も多分にあるだろう。

『素足の娘』の恋と性にめざめるころの少女の視点は目まぐるしく動き、父をはじめとする周囲の人間や風景をいきいきと映し出す。少女は賢く、周囲が自分をどう見るかについておそろしく鋭敏な神経を持っている。豊かな感受性でさまざまなものごとを受け止める一方、自分の過剰な自意識も隠さず語り、その率直な言葉に爽やかな魅力がある。

そのころ各地で頻発したストライキの波が造船所にも及んできたことを描いていることも書いておきたい。ふところにしのばせた匕首《あいくち》を見せるように、著名な労働組合幹部を思わせる人物がストの応援にやってくる場面も、ちらりと登場させている。故国の歌を歌いながら家路につく朝鮮人人夫の姿も「胸をしめつけられる」ものとして描く。小説の中の相生の風景は、十代の稲子が見たものに、プロレタリア作家として見聞を重ねたいまの稲子が意味を与えて描かれており、時流にあらがおうとする彼女の思いがところどころに透けてみえる。

戦時下に出版された『素足の娘』は七万部のベストセラーになり、彼女の生涯でもっとも売れた本になった。前借りした初版一万部の印税は、旅館にいた三か月あまりの間に消えたが、その後の増刷がもたらす収入が一家の経済をしばらく安定させた。

『素足の娘』で稲子は人気作家として認知されるが、この時期に作家として成功を収めたことが、稲子のその後の人生に大きく影響してくる。

戦争は稲子にとっても身辺に迫ってきていた。昭和十三年六月の「読売新聞」に書いたエッセー「生活断片」で、「義妹と二人で若松町の陸軍病院へ従兄の見舞いにゆく。陸軍病院へはこれで二度目」と書いている。腹と頬に砲弾が入ったままの従兄の顔は見たところ変わりなかったが、砲弾のせいで面変わりした同室の患者が「顔の歪んだところが自分の魅力」と軽口をたたくのを書きとめている。

昭和十四年五月には「輝ク部隊」の一員として、長谷川時雨や壺井栄らと出征兵士の家族を激励した。

女性作家の発表の場として「女人芸術」を主宰していた時雨は、同誌の廃刊のあと昭和八（一九三三）年に「輝ク会」をつくり、雑誌「輝ク」を出していた。日中戦争が始まると「輝ク会」も戦争支持の姿勢を鮮明にし、「皇軍慰問号」には稲子も文章を寄せている。女性の銃後運動を統率する「輝ク部隊」を結成して慰問袋を送ったり、戦地や占領地に慰問団を派遣したりした。遺家族慰問もそうした活動の一環である。

昭和十五（一九四〇）年六月には朝鮮総督府の招待を受けて壺井栄と朝鮮を旅行している。初めての外地行で、稲子はこのあと次々、占領地や戦地を旅するようになる。

第十五章　外地へ

朝鮮半島への旅は、稲子が朝鮮総督府から招待を受け、親しい友人である壺井栄を誘った。

壺井栄は明治三十二（一八九九）年、小豆島の醤油樽をつくる家に生まれた。稲子より五つ年上で当時四十歳。同郷の夫で詩人の繁治が全日本無産者芸術連盟（ナップ）の活動家だった関係で知り合う。

栄の年譜によれば、初対面は昭和四（一九二九）年ごろ、稲子が壺井宅を訪れたときのことで、栄は「あの美しい女性が有名な『キャラメル工場から』の作者なのか」と息をのんで見つめた。稲子のほうでは最初の出会いはほとんど印象に残らなかったようだ。

稲子と栄、百合子の三人が親しくなるのは昭和七年以降、革命運動犠牲者救援会（モップル）の活動を通してである。窪川が刑務所にいたときは、達枝を産んだばかりの稲子に代わって栄が差し入れすることもあった。

栄は「プロ文士の妻の日記」という生活記録を雑誌に投稿して賞金をもらったことが

あったし、ものを捨てず廃物利用する懸賞企画に「古着の繰り回し法」を応募して採用されたこともあった。

栄が小豆島の話をするのを聞いていた稲子は、「あなたは童話が書ける」とすすめ、坪田譲治の『風の中の子供』を貸している。

「きっと書ける」と何度も言われて栄が書いたのが「大根の葉」だ。童話ではなく子どもを描く小説で、百合子が口添えして「文藝」昭和十三年九月号に掲載された。その後は立て続けに作品を発表するようになり、昭和十五年の文芸誌の新年号は、「新潮」に「暦」、「文藝」に「廊下」、「中央公論」に「赤いステッキ」を書き、「栄文壇ヲ席巻ス」と、百合子が獄中の夫顕治に手紙で報告したほどである。

朝鮮半島を旅する三か月前に出た最初の本『暦』で栄は翌年、第四回新潮文芸賞を受賞する。戦後の『母のない子と子のない母と』や、なんといっても『二十四の瞳』が有名だが、太平洋戦争の前から作家として活躍していた。稲子と栄、画家の藤川栄子は親しく行き来をしており、おそろいのコートを着て出かけることもあった。当時の朝鮮は日本併合下にあったとはいえ、初めての海外旅行ということで、気の置けない栄を誘ったのだろう。

釜山へは、下関から船で向かった。釜山で上陸すると、まっすぐ当時の京城《けいじょう》（現ソウル）に向かっている。開城《ケソン》、平壌《ピョンヤン》、大邱《テグ》のほか、「一生に一度は行ってみたい」と言われた名勝金剛山は、当時、鉄道局が宣伝に力を入れていたこともあって、もちろん旅程に含まれていた。

稲子たちの宿舎は外国人避暑客が泊まる西洋式のホテルで、貴賓室の洗面所の使い方がわからず、洗たくしようとした栄が蛇口をひねったまま二人で食事に行って部屋中を水びたしにしてしまった。

有名な女性作家に慶州など主だった観光地をエッセイに書いてもらえれば、というのが招待の目的だっただろう。観光以外でも、これは稲子たちが出した要望だったのか、朝鮮人女性との座談会も企画されている。

翌年、稲子は朝鮮を再訪している。

再訪後に書いた「朝鮮でのあれこれ」というエッセイの中で、稲子はパール・バックの長篇小説『大地』を例に、バックが農婦阿蘭《アーラン》をあのように生き生きと描けたのは、彼女が中国人の暮らしぶりをよく知っていたからで、『大地』の阿蘭によって中国の女性を非常に近く感じることができたように、自分は日本に来ている朝鮮婦人の生活を深く描いてみたいと長いあいだ願ってきた、と書いている。

それまでにも稲子は日本にいる朝鮮人の姿を何度か作品に描いていた。

『素足の娘』にも点景ではあるが朝鮮人労働者の姿を、また『一袋の駄菓子』の長屋の生活でも、朝鮮人の家族を、さりげないが印象に刻まれるかたちで書いている。さかのぼれば「驢馬」に掲載した詩にも、日本で暮らす朝鮮の少女の姿をうたうものがある。

朝鮮人作家張赫宙《ちょうかくちゅう》の小説を読み、朝鮮で暮らす日本人官吏の家庭を描いた川上喜久子の小説『白銀の川』を書評するなど、いずれ自分も書くことを念頭に、関心を寄せ続けてきたことがうかがえる。

それだけに、朝鮮を自分の目で見ることは大きな喜びだったが、一方で「（金剛山に――筆者注）まだ行けずにいる朝鮮の人々に対して済まないような気がしてくる」と、招待されて占領下の外地を特権的に旅することへの微妙な思いもあった。

「小学校教育を受けられるものは希望者の二割」と聞いて、激しく心を動かされているのも稲子らしい。慎重に言葉を選んではいるが、日本が推し進めた創氏改名政策についても触れており、創氏の話題が出たら座が「しーんとなった」こと、「姓を創り変えるということは祖先の抹殺になる、ということが言われた」と、招待側の意図には沿わないであろう事実も書いている。

およそ二週間の旅程を終えて日本に戻ると、稲子は下関で栄と別れ、二十五年ぶりに故郷長崎を訪ねた。

訪ねていける親戚や知人はこの街にいなかったが、古い絵葉書をしまっておくように自分のうちに持っている長崎の記憶の一つひとつを確かめながら、懐かしい街を歩いた。

子どものころにはなかった電車が狭い町を走っているのが珍しかったし、駅から大波止の港へと歩く途中で馬糞のにおいがするのに変わらないものを感じて元気を取り戻した。

夫が非合法運動で逮捕され、上京して窪川家で暮らしていた知人女性がこの町にいることを思い出し、うろ覚えの住所を頼りに訪ねてみた。彼女のことは、長崎について書くときに何度となく触れている。

翌日も、ひとり長崎の街を歩いた。自分が生まれた二軒長屋の表に、昔と変わらず渋塗りの格子がはまっているのを眺め、ピエール・ロチが『お菊さん』の中で書いた氷あずきがいまも天満宮の茶店で売っているのを確かめ、途中でやめた勝山小学校の門をくぐった。

初めての長い旅行となった朝鮮行を皮切りに、稲子はつかれたように外地を旅している。

昭和十六（一九四一）年には満州（中国東北部）へ二度、赴いている。

一度目は六月、満洲日日新聞社に招待された。「満洲日日新聞」の大連版、「大連日日新聞」に小説「四季の車」を連載したことへの慰労で、文藝春秋社員だった永井龍男と一緒に大連に到着すると、ひと足先に着いていた作家の濱本浩と落ち合った。「大連日日」連載を仲介したのも濱本である。

大連のシンボルであるアカシアの花はおおかた散っていたが、咲き残っているところを濱本が探しておいてくれたので、少しだけ見ることができた。濱本は、満州に何度も来ており、現地の事情にくわしかった。

『素足の娘』で主人公の少女を暴行する男のモデルにしてしまった知人を訪ねて詫びたのも、このときのようである。

大連から奉天、新京、哈爾浜《ハルビン》と回り、朝鮮を再訪したのはこの旅の帰路で、奉天では、濱本の紹介で、満州での暮らしが長い実業家の上田熊生《くまお》・總子《ふさこ》夫妻と知り合っている。

上田は東京外語学校の露文科を出て満鉄に入社、正金銀行（東京銀行の前身）をへて自身で事業をおこした。夫人の總子は日本橋生まれで、十七歳で結婚し、すでに三十五年以上満州で暮らしているという。總子には滞在中、三度会い、優しく控えめな人柄に好印象を抱いた。

奉天を発つ前夜、その總子から思いがけない話を聞かされた。

仲睦まじく見えた夫妻だが、總子は女性問題で自分を裏切った夫を許さず、二十八歳からいままで交渉を持たず別々に暮らしている、というのだ。「中央公論」の小説の締切が迫っていた稲子は、奉天の宿ですぐそのことを小説に書き、「旅情」のタイトルで「中央公論」九月号に発表してしまう。

上田夫妻を紹介した濱本への手紙で、稲子はモデルにした總子にわび状を送ったと弁明している。『素足の娘』のモデルに謝罪してまもない時期であることを考えると、作家の性懲りのなさとしたたかさを感じるできごとだが、夫婦間の裏切りと、その後、どのように結婚生活を続けていくか、断念するかは、稲子にとっては他人事ではない、切実に書いておきたいテーマだったのだろう。

總子からは折り返し返事をもらっている。稲子が漫画家の横山隆一らと中国の戦地を慰問する「銃後文芸奉公隊」に加わる、という新聞記事を見たので、「漫画家志望の次女を、横山に指導してもらえないだろうか」と頼む内容で、小説に書かれたことへの苦情ではない。ちなみにこの漫画家志望の次女が、『フイチンさん』などで知られる女性漫画家の草分け、上田トシコ（本名俊子、一九一七―二〇〇八）である。

總子やトシコは終戦翌年の強制引き揚げで日本に帰ってくることができたが、敗戦時に公職についていた熊生は、哈爾浜駅で八路軍（中国共産党軍）にとらえられ「文化戦犯」として銃殺されていたことが昭和二十四（一九四九）年に明らかになる。

新聞記事で熊生の死を知り、胸をつかれた稲子は、濱本に連絡先を問い合わせて總子に悔やみの手紙を書いた。總子からもすぐ、返事がきた。

昭和二十八（一九五三）年、稲子は「旅情」の続編にあたる「伴侶」を発表。上田夫妻の物語は、そのさらに十五年後、改めて總子に話を聞いて書いた長篇「重き流れに」に結実する。「重き流れに」の雑誌連載中は、漫画家になっていたトシコが満州からの引き揚げのようすを詳しく絵に描いて知らせ、稲子の執筆を助けてくれた。

中野重治『敗戦前日記』の昭和十六年四月のページに、「窪川（鶴次郎――筆者注）が骨腫性カリエスとかいう奴で肋骨を一本けずらねばならぬ由」という記述が出てくる。

窪川の年譜にはこの病気や手術のことは触れられていないが、稲子が十一月に出した中野あての手紙にも、「窪川はまだ七度五分の熱が出るので困っています」と書いている。

満州から戻ってひと月もたたない九月に、稲子は病気の夫を残して、再び満州に赴く。上田總子が新聞記事で見た「銃後文芸奉公隊」の一員として、関東軍報道部の協力で企画された戦地慰問の旅である。

「奉公隊」の出発は十六日。直前に、徳田秋声が「都新聞」に連載していた「縮図」が中断する。「時局柄好ましくない」と内閣直属の情報局の干渉をたびたび受けており、十五日に掲載されたものが最後となった。

落魄《らくはく》した男と、苦労を重ねてきた元芸者との関係を描く「縮図」は、戦争から遠く離れた、ひっそりとした印象を与える小説だった。稲子は、この小説を読むことで「心を満たし、気持ちの支えとし」ていたが、老作家は、時局に妥協してまで続けることを望まず、筆を擱《お》いた。未完の「縮図」が秋声最後の小説となる。

二度目の満州行の同行者は、作家の大佛次郎と林芙美子、漫画家の横山隆一である。

林は昭和十三（一九三八）年の漢口攻略戦に派遣された「ペン部隊」に陸軍班の紅一点として従軍した際、男性作家を出し抜き、陥落後の漢口にいち早く入って現況を詳報、「漢口一番乗り」の勇名をはせた。「奉公隊」出発の予告記事で、関東軍の福山報道部長は、「一行に三名の婦人文芸家が加えられていることは意義あることと思う」とわざわざ女性作家にスポットを当てる発言をしている。当初の予定では大田洋子も参加するはずだったが、実際には林芙美子と稲子、二人の参加となった。

奉公隊の一行は、羽田から朝日新聞社の社機「朝雲」に乗って奉天に入り、そこから佳《チャ》木斯《ムス》、牡丹江、哈爾浜、海拉爾《ハイラル》と回っていった。

「朝日新聞」は毎日のように奉公隊の動静を伝えている。奉天では関東軍司令部と陸軍病院を訪問、佳木斯では慰問のほかに林芙美子と稲子が、開拓村（第六次静岡村）に嫁いできた女性たちとの座談会に出席した。家庭面に二度にわたって記事が掲載され、二人の作家は、おもに家事や子育てといった暮らしむきについて尋ねている。

哈爾浜では兵舎と病院を訪問し、また、病院と商工ビルで一日に二度、講演をした。福岡に戻ってきた二十九日の記事で大佛次郎は「野天で半日に六回もの講演をした」と話しているので、どこに行っても四人の有名作家はひっぱりだこだったのだろう。

なかでも横山隆一の人気は群を抜いていたようで、求められるままに「フクチャン」のマンガを約五百枚、前線の病院や部隊で描きまくった。横山は、満州各地をスケッチするつもりでいたが描けずに終わった。同じ記事に載っている稲子のコメントは、「逞しい兵隊さん達の日常をしっかり銃後に伝えたいと約束してきました」と言いつつ、「慰問隊とはいいながらかえってこちらが慰問されたよう」と話していて、ちょっと頼りなくもある。

帰国してすぐ、「日本学芸新聞」に稲子のインタビューが載っている。内容は国策におおむね沿ったものである。静岡村の女性たちが苦力《クーリー》を雇う費用が高いと嘆いていたことで、「日本人が折角営々と働いて作った金が生活力の強い満人の懐にどんどん入って行くのを見ると、もう少しなんとかならないものかと考えさせられました」と、女性たちに共感しすぎたのか、侵略の現状を無視したプロレタリア作家らしからぬ発言もしている。

新京で日本人の住む粗末な住宅を見て、もっと立派なアパートを建てたら、後藤新平(台湾の都市計画や関東大震災後の復興を手がけた)はえらい人だった、などと言い、「今後もますます後藤新平みたいな人が必要なんじゃないかと思う」と話している。

このインタビューで面白かったのは、哈爾浜の病院で座談会をした兵士に、「どんな文学を読みたいか」と聞いたとき、そのうちの一人が「所謂《いわゆる》流行の戦争小説等はつまらない、堤千代さんの『小指』のような小説がいい」と返した言葉に「何か深い暗示を感じました」と話していることだ。

「小指」は昭和十五年の直木賞受賞作で、戦場で負傷して両腕切断の手術をする若い将校と、医者に頼まれて彼を見舞った芸者との悲恋を描く。両腕を切り落とす前に、せめて一度、女の人の手を握ってみたいと願う純情な青年を芸者は愛し始める。「時局にふさわしい」とはいいがたい小説を「読みたい」という現役兵士の率直な声をそのまま伝えて、読む人が読めばわかる、ささやかな体制批判のように思える。

国会図書館で稲子に関する雑誌記事を調べていたとき、情報局第一部が昭和十六年七月に出した「最近に於ける婦人執筆者に関する調査」という冊子が、憲政資料室内の、旧内務官僚の寄贈資料（『新居善太郎関係文書』）にあることを知った。

昭和十五年五月号から約一年間、主な婦人雑誌八誌に登場した女性執筆者について調査したもので、それぞれの読者に対する影響力や思想的傾向を丹念に洗い出している。対象になった八誌は、「婦人公論」「新女苑」「婦人倶楽部」「主婦之友」「婦女界」「婦人朝日」「婦人之友」「婦人画報」である。

一、二回しか書いていない執筆者について、ざっと論じたのち、三回以上執筆している〝おなじみ〟の顔ぶれ四十数名に詳細な検討を加えていく。稲子は、特に重要視されている作家群の中でも「所謂、最前線にある人々」で、「指導的婦人の位地にあると見做される人々」の筆頭に、林芙美子、吉屋信子とともに挙げられている。『素足の娘』がベストセラーになったことで存在感が増し、作家としても、読者に与える影響力の面でも、最も重要なグループ三人のうちの一人に分類されている。
稲子についての評言を、少し長くなるが引用しておく。

窪川稲子は主として雑誌を通じて作品に、評論に其の鋭い洞察力を使駆し、何ものをも見抜き、純、不純を鑑別する能力は他に類を見ないように思われる。それだけ潔癖で、糞真面目で、無類の正直者であるので、時々、過去の経歴を匂わせるのは残念である（婦人時評）。けれども主として此の人が書く雑誌が婦人公論、新女苑、婦人朝日であるから、彼女のものを読者がかなり批判的に、好意をもって見ているとすれば、良い傾向を辿る人である事は認められると思う。彼女の過去の情熱が、今、かかる時に好ましき方向に向けられるならば力強い限りである。此の意味に於て窪川稲子の今後に期待さる所多い。

続いて林芙美子については、「作家らしい作家であり、詩人らしい詩人」「女流作家群の最上級に属する人」と持ち上げ、「愚劣な虚構の多い作品の氾濫する中にあって一つの奇蹟」とまで作品を評価しつつ、「彼女に物を訊いたり、彼女が何か素晴しい指導原理をもっていると見る事は錯誤も甚しい。出来るなら、そのまま、そっとして置いて良い作品を作って欲しい人である」と論評している。

吉屋信子は、「性格からも、作品からも窪川稲子、林芙美子、就中《なかんずく》、林芙美子とは正反対の人である」とされ「主婦之友」の「守り神」とされている。吉屋は「影響力は、其の婦人層に持っている人気を考慮するだけでも、充分認められても良いが、其の人気なるものが、所謂、根拠のないスターヴァリューから出たものであり、実質的には空虚であると感ぜられるのは残念」とひどい言われようである。

やはりプロレタリア作家であった中本たか子も加えた四人について、出版社側の意見も付記されている。稲子と中本たか子については、「昔、貧しい人の味方となって、闘った人だけに、そうした婦人達が何を考え、何を求めているかをよく知っている」「転向者の故をもって冷遇されるのは二人のために気の毒だと思う」という意見が寄せられている。

この中に宮本百合子の名前がないのは、百合子がこの三人とは別の「評論家」グループに分類されているからだ。百合子はこの群では最も行数を割いて分析されており、「至極、常識的にして、合理的な論調が基調をなしているのは好ましい事であるが、時折鋭い論法が潔癖すぎる程に、良いものは良いとし、悪いものは悪いと率直に論断しすぎるきらいもない事もない」と、その影響力も見逃していない。

執筆者それぞれの詳細な分析をすすめていった結果の「四、適材適所」という章では、稲子は「女性一般の文化教養問題」の専門家として「C」評価、「多方面な才能」を評価される百合子は「婦人時局指導の一般問題」「女性一般の文化教養問題」「女性の結婚と恋愛問題」「働く婦人の一般問題」の専門家と見なされながら、全分野で「C」評価をつけられている。いくら知識があり指導性や影響力があっても、思想に問題があると見なされれば「C」評価になる。そう評価しておいて出版社の自制を促しているわけである。

この資料を読んで感じるのは、執筆したのはおそらく文壇内部の人だろうということだ。一年間、婦人雑誌に載った雑文や短い小説を読んだだけで、まったくの素人がこれだけ的確に作品も含めた全体評価をくだすのは難しい。ところどころ笑い出したくなるユーモアをまじえた言い回しもあり、明らかに官僚の作文ではない。稲子や百合子、なかでも稲子へのきわめて好意的な文章を読む限り、彼女に近いところにいた、生身の彼女をよく知る人なのではないかと思う。

部外秘としながら「可成《かなり》広く利用せらるる事を希望する」矛盾した付記のあるこの「輿

論指導参考資料」がどの程度、情報局内で共有され、その後の軍の作家派遣に影響したかはわからないが、ざっと読んだだけの人にも、稲子はその言動が最重要視される女性作家であることは一目瞭然だろう。

元「中央公論」編集長で、昭和十七（一九四二）年に起きたいわゆる「横浜事件」に連座し中央公論社を退社した畑中繁雄の『覚書　昭和出版弾圧小史』（図書新聞社）によれば、この時期、新刊の発禁だけでなく、既刊本の発売禁止や自発的絶版を強要されるケースもあった。

昭和十五年七月十日の「在庫品再審査」でやり玉にあがった十数冊に、蔵原惟人の『芸術論』や伊藤正徳『軍縮読本』などとともに、窪川稲子の『牡丹のある家』も含まれていたと畑中は書いている。「再審査」ではねられた十数冊のうち小説はこの一冊だけだ。

昭和九（一九三四）年に刊行されたこの本には、表題作のほか、原泉をモデルにした「プロレタリア女優」や「小幹部」「幹部女工の涙」など東京モスリンの女工の争議に材をとった連作などプロレタリア小説が収められているからだろう。稲子自身、この絶版についてはとくに書いていないので、著者には告げずに密かにとられた措置かもしれない。稲子の動向は厳しく注視されていた。

第十六章

太平洋戦争始まる

昭和十六（一九四一）年八月、雑誌「女人芸術」や「輝ク」を主宰した作家の長谷川時雨が急逝した。享年六十一。

長谷川は、みずから組織した「輝ク部隊」の南支方面慰問団の団長として、この年一月から台湾や広東、海南島をひと月ほどかけて回ってきたばかりだった。帰国後も、会の活動や脳血栓で倒れた夫の三上於菟吉《おときち》の看病に忙殺されていた。

急にのどの痛みを訴え入院、結核と診断されてから一週間ほどのことだった。

「女人芸術」は、林芙美子や円地文子を世に出したことで知られ、稲子も「お目見得」をはじめ、いくつも作品を発表している。「女人芸術」は左傾化しているとしてたびたび発禁になり、経済的にいきづまって休刊したが、昭和八（一九三三）年に創刊した「輝ク」は、日中戦争が始まると戦争支援に大きく舵を切った。「皇軍慰問号」を作って戦地へ届け、「輝ク部隊」で戦没者の家族を精力的に慰問するなどして、稲子も何度か参加している。

率先して国策に沿う活動をしながら、長谷川には異論を許容する度量の広さがあった。昭和十三（一九三八）年春に初めて「輝ク」の慰問号を出したときは、次の号に慰問号の批判、とくに岡本かの子の文章を感情的だとする百合子や稲子の感想をいちばん目立つ場所に置いている。

『近代美人伝』という著作のある長谷川自身が、小柄ながらすらりとした、古風な面ざしの美人だった。日本橋に生まれ育った長谷川はきっぷのいい親分肌で、「女の肩を持ちすぎる」と批判されて、「女が女の肩を持たずにどうします」と胸のすくたんかを切ったこともある。

稲子は「女人芸術」ではない雑誌の原稿料をもらいに片道の電車賃だけ持って神田の出版社を訪ね、あてにしていた金をもらうことができず困ったあげく、赤坂檜町の長谷川の家までタクシーで乗りつけ、タクシー代五十銭を払ってもらったことがある。帰りの電車賃も借りて帰った。個人的にそれほど親しいわけではなかったと書いているので、彼女のきっぷのよさをたのみにしたのだろう。

「輝ク」は通常の四ページを十二ページに増やし、長谷川時雨の追悼号とした。稲子も「『旧聞日本橋』の長谷川さん」と題した文章を寄せている。

長谷川の代表作『旧聞日本橋』は、「女人芸術」の埋め草記事として、毎号、必要とされる分量だけ、締切間際に書いたという。家族から「アンポンタン」と呼ばれていた幼い自分の目を通して、周囲の人々の様子をつづった味わい深い作品である。

『評伝　長谷川時雨』の著者である作家の岩橋邦枝は、「輝ク」の時雨追悼号で「秀作『旧聞日本橋』にふれているのは佐多稲子一人だけ」と指摘している。他の人は、作家としての長谷川時雨より、女が自由にものを書けなかった時代に、女のために尽力した功績を中心にして書いているからだ。

記憶に残る場所に過去の自分を置いて当時の思いを書きつないでいく『旧聞日本橋』のスタイルは、『私の東京地図』と響きあう。樋口一葉への関心もふくめて、稲子が作家長谷川時雨から受けた影響は少なくない。ちなみに、満州の大連で知り合った上田總子（漫画家上田トシコの母）はやはり日本橋生まれで、「話をされる調子まで、長谷川時雨女史そっくり」と、上田夫妻を稲子に紹介した濱本浩が小説「哈爾浜」の中で書いている。

同じ追悼号に林芙美子が書いた「翠燈歌」という詩が、長谷川の周囲にいた人たちをひどく怒らせた。

　おつかれでしょう……。／あんなに伸びをして、／いまは何処へ飛んでゆかれたのでしょう。／勇ましくたいこを鳴らし笛を吹き、／長谷川さんは何処へゆかれたのでしょうか。／私は生きて巷のなかでかぼちゃを食べています。

長谷川は林を世に出した恩人のはずだが、彼女はつねづね、三上（於菟吉）さんには恩義を感じるが、長谷川さんには感じない、と言ってはばからなかった。「こんなものはルンペンの日記」だと時雨が捨ておいた原稿を、掲載するよう薦め、「歌日記」という題を「放浪記」に改めたのが三上だった。

それでも林は長谷川の雑誌に寄稿し、長谷川は長谷川で林の出版記念会を開いてきたのだが、この詩の死者を嘲る調子は追悼にふさわしいものではなく、編集部がよく載せたと思う。初めて読んだときは私も驚いたが、批判も含めて自分のことばで書きのこすことは、文学者としての誠実さと言える気もする。悪意を隠して美辞麗句で死者を包むほうが林芙美子らしくないと思い直した。

したたかに死者を鞭打つこの言葉は、皮肉なことに、のちのち林自身に向けられる。戦後になると「たいこを叩いた」一人として、戦争協力を批判される立場に立たされるのだ。

稲子の二度目の満州行は、長谷川時雨が亡くなった次の月のことで、戻った翌月の十一月には文芸銃後運動講演会のため、四国各地を旅している。

前年に始まった文芸銃後運動講演会の主催は日本文芸家協会だが、音頭を取ったのは菊池寛で、実質、文藝春秋主催のようなものであり、作家たちは手弁当で参加した。四国に行ったのは高松出身の菊池のほか、満州でも一緒だった濱本浩と、作家の日比野士朗、壺井栄で、菊池が小豆島出身の栄と彼女と親しい稲子に声をかけ、稲子が最初の満州行きでもいっしょだった高知出身の濱本を誘った。

一行は神戸から船で高知に向かい、そこから四国各地を回っている。

講演で濱本が聴衆に呼びかけた。「もし夜半に目が覚めて皆さんは、北満の夜空に、若い兵隊さんが凍る足を踏み動かしながら警備に立っている姿を思い出すであろうか。その兵士があればこそ、今宵安らかに眠っていられるのだ、ということを思い出すであろうか」。人びとは次々、立ち上がり、「われわれみんな、そう思っております」と、濱本に負けない演説口調でこたえた。

「満州の兵隊さん」と会ってきたばかりの稲子に、このやりとりの印象は強かったようで、「週刊朝日」のエッセイにも「オール讀物」にも「これらの声を前線の兵士方にも伝えたい」と書いている。

命がけで前戦を守る兵隊と会い、じかに言葉をかわし、彼らの思いを聞くことが、戦争に反対する彼女自身の信念を徐々に崩していく。

愛媛県の今治の宿で、一行は幽霊に遭遇している。

昼寝をしていた菊池が、うなされている。聞けば、血みどろの女が出てきたという。講演会が終わって宿に戻り、みんなで花札をしていると、別室の菊池がまたうなされはじめた。濱本らが立ち上がると、部屋の電気がぱっと消えた。あとで聞いたところでは、古い城址のそばにあったその宿屋には、長いこと肺病で寝ていて血を吐いて死んだ人がいたらしい。おそらく旅の疲れでみな神経がたかぶっていたのだろう。

文壇ではよく知られた話だったのか、二十年以上たった昭和三十八（一九六三）年に、「銀座百点」が吉屋信子、円地文子らと稲子の座談会を開催したとき、文藝春秋の車谷弘がわざわざ話題に出して、稲子の口から改めて語らせている。

四国から東京に戻った稲子は盲腸周囲炎で十日ほど寝込んだ。留守を預かっていた祖母タカも、軽い脳溢血を起こしている。

十一月初めから年末にかけて、三十人ほどの作家が徴用された。「赤紙」ではなく「白紙」といわれる召集で、井伏鱒二、海音寺潮五郎、小栗虫太郎らがマレー方面、大宅壮一、武田麟太郎らがジャワ、ボルネオ方面、石坂洋次郎、今日出海らがフィリピン方面に向かうことになった。

左翼系の作家が多く含まれていたことから、「徴用ではなく、下に心のついた『懲用』だ」と言われ、作家のあいだに動揺を引き起こしたが、マレー方面へ派遣された文芸評論家の中島健蔵は、のちにこの懲用説を否定している。徴用文士には、軍部の覚えめでたいはずの、尾崎士郎や火野葦平も含まれていた。

十二月八日、日本軍の真珠湾攻撃により太平洋戦争が始まった。

宮本百合子は九日、嫌疑不明のまま駒込署に検挙されている。翌年七月、熱射病で倒れ人事不省に陥り執行停止になるまで、東京拘置所に身柄を拘束され続けた。

窪川家や中野家にも刑事がやって来た。

中野重治は十一月に父藤作が亡くなったため、福井の実家に戻っていて検挙を免れた。東京に戻っていた妻の原泉が、「ケサキタイサイフミ」と電報を送り、しばらく戻ってこないよう夫に知らせた。

「婦人朝日」昭和十七年二月号に「われらの決意」と題した特集が載っている。「宣戦布告をどこで知り、どんな感じと覚悟を抱かれたか」という質問に、稲子を含め三十三人がハガキで回答している。

「感激に胸打たれ瞼の裏がほてって来ました」(吉田絃二郎)、「もやもやした気持がとれ、ひきしまりました」（新居格）、プロレタリア作家の青野季吉までが、「この上は一死報国あるのみと堅く決意しました。来客が帰った後で、端座して祈りました」と勇ましいことばを返している。女性作家の真杉静枝や大谷藤子、大田洋子は、「涙が出て涙が出て」「何がなし涙がこみあげて」「時間が経つにつれて涙が流れました」といずれも涙々の昂揚した回答だ。

稲子の回答を次に掲げる。

まだ眠っておりました。「戦争状態に入りました」という近所の家のラジオの声で、はっと目が覚めました。耳をすますと、階下でもまだ子どもたちも起きていませんでした。朝の最初のラジオを聞いていたわけです。

私は盲腸周囲炎という病中でしたが、自宅のラジオを二階へ持って来てもらいました。すぐに長期戦の覚悟をいたしました。

「その瞬間」のスケッチに徹して感情の動きはどこにも書かれていない。

同じように声の調子が低いのは詩人の北川冬彦、作家の尾崎一雄の二人だけで、北川は「長期戦の覚悟が必要だと思いました」と稲子とまったく同じことを書いている。

戦線の拡大で経済統制が強まり、昭和十七年に入るとみそとしょうゆ、衣料品が切符制になり、決められた点数の範囲でしか買えなくなった。

三月、長男の健造が、名門府立五中を受験し合格する。「我潜艦印度洋に活躍／敵巨船十一隻を撃沈」と大きな活字が一面の縦横に躍る「都新聞」に、稲子は「入学試験」と題したエッセイを三回連載している。

「長男があの中学校へ入ったらうれしいだろうなア」と無邪気に心はずませる一方で、いざ試験の日が近づくにつれて不安も大きくなっていった。熱心に勉強を見てやるのは旧制中学を卒業している男親の窪川で、試験当日も彼が付き添ったが、発表の日には稲子も一緒に行き、墨で書かれた健造の受験番号「二九三」をいつまでも眺めていた。小学校を途中で止めて働かなくてはならなかった母親にとって、この日の喜びはひとしおだっただろう。家に帰ってくると健造は、「もうお母ちゃんと言うのをやめて、お母さんと言おう」と稲子に告げた。

息子の晴れの入学式に出席できないことが稲子にはわかっていた。台湾文化協会主催の大東亜戦争文藝講演会のために、三月二十日すぎから約ひと月かけて台湾全島を回ることが決まっていたからだ。

同行者は、またも濱本浩。ほかに作家の豊島与志雄と村松梢風がいた。台北を拠点に、台南や高雄など各地に足を延ばしている。

講演は、男性三人が「日本人的死生観」「鍛錬の指標」などいかにも非常時であることをうかがわせるのに比べ、稲子の演題は「婦人と読書」「婦人の立場より」と、日常からさほど離れていない。

物資の統制は台湾島にも及んでおり、週に一日、米を食べない日が決められていて、その日は稲子たちも島のバナナを主食のかわりに食べた。台湾に来ている知人の幾人もが訪ねてきて、南国を思わせるこの島が日本統治下にあることを物語っていた。

豊島与志雄が帰国してすぐ「文藝」六月号に発表したエッセイ「台湾の姿態」には、ある夕方、訪れた国民学校の校庭で、「台湾の夕方は不思議に淋しさを感じる、と云ってなにかしら黙然としていた」という稲子の姿が描かれている。

台湾には四月十七日まで滞在した。当時、台湾と本土の間は船で四日がかりだったので、翌十八日、米ドゥーリトル隊のB25による本土初空襲を、洋上の稲子は目にしなかったはずだ。東京、川崎、横須賀、名古屋、神戸への爆撃で八十七人もの死者が出たが、東京では朝から大規模な防空訓練が行われていたため、本物の空襲だと気がつかない人も多かった。

B25は空母で運ばれ、爆撃後は中国大陸東部の飛行場に退避する計画だった。大本営は「敵九機を撃墜、我方の損害は軽微なる模様」と発表したが、実際には一機も撃墜できていなかった。本土空襲に慌てふためいた結果、中国大陸の支那派遣軍は急遽、進行中の作戦を変更、東部の飛行場の破壊を命じられる。

台湾から帰った稲子が五月末から六月にかけて、陸軍報道部の要請で中国各地の戦地慰問に出かけたのは、この大規模な報復作戦の開始を報じるためだ。「支那事変五周年記念」として女性作家の従軍を企画した陸軍報道部は、彼女たちを飛行機に乗せ、上空から作戦を見せた。

稲子の身分は新潮社の大衆雑誌「日の出」の特派員で、恋多き美人作家として知られた真杉静枝と、新潮社の写真部員長沼辰雄の三人で出かけた。

この中国への旅が、稲子の戦争への態度を劇的に変化させる。

軍のお膳立ては周到で、稲子たちは南京で陸相などもつとめた畑俊六・支那派遣軍総司令官や重光葵《まもる》駐華大使、汪兆銘《おうちょうめい》（汪精衛）南京国民政府主席とも面会している。上海や漢口の戦跡を見学したあとで、漢口と重慶の中間地点にある宜昌の、いままさに戦闘が行われている最前線まで足を延ばした。

飛行機で二時間半かけて漢口まで行き、そこからまた飛行機で湖北省の当陽へ。自動車に乗り換え、揚子江を船で対岸に渡り、さらに馬の背に揺られて山を登って宜昌へ向かった。漢口からの付き添いは一人だったが、当陽からさらに五人の将校が加わる。

真杉静枝が帰国後、「読売新聞」に連載した従軍記「花を乗せて」によれば、彼女たちははじめのうち旅の主目的である飛行機による従軍に心を奪われており、最前線に行って作戦開始までに戻ってこられるか、気をもんでいた。漢口の街の華人の店でカーキ色の乗馬ズボンをそれぞれ五円出して買ったと書いているから、おそらく現地で急に組まれた予定だったのだろう。

だが、つけたしであったはずの最前線の光景は二人の女性作家の心を強くとらえた。「日の出」取材班の三人は、兵隊にくつわをとってもらいゆっくり山道を進んだ。馬を曳く役は前夜にくじ引きで決められ、当たりくじを引いて真杉についた兵隊は「やっぱり、だれでも内地のはなしがききたいんでね」と、恥ずかしそうに打ち明けた。「あなた達は、ここへきて何をするんだろうかね」とも聞かれた。目的もよくわからない女性の珍客に兵隊たちはとても親切だった。

稲子に付き添った兵隊は、戦争前は巣鴨の郵便局に勤めていたと言った。ぽつん、ぽつんとことばをかわしながら二時間ほど馬の背にゆられ、三人は現地で「饅頭山《まんじゅやま》」と呼んでいる山の頂に到着した。はじめに案内された塹壕《ざんごう》の中には白布に包まれた白木の箱が安置され、位牌には前々日に斥候に出て命を落とした将校の名前が書かれていて、うながされて焼香した稲子は涙を流す。

水を汲むにも二百メートル下りなければいけない山地の戦場で、するめのてんぷらや芹の揚げたもの、甘く煮た豆、肉の佃煮がおかずに出た。自給自足を建前にしている派遣軍の食糧事情は決して豊かではなかったが、ここに来るまでも、秘蔵の缶詰をあけて貝のフライをこしらえたり、いり卵、青豆のゆでたものや、卵をおとしたそうめんなど、心づくしのご馳走でもて

戦地にて

なされた。このことは稲子の心につよく響き、帰国後、「日の出」に発表した従軍記でも、こまごまとその献立を書きつづっている。
食事を始めてすぐ銃声が聞こえた。日本側も応酬し、敵が鉄条網を切断にきたのを発見、などという報告が刻々と中隊長のもとに入ってくる。
今夜は眠らずに皆さんと話がしたいという稲子たちの願いに応えて、十四、五人の兵士が呼び集められた。塹壕の中、蠟燭の灯を前に兵隊と並ぶ彼女たちの写真が「日の出」昭和十七年七月号のグラビアに掲載されている。
兵隊たちはみな口が重かった。それでも年若い中隊長が「お前ら、悲しかったことはな

んだ」と問いかけると、ぽつりぽつり出てくるのはいずれも戦友の死のことであった。朴訥なお国なまりで語られる、内地の人間への痛烈な批判や希望を聞く稲子の胸はきりきりとひき絞られるようだった。

「内地がしっかりしていてこそ、この山の上の兵隊さんの毎日が心安らかなものになるのである」「内地の人たちは、戦地の人たちと愛情で結ばれていなければいけない」。戦地と内地を結ぶ役割を気負った言葉を書くようになるのはこの旅からだ。

翌朝六時には出発しなくてはならず、少しだけ寝て五時半には起き出した。真杉の馬の背には真っ白な花が腕に抱えるほど載せてあった。来る途中、手綱を取る兵士と真杉との間で「あの白い花は、何ですか」「あしたの朝までに取っておいてあげようかね」という会話がかわされ、律義に約束がはたされたのだった。

最前線にはたった一日いただけだが、離れがたい気持ちで彼女たちは別れを惜しんだ。この日の別れを描く二人の女性作家の筆致は似通っており、涙に彩られた感傷的なものである。帰国して、会ったばかりの兵隊の多くが実戦で命を落としたと聞き、その傾向は一層、顕著になる。

饅頭山から戻った二人は飛行機で漢口から南京へ飛び、それから杭州を経由して、ドゥーリトル隊の日本本土空襲機が着陸予定だった飛行場などを爆撃する、当初から予定された浙贛《せっかん》作戦に従軍する。

飛行機で敵地の上空を飛ぶ稲子たちは、爆音の中、紙片のやりとりで筆談した。「もう敵地へかかりました」「東陽が焼けています」という知らせが後ろから回ってくる。道の上に点々と続く黒いものを指さすと、「友軍です」と紙片が差し入れられた。黒い点が、別れてきたばかりの兵隊の姿と結びつき、またも稲子は涙にくれた。戦争に反対していた思いは遠のいてしまう。

「東京日日新聞」五月二十四日夕刊に「女流作家・空の初観戦記」という記事が出た。前文に「わが国女流作家の空の従軍行は両女史がはじめてである」とうたわれている。最前線も初めて、飛行機からの従軍も初めてと、漢口作戦のときの林芙美子が女だてらの「一番乗り」で名を馳せたことをなぞったかのような記事である。


この戦地慰問の後に訪れた上海で、稲子は思いがけない再会をする。

上海には、窪川鶴次郎と恋愛関係にあることが発覚、稲子との友情も破綻させた、あの田村俊子がいた。

俊子は窪川と別れたあとの昭和十三年十二月、中央公論社の特派員として中国に渡り、一、二か月の滞在のはずが当初の予定を終えても帰国せずに大陸にとどまった。北京で書く予定でいた大作は書けずにいたが、南京の草野心平宅で知り合った名取洋之助の経営する印刷会社が昭和十七年五月に創刊した、中国語の女性雑誌「女声」の編集に携っていた。戦後、俊子との再会を描いた小説「女作者」によれば、稲子は俊子が上海にいることを知ってはいたが、旅の予定が決められていたので会いに行くつもりはなかった。最前線での行程を終えて上海に戻ってきたとき、新聞社の人に「会いますか？」と聞かれ、中華料理店で会うことになった。

このころはもう「こだわりなく、懐かしく思った」と稲子は語っているが、心中ははかりがたい。

俊子を真ん中にして、稲子と真杉静枝が左右に並ぶ写真が残っている。俊子の身分は陸軍報道部嘱託で、暮らし向きは豊かではなかったはずだが、中国服の上に白いセーターを着た俊子は相変わらず年齢を感じさせない美しさである。

料理店で俊子は、わざと稲子に気づかなかったふりをしたものの、その後は真杉（小説では吉江志津子）に稲子が気兼ねするほど、二人だけが知っている話題に入ろうとした。

食事をすませると一行は「女声」の編集室に見学に出向いた。「日本軍が上海を占領するといち早く接収をしたという大きな印刷工場の、二階の一個所」に仕事場はあった。この印刷工場が名取の「太平出版印刷公司」だろう。「左俊芝」の中国名で編集にあたっていた俊子は、同僚の中国人の女性三人を紹介、自分は中国語がわからないので英語で仕事をしている、とも話した。このなかに作家の関露がいたはずだが、関露については後述する。

俊子が言い出して、次の日も彼女に上海の街を案内してもらうことになった。百貨店に連れていった俊子は、ささやかな土産を二人の後輩に買い与えた。三人は三台の黄包車《ワンポウツ》（人力車）に乗って、蘇州河に近い日本人の住まない一角にある俊子のアパートを訪ねた。別れがたい思いで、稲子は俊子を自分たちが泊まるホテルへ連れて帰った。真杉は人と会う約束があり、ようやく二人だけで話す時間が持てた。

「帰りたくなったら、帰っていらっしゃいよ。私、むかえに出ますよ」

「ふん」と、こちらへ向き直りながら、

「この仕事が駄目になったら、帰って行くわ」

「女作者」

稲子が日本に戻ってからも、二人は手紙のやりとりをしている。昭和二十（一九四五）年二月三日付の俊子の手紙を、稲子は三月末になってようやく受け取った。

手紙の中に「窪川さん」が二度出てくる。最初の「窪川さん」は稲子のことで、次の「窪川さん」は鶴次郎を指している。戦争末期になって、上海に本社がある鉄道関係の会社の東京支店に勤めるようになった窪川が上海に出張し、偶然、俊子と会うことがあり、そのとき稲子あての手紙を俊子から託されていた。

「あなたのお手紙を読了して涙はらはらと落ちた。何の涙か分らない。あなたに会えるもう一度？　これは恐らく望みなし。然し一度会いたい、話したいことが実に実にたくさんある――生きていてもう一度会えるか何《ど》うか」。手紙にはそう書かれていた。

俊子はその昔、「稲子さんを大好き」と言った。その気持ちに嘘はなかったと思わせる、せつせつとした響きがある。稲子に手紙を書いてから二か月ほどたった四月十三日、俊子は家に帰る途中で黄包車から昏倒、病院に運ばれるが昏睡状態のまま三日後に亡くなった。脳溢血だった。享年六十。俊子の手紙を受け取ってまもなく、稲子はその知らせを聞く。

戦後に発表した稲子の小説のタイトル「女作者」が「かっこ」に入っているのは、俊子にも「女作者」という作品があるからで、ここでの二人は、かつて親しかった作家の先輩後輩という関係としか描かれていない。

複雑な思いを胸に秘めたまま、湯浅芳子に頼まれて稲子は「田村俊子会」のメンバーになり、俊子の墓や文学碑を建立し、田村俊子賞の選考委員もつとめることになる。

第十七章　南方へ

中国から戻った稲子は、現地の兵隊の苦労を伝える文章を、新潮社の「日の出」だけでなく、さまざまな新聞雑誌に次々、発表していく。「中支の言葉」（「読売新聞」昭和十七年六月二十日）、「最前線の人々」「作戦地区の空」（「日の出」七月号）、「中支の兵隊さんたち」（「婦人朝日」八月号）、「中支戦線の人々」（「文庫」九月号）のほか、「兵隊と女流作家」（「都新聞」六月二十六日から八回）、「中支特派員報告会」（「日の出」八月号）と二つの座談会にも出席している。

美辞麗句で飾り立て戦意高揚をあおる勇ましいものとは一線を画しているが、報道規制もあるのか、稲子の前線ルポを読んでもどういう部隊で一体どういう戦いが繰り広げられているのか具体的なことが皆目わからない。

「鏡部隊長」や写真説明の「内山部隊長」という固有名詞と、「新潟出身者が多かった」などの情報を手がかりにすると、稲子たちが慰問した最前線は陸軍第十三師団（通称「鏡」部隊。師団長・内山英太郎中将）の新潟高田、もしくは新発田《しばた》の部隊だったと推測される。

稲子たちが饅頭山に到着したときに焼香した戦死者は本間重信中尉で、この人の名は歩兵第百十六連隊戦没者名簿に載っている。ちなみに連隊の第一大隊第二中隊長は半田繁信中尉で、彼の名前も稲子のルポに出てくる。

日本が太平洋戦争に参戦したことで、報道は南方に集中しがちだった。このとき稲子ら女性作家が期待されていたのは中国戦線に国民の目を向けさせることで、稲子の感傷的な文章は、軍の期待どおり戦地と内地とをつなぐ役割を果たしたといえるだろう。

「日の出」八月号の、稲子と真杉、写真班の長沼辰雄の座談会の末尾で真杉は、自分たちが五月十五日に饅頭山の塹壕の中で語り合った兵隊たちの幾人もが、襲撃してきた敵によって二十七日に戦死したことを付記している。戦死した少尉の姉が「日の出」七月号の彼女たちのルポを読んで新潮社を訪ね、その知らせをもたらした。

七月四日には神田の共立講堂で開かれた「婦人朝日」主催の、「日華婦人親善の夕べ」で講演もしている。稲子の演題は「中支の兵隊さん」で、大本営陸軍報道部の平櫛孝少佐が「戦時下のご婦人方へ」と題して話している。平櫛は、自身の戦地での体験のほか、稲子が最前線でするめの天ぷらや芹の天ぷらで「ご馳走攻め」にあい、「太って帰られた」と会場の笑いを誘った。

平櫛は、昭和五十五（一九八〇）年に出した回想記（『大本営報道部』）の中で、海軍に比べ陸軍は宣伝で後れを取っており、陸軍の報道部員は余暇を割いて寄席に通い話術を磨いた、などと得意げに書いている。作家派遣でも海軍に先手を打たれたため、「女流作家を戦地に送り、婦人の繊細なセンスで戦地を直視してもらおうと思いたち、女流作家の人選にあたった」と言う。

平櫛が「口説きおとした」と名前を挙げるのは、窪川稲子、真杉静枝、中里恒子、宇野千代である。稲子と真杉は、中支に派遣され、さらに稲子は南方にも派遣されるが、南方のこのとき宇野と中里は依頼を断っている。

宇野と中里は、まず中里が「行きたくない」と言い出し、お嬢さん育ちと思われていた中里の態度を見て宇野は断る勇気を得た、と二人の往復書簡で明かしている。

戦後に書かれた中里の自伝的小説にも、この依頼を断る場面が出てくる。

「わたくしは、戦地へゆきたくありません、」

まるで、犯人が白状するように言った。隣りにいた先輩の作家が、万佐子の腕をつかんだ。

「そんなこと言ったら、あなた、殺されますよ……」

「ダイヤモンドの針」

「殺されますよ……」と言う先輩作家が宇野である。もう一人、ともにジャカルタに行く命令が出ており、「このひとなら、一緒に行動してまちがいのないと思われる、左翼系のしっかりした経歴の人物」と書かれているほうの「先輩の女流作家」が稲子である。

稲子はこの南方行きを「徴用だった」とのちに話している。稲子らの南方行きの前年から、井伏鱒二ら五十三人の男性作家が「徴用」されており、次は自分たち女性の番だと思ったのだろう。

だが実際には断ることができたのかもしれない。宇野は、夫の北原武夫がすでに徴用で外地にいることを理由にし、中里は、健康上の理由で無理だという診断書を夫が報道部に提出しに行った。

十一月六日に開かれた「六日会」（情報局と主要出版社との懇談会）で、「女流作家のうちに南方従軍を回避する傾向のあったことをはなはだ遺憾におもう」と平櫛少佐から申し渡しがあったというから、思想的な前歴のない宇野・中里と違って、その行動が注視されていた稲子が同じように断ることができたかはわからない。おそらく難しかっただろうし、抵抗運動をしてきた稲子だからこそ「断れない徴用」だと思い込んだのかもしれない。

南方に出発する直前の十月二十五日に稲子はラジオ番組に出演したようで、番組欄に出演者として載っている。タイトルは「新しい覚悟」だった。

南方に行く前、百合子から稲子あてに手紙が届く。そこには「ご旅行にお出になる前に一度是非おいで下さい」と書かれていた。

男性の作家たちは徴用先でそれぞれ任務が与えられた。たとえば井伏鱒二は短期間ではあるが、現地の英字新聞社「昭南タイムズ」の社長をしており、詩人でドイツ文学者の神保光太郎は、「昭南日本学園」校長として学校運営を任されている。

稲子たち女性作家の待遇や任務は男性とは違い、軍で何か身分を与えられるわけでもなかった。

稲子自身は派遣を拒めないものと思っていたし、戦地にたどり着くまでの危険も覚悟していたので、「ご旅行」という言葉に込められた微妙なトゲを感じとった。忙しさもあって、招きに応じて出発までに訪ねることはせず電話だけしたが、「是非」と書いてきた百合子からも特にこれといった話は出なかった。この時、出向いていたら、戦後の稲子がたどる道筋は、いくらか違っていただろうか。

南方までの同行者には満州でも一緒だった林芙美子がいた。ほかには小山いと子、美川きよと、脚本家の水木洋子で、新聞、雑誌の男性記者や編集者も一緒だった。水木洋子は戦後、林芙美子の小説を成瀬巳喜男が監督した、日本映画史に残る傑作「浮雲」の脚本を担当している。

昭和十七（一九四二）年十月三十一日に、広島・宇品港から、病院船「志かご丸」で出発した。「志かご丸」は正規の病院船ではなく、敵の攻撃対象になるおそれは十分あった。病院船に乗っていくというのは、その場で知らされている。

途中、門司に碇泊し、シンガポールに到着したのはほぼ半月後の十一月十六日である。戦後すぐ発表した稲子の小説「虚偽」には、魚雷の攻撃を受けるかもしれないといううわさが船の中で飛び交っていたことや、シンガポールにぶじ到着するや、同じ船に乗っていた若い女性のひとりが稲子（小説では年枝）の膝に顔を押しつけ、「無事に着いてうれしいわ」と泣き出したことが書かれている。のちに稲子が林芙美子の「浮雲」を読んだとき、女主人公のイメージに彼女の姿が重なるのを感じたという。

このとき視察したのはマレー半島とスマトラ島で、現在のマレーシアやインドネシアの東南アジア一帯である。太平洋戦争開戦と同時に、日本軍は「イギリス領マラヤ」と呼ばれていたマレー半島に侵攻、翌十七年二月にはイギリスを降伏させている。稲子たちが到着したころ、シンガポールは「昭南島」と名前が変わってはいたが、イギリス統治下で移り住んでいた華僑の抗日運動が続いており、政情はかなり不安定だった。

シンガポールに到着してすぐ、稲子は同盟通信社の前で旧知の文芸評論家、中島健蔵とばったり出会った。中島は井伏らと同時期に徴用されて陸軍司令部の報道班に編入され、女性作家たちと入れ替わるように帰国するところだった。

車に乗ろうとすると、「中島さん！」と叫ぶ女の声が聞こえた。ふりかえると、佐多稲子が道に立っているではないか。軍の報道部の依嘱で、南方戦線の視察に来たのよ、という。林芙美子も一しょという。数日中に、内地へ戻らなければならないわたくしは、なつかしく思いながら、そのまま別れた。佐多稲子は、わたくしの態度をそっけないと感じたかもしれない。

中島健蔵『雨過天晴の巻　回想の文学⑤』

奥歯にものがはさまった書き方だが、ここで中島が言いたいのは、自分がそっけなくした、ということであろう。強制的に徴用された自分と、自由意志で視察団に入った稲子とは立場が違うと強調しておきたいのである。

中島が、「彼女も遂にここまで流されたか、と思った」と言っていることを、稲子は戦後になって伝え聞く。

稲子たちが到着した日の夜に、歓迎会が開かれた。

女性作家に課せられたのは視察で、報酬もなく、作家はそれぞれ新聞社や出版社と契約を結び、原稿を書いてはじめて収入が得られた。

林芙美子が朝日新聞社の専属となったので、当初、同盟通信社に書く予定だった稲子は朝日と競争関係にあった毎日新聞社とも契約し、毎日新聞と「週刊毎日」（開戦後、「サンデー毎日」から名前が変わっている）に寄稿することになった。

南方滞在は半年以上に及んだ。稲子たちは陸軍の車でシンガポールの戦跡を巡り、その後、ゴムの林の間を北上して、ブキッ・ティマやムアルといった激戦地を回って、戦いの様子を聞いた。

ブキッ・ティマでは、戦死した兵隊の名前を書いた供養塔が建てられていた。

その場所この地点に護国の鬼となられた尊い姿をしのばせるのである。私は、はしなくも女の身でこの南の聖地に、親しくその土を踏んでおろがむめぐり合せを、故国の、兵の母や妻や、姉妹の方々に思いをはせて、得がたく大事なものに思うのであった。

「マライの旅」（「日の出」昭和十八年七月号）

おがむ、ではなく、おろがむという古めかしい言葉が、毎日新聞の寄稿でも使われている。感傷的につづられているが、戦地ではないためか、中国で前線を訪ねた時のような涙の表現はない。

中国慰問で出会った「お髯の将軍」に、思いがけずマレー半島で再会したことを、一種の読者サービスとして、同じエッセイで報告している。

タイとの国境に近いジットラまで行った後は、ひと月ほどかけてまたシンガポールまで戻った。

途中、バトゥ・パハでは、この地で暮らして三十年になるという六十代の日本人女性と出会った。夫がゴム農園を経営していたが、夫にも二人の子どもにも死に別れ、小学校で子どもたちを教えて生計を立てていると稲子に語った。

内地で教員をしていた兵隊が現地の子どもたちに日本語を教える場面も見学している。日本に占領された国の子どもが日本語を学ぶ場面は、「少国民の友」昭和十八年九月号に発表した「ゴムの実」や、エッセイの中でもくりかえし書いている。

この旅で稲子たちが期待された役割は、イギリスから日本に代わった南方統治がうまくいっている様子を内地に知らせることである。

南方から帰って発表した稲子のエッセイには、スルタンの家へ招かれたり、マレー人の結婚式に参列したりしたことなどが書かれている。

結婚式は、昭南特別市庁の役人に誘われて行くことになった。「私はその夜、チャップリンの『独裁者』の試写に行くはずだったのだがすぐその気になった。勿論マレー人の生活を見る方がおもしろいから」(「旅の日記」、「婦人日本」昭和十八年三月号)。

のんきで物見遊山的で、どこか投げやりな気分を感じる。

昭和十七年の暮れに、シンガポールで日本向けのラジオ放送に出演した後、稲子たちは船でスマトラへと向かった。

メダンからインド洋のニアス島という小島に渡り、港のあるパダンにも立ち寄った。メダンに戻ったあとは、専属契約を結んだ毎日新聞社の支局が宿舎として借り上げた農園主の邸宅に二カ月ほど滞在している。

戦争中の「週刊毎日」のページを大宅文庫でめくっているとき、昭和十八年六月六日号に、「妙な見合い」と題する稲子の「前線慰問用戯曲」が掲載されているのを見つけた。かつて、プロレタリア文化運動の中で女優見習いをしたこともあるが、稲子の戯曲は珍しく、この一作だけだと思う。

毎日新聞の特派員による「まえがき」によれば、スマトラ島の陸軍病院の依頼で急きょ書かれたもので、この特派員がスマトラに出張したとき病院の傷病兵演芸慰問大会で衛生兵や従軍看護婦が演じるのを見て、改めて稲子に寄稿をお願いしたという。

一組の若い男女が見合いをする。男のほうは一か月の休暇で内地に帰ってきている陸軍中尉。女はタイピストで、一緒に暮らす義姉もまた夫が応召中である。

二人は互いに好意を抱くが、男はすぐに戦地に戻らなければいけない。それでは相手に申し訳ないからと男は見合いを白紙に戻そうとする、女のほうでは嫌われたと思いこむが、誤解は解けて、というところで終わる、二幕の芝居である。

読みながら、映画にもなった加東大介の戦争手記『南の島に雪が降る』を思い出した。記者は「この劇が、余りにも傷病兵各位の拍手喝采を博し、その情景に接して感激の余り、特に窪川女史にお願いして」と書いている。戦争協力というならこれほどわかりやすい戦争協力もないが、けがをして不安な思いでいる兵隊たちをつかのまでも慰めてやりたいという作家の気持ちも伝わってくる。

南方滞在も半年近くなった昭和十八（一九四三）年四月、幼いころから苦労をともにしてきた祖母タカが亡くなった。スマトラで電報を受け取った稲子は、シンガポールで船を乗り換え、内地への帰途についた。航路の困難さを説明され、厳しい避難訓練を受けてから乗り込んだ船の中で、それまでの緊張がとけたのか、稲子は風邪をひいて高熱を出した。

第十八章　敗戦まで

日本に戻った稲子は、矢継ぎ早に南洋の印象記を発表していく。日本統治がうまくいっているることを強調するわけでもなく、かといって批判するでもない、焦点のぼやけた旅のスケッチに終始している印象を受ける。

八月には第二回大東亜文学者大会に代議員として出席した。

大東亜文学者大会は、戦争が始まって結成された文学者の団体である日本文学報国会が中心になり、大東亜共栄圏の文学者の交流を図る目的で前年に初めて開催された。そのとき稲子は南洋へ向かう船中で出席していない。

戦局が悪化しつつあるなか、それでも第二回大会には日本（台湾、朝鮮を含む）から九十九人、満州、蒙古、中華民国から二十六人が参加した。この大会は、結局、翌年、第三回大会が南京で開催されたところで終了する。

昭和十八年度の「日本文学報国会会員名簿」を見ると、窪川稲子の名前は宇野千代や林芙美子、尾崎士郎らとともに「参事」となっている。窪川鶴次郎や宮本百合子、中野重治は小説部会や評論随筆部会の「会員」である。

第二回大会で、稲子は上海から参加者した女性作家の関露と、大会会場である帝国ホテルで対談している。二人の対談は三回にわたり毎日新聞に掲載された。

関露は、本名胡寿楣。一九〇七年山西省太原に生まれた。田村俊子が上海で編集していた「女声」を手伝い、俊子の急逝後はあとを引き継ぎ編集人となる。いくつもの筆名を使ってさまざまな記事を執筆、稲子とも鶴次郎とも面識があった。

大東亜文学者大会に出席した作家は終戦後に中国政府から対日協力者とみなされ、厳しく責任を追及されている。関露も一九五五年に逮捕され、翌々年出獄するが、文化大革命のときに再び逮捕され、八年間服役した。

じつは彼女は中国共産党が情報収集のため送り込んだ地下工作員だったことが後に中国の研究者の手で明らかになっている。関露は一九八二年に中国共産党により名誉回復されたが、その年の暮れに亡くなった。

田村俊子はカナダに滞在していた時に、社会主義思想の影響を受けていた。俊子の左派の交友関係を通して、日本共産党の地下工作員を見つけ出すことも関露の任務の一つだったということが現在ではわかっている。

終戦の年の四月に亡くなった田村俊子は、そのことを知っていただろうか。

稲子はどうだったのだろう。俊子の交友関係を通して日本共産党の関係者に接触するなら、その相手は稲子であり、宮本百合子であったはずである。

対談で中国国民政府ができたことが上海の女性の生活にどんな変化をもたらしたか聞かれた関露は「黒市や囤積のために女性は生活に迷惑しています。（略）上流社会のお金を持っている人がそれをやるので若い働いている婦人など苦しい立場にいます」と体制批判的な回答をしている。記事の注によれば、黒市は「闇取引」、囤積は「買いだめ」である。「何かよい解決法はないかということを私は日本から学んで帰りたいと思っています。それで私達は『女声』の誌上を通じて黒市、囤積などしないよう、上流階級の人がその生活様式を改めるよう指導しています」。関露の発言に対して稲子は直接答えず、「日本の婦人は戦争以来なかなかよく働いています」と話をそらしている。

「文藝」昭和十八年十月号に、稲子は大東亜文学者大会に出席した感想を寄稿している（「文学の鉱石」）。その中で、「関露さんは上海で、私たちのお友達である佐俊之さんに協力して『女声』という婦人の雑誌を編輯している人」「昨年上海で佐俊之さんに逢ったとき」などとくりかえし書いている。

「佐俊之」は「左俊芝」の誤りで、田村俊子が上海で使っていた筆名である。一度も「田村俊子」とも「佐藤俊子」とも書いていないので、これでは読者にあの田村俊子だとわからない。表向き編集人は中国人という建前を守ってこうしたのだろうか。夫の恋人であった俊子に対する屈託が、こんな書き方を選ばせたのか。

昭和十八（一九四三）年十月、稲子と鶴次郎は虎ノ門の晩翠軒で開かれた「驢馬」同人の宮木喜久雄の結婚式にそろって出席している。宮木は共産党再建準備委員会を結成したとして昭和十一（一九三六）年十一月、大阪で検挙され服役、昭和十七年十一月に出所し、帰宅を許されていた。

中野重治『敗戦前日記』を見ると、この結婚式で仲人を務めたのは窪川夫妻である。おしどり夫婦として知られた二人は仲人を頼まれることが多く、「窪川夫妻の道楽」として読売新聞の記事（昭和十四年十一月十六日）になるほどだったが、宮木の結婚式のころまでに夫婦仲は破綻していた。

中野重治夫人である俳優の原泉は、その宮木が窪川鶴次郎の手紙を持って豪徳寺の自宅を突然訪ねてきたことを記憶している。「戦局もかんばしくなさそうだというようなことを、近くに住んでいらした広津（和郎――筆者注）さんからきくようになった頃」、と書いているので昭和十九年に入ってからだろうか。

手紙には「いね子の居どころを君が知らない筈はない、俺は気が狂いそうだ、宮木にほんとうのことを明せ！」と書かれていた。原は稲子の居場所を知らされておらず、宮木にはそう言って納得して帰ってもらったが、「ここまで二人の仲が決定的になってるのか……、いね子さんは本気なんだな、とはじめて知ってわたしたちは不安な気持をいだいたのだった」と書いている。

それからすぐ、中野区鷺ノ宮に住む壺井栄の家を中野と娘と三人で訪ねたとき、来客があった。あわてた様子で玄関先へ出た壺井は「原稿用紙を貸してくれって」としどろもどろだったが、帰り道、中野は、「ありゃ、窪川いね子だね」と言い当てたという（原泉「壺井家で」『佐多稲子全集』第一巻月報）。

『敗戦前日記』には、宮木がこの件で訪ねてきたことも、壺井家での一件についても記載はない。昭和十九（一九四四）年三月六日に、「稲子サン帰宅シタ由」という短い記述がある。稲子が南方から帰ったのは前年のことで、五月十八日に「稲子さんスマトラから帰った由」と記載されている。中野の日記や原の文章から推察できるのは、南方から帰国した稲子が、家族にも中野たちにも行方を知らせず家を出ていた時期があり、その後、窪川の元にいったん戻ったということである。

次女の佐多達枝は、母の思い出として、戦争中の一時期、稲子が家を空け、「その間父にある母をうえつけられていた」と婉曲な書きかたをしている。「ある母」というのは、恋人がいる、家族を捨てる、といったことだと思う。

師である犀星も稲子の「失踪」について自著で触れている。「昭和十七年」としているのは、おそらく記憶違いだろう。

稲子の恋愛は仲間内の「噂」になっていたようで、壺井栄の日記に、稲子とその相手のことがちらっと出てくる。

昭和二十（一九四五）年一月十四日の栄の日記から。


鉄兵氏（前年十二月に亡くなったプロレタリア作家の片岡鉄兵——筆者注）の葬式に繁治と二人でゆく。道に迷い、アカギレ痛み困る。途中稲子さんに会い、暫くゆくと噂の人に会う。偶然のこと、分かっているが、よく知らない人から見れば何と云うだろうと思う。

『壺井栄全集』12

稲子の終生の友であった栄が、この瞬間、稲子に冷ややかな視線を向けている。

「佐多稲子研究会」の長谷川啓によれば、稲子の相手はジャーナリスト、「行きずりの恋」で、戦後まもなくまで続いていたという。壺井栄の日記から推測できるのは、恋人と目されていた人物は栄自身もよく知っていて、片岡鉄兵の葬式にも参列する人物だということだ。さらに、二人の関係は周囲にそれなりに知られていたということではないか。

昭和十九年の稲子の年譜には「家庭生活は荒れて形だけのものとなり、執筆もほとんどできなくなる」とある。

昭和十九年に入ると、確かに執筆量はがくんと少なくなる。「日本学芸新聞」を引き継いで日本文学報国会の機関紙となった「文学報国」に何度か短い寄稿や談話を寄せたぐらいでめぼしい仕事はほとんどしていない。

じつはこの年、三月から二十回にわたって、新京（長春）で発行されていた満洲新聞に「生きた兵器」という小説を連載していたことが文芸評論家の西田勝氏の調査で明らかになり、二〇一二年の朝日新聞で大きく報じられた。

この記事で、私は「生きた兵器」という作品の存在を初めて知った。

その後、この小説が『戦う少年兵』のタイトルで満洲日報社から上下巻で出た単行本に収録されていることを知る。インターネットを検索していて古書店の目録に出ているのを見つけた。国会図書館にもない本だが、かなり高額で買うのを逡巡していたところ、二割引になったので、思い切って注文した。

『戦う少年兵』は康徳十一（一九四四）年十一、十二月刊で、収録されているのは上巻が尾崎士郎、神崎武雄、山本和夫、海野《うんの》十三《じゅうざ》、窪川稲子。下巻が丹羽文雄、秋永芳郎、長谷川幸延、車谷弘、林芙美子、安田貞雄の十一人である。尾崎、神崎、山本、海野、丹羽、秋永が陸軍もしくは海軍報道班員の肩書、長谷川は直木賞受賞、車谷と安田が帰還作家、稲子も海軍報道班員だったはずだが、彼女と林芙美子は女流従軍作家となっている。

編者あとがきによれば、満洲日報社新聞局が企画して十一人の作家に委嘱し、少年兵が学ぶ陸軍関係七校、海軍関係四校に取材して、康徳十一年一月から五月にかけて連載されたものだという。関東軍報道部長と満州国大使館付の海軍大佐が文章を寄せ、巻末には昭和二十年度生徒志願者心得が掲載されており、明らかにリクルーティングのための企画である。

稲子の「生きた兵器」は、相模原（神奈川県）にあった陸軍兵器学校を取材して書かれた。主人公は佐賀郡嘉瀬村の半農半漁の村で祖母に育てられた少年孝治で、神奈川の陸軍兵器学校に進み、卒業して技術系の下士官として前線へと出動するまでを描く。

「生きた兵器」とは少年兵のことかと思ってギョッとしたが、そうではなく孝治たちが修理を担当する戦車や兵器のことで、小説には「活兵器」という言葉も出てくる。戦意高揚のために書かれた小説で、兵器学校の授業風景や訓練のようすも取材にもとづき克明に描かれている。ちなみに嘉瀬村は継母ヨツのふるさとである。

祖母のお直は、頼みとする孝治を「せんそうにおつかわし下さるよう私よりもおねがい申あげます」という手紙を中隊長あてに出す。一方で、進学の際、孝治の家庭環境を知った教官は、「徴兵検査を待ってもおそくないぞ」と翻意を促す場面も出てくる。孝治自身、祖母は「立《り》っぱ」でもなんでもなく、自分の顔を見ればすぐ泣いてしまうそのつらい胸のうちをよく理解している。

「少年兵」を戦場に送り出すために書かれた小説でありながら、ぎりぎりのところで庶民の苦しみに寄り添い、単純に背中を押すだけの小説にもなっていない。

対照的なのが林芙美子の「少年通信兵」で、「陛下の立派な股肱としての兵士」「第一線の北方の寒気を思えば何事も耐える事が出来る」といった定型の言葉がたびたび出てきて、本当に林芙美子が書いたのか？　と疑いたくなる凡作だ。

少年は恩師に励まされて通信学校に入るが何の不満も持たない。級友が体調を崩すも、精神力でみるみる治ってしまう。とにかく平板で、「こう書いとけば文句ないでしょ」といわんばかりで、何の感興も催さない。

表面的には戦意高揚をはかる言葉しかないからケチのつけようもなかっただろう。稲子の小説を読んで心を動かした少年はいたかもしれないが、芙美子の小説はおそらく素通りされたと思う。

陸軍少年戦車兵学校を取材し、「君は陸を」の題でルポを書いた直木賞作家の神崎武雄は、連載直前に大本営海軍報道部から召集の知らせを受け、南方やシンガポールに派遣され、帰還中の九月に南シナ海でアメリカ軍潜水艦の雷撃を受けて亡くなっている。

昭和二十年の稲子の年譜には、「この年のはじめ頃より、夫婦生活は事実上解消。窪川は、上海に本社のある鉄道会社東京支店に勤め、別居生活になる。その後窪川が再婚した女性はこの会社にタイピストとして勤めていた」とある。

上海本社の鉄道会社と言えば、おそらく日中合弁の国策会社、華中鉄道だろう。窪川がどういう仕事をしていたのか不明だが、華中鉄道では「呉楚春秋」といったグラフ雑誌など出版物を出していた。上海の本社に出張したこともあり、出版関係の仕事を任されていた可能性がある。偶然だが、華中鉄道の東京支店は、かつて田村俊子が住んでいた部屋があった日本橋の本町アパート内にあった。窪川夫妻にとっては因縁の場所であるこの建物の一角に窪川は部屋を与えられ、事務所に寝泊まりして家に帰ってこないことも多くなった。

昭和十九年七月のサイパン戦に敗北した後は、本土への空襲も一層激しくなった。自分の子だけの安全をはかるのがためらわれて縁故疎開には踏み切れなかった稲子だが、九月には東京都の学童疎開が始まり、国民学校六年生だった次女の達枝も草津に疎開する。

このとき疎開先では「アカの子ども」といじめられて大変だった、と達枝さんからうかがった。

長男健造は、学徒動員で板橋の陸軍造兵廠へ通い、昼夜交代制の勤務につくようになる。稲子も隣組の割り当てで近所の工場へ弾丸の包装に出たり、防空訓練に出かけたりした。

昭和二十年三月十日未明から、アメリカ軍による大規模な無差別爆撃が行われる。いわゆる東京大空襲で、木造家屋が密集する下町の市街地が焼き払われ、死者数は八万人を超えた。延焼を防ぐための建物疎開も始まり、稲子も取り壊しの綱を引く手伝いに駆り出された。

三月十二日の壺井栄の日記から。

昼の報道で、B29百三十機名古屋来襲を聞く。市街盲爆で熱田神宮にも投弾され、市内に火炎が起こったという。一昨日の東京と同じようなやり方らしい。

注射にゆき、櫛田さんへより、佐々木さんでそばがきの御馳走になっているところへ、窪川さんが来たとて、マスミ呼びにくる。荷物疎開のことなど。鶴次郎氏とはいよいよ決裂らしいとのこと。それを聞くと、私は何だか気が軽くなった。変なことかも知れないが、本当である。

窪川家のそばにも焼夷弾が落ちた。夫と別れることを決めた稲子は、住宅密集地を離れ、壺井家のそばの持ち主が疎開した空き家に引っ越すことを決める。荷車を引いて大移動する人の群れにまじって、女学校に入学するため疎開先の草津から戻ってきた達枝と二人、少しずつ荷物を運び入れた。荷を運ぶ途中で、たびたび空襲警報が鳴った。達枝さんによれば、引っ越してすぐ、もとの家は空襲を受けて焼け落ちたそうである。

引っ越しの日は四月二十日。母子三人はその晩、壺井家で夕食をよばれ、そのまま泊めてもらった。

離婚届は五月五日に提出した。十九年の結婚生活が終わり、稲子は四十歳になっていた。「驢馬」同人の一人、西沢隆二はそのころ刑務所にいた。未決監に九年、実刑を二年つとめたあとも、引き続き予防拘禁されていた。戦後になってようやく釈放された西沢は、獄中で書いた詩文を集め、ひろし・ぬやまの筆名で『編笠』という詩集を昭和二十一（一九四六）年に出版している。「編笠」とは移動中の囚人がかぶせられる笠のことだ。

西沢の詩には、若き日の稲子と鶴次郎が何度か出てくる。

「裏街に侘び住みし頃を想いいでて作れる歌」は、二人が根岸の、うだつの上がらない日本画家夫婦の二階に間借りしていたころをうたったもの。

一人娘が大きくなるにつれ、父親の裏の仕事に感づいて困っているという内容は、「稲子の笑いつつ物語りければ」という古めかしい詞書をつけて歌になる。
笑い絵を描く画家《えかき》の二階の住い、北窓のその北窓の眺めわびしやいね子と鶴次郎とは古綿に眠るかたわらでのっそりとおのれも古綿に眠る
「春の雨——稲子に」と題した詩は彼らが出会ったころを思い出したもの。

男ありけり。場末の貧しきレストラントのおとめに恋いこがれて通いぬ。日にみたび、よたび通いぬ。みづから
——おのことはよしなきものかな。かかるところに出で入りのみして、と云う。
連れなるおのこ、かたえより
——女ははいったら、はいったきりさ、と云う。
かのひと美しき声たてて笑いぬ。かたわらにありしおとめら、なんのゆえよしは知らねど声を合せて笑いぬ。ふたくさの笑い折から降り出でし春雨の中に流れぬ。

くれないの傘かす人や春の雨

「夢に田端の町をさまよい目ざめて作れる歌」と題された歌群の一首。

稲子と鶴次郎とが添い寝せし坂下の家も雨にくち果て

五月二十五日、画家の柳瀬正夢が、新宿駅近くで焼夷弾の直撃を受けて亡くなった。稲子の裁判の判決が出る日にかけつけてくれた、古い友人である。柳瀬の死は六月九日になって朝日新聞に掲載されている。

六月二十二日、中野重治が召集された。

中野は四十三歳で、かなりの老兵である。昭和十八年十月に、兵役の年齢はそれまでの四十歳から四十五歳までに引き上げられていた。

中野が受け取ったのはいわゆる「赤紙」ではなく、昭和十七年に公布された「防衛召集令」による薄青い紙で、直接戦闘には加わらず、本土の防空や警備体制整備にあたった。中野は陸軍二等兵として、長野県小県《ちいさがた》郡東塩田《ひがししおだ》村に行き、終戦まで使役に駆り出され、松代大本営にダイナマイトを運んだりして敗戦を迎える。

第十九章

戦後が始まる

終戦の夜はいい月夜だった。

「世界」昭和二十四年一月号に発表した佐多稲子の短篇「あるひとりの妻」はこんな一文で始まっている。

昭和二十（一九四五）年八月十五日、終戦を告げる玉音放送を聞いたときの衝撃を、晴れ渡る空の青さとともに記憶している人は多いが、稲子にとって終戦の日は、夜の明るさで記憶された。

ラジオの玉音放送は、いくぶん反抗的な気分で背中を向けて耳だけ傾けた。終戦を実感したのは、夜になって遮断幕をはずして電灯をつけてよくなったときだ。

明けて十六日の朝、長男の健造が「もう、こんなものはいらない」とゲートルと防空頭巾を庭に放り投げた。

終戦の前から、佐賀で女学校を終えた長女葉子も一緒に暮らすようになり、継母のヨツもそこに加わった。

離婚によって、稲子はいったん弟正人を戸主とする田島家の戸籍に戻ったが、翌年四月には、叔父の死で断絶していた佐田という戸籍を再興し、戸主となっている。民法が改正される前のことで、作家になることを夢見ながら志半ばで逝った叔父の名前を受け継ぎ、稲子を中心に、窪川、佐田、田島と三つの姓を持つ家族の新しい生活が始まった。

戸籍再興の手続きが終わる前に、昭和二十年十一月からは筆名も佐多稲子と改めている。離婚後も窪川の筆名を使ってかまわないかと鶴次郎に聞いたところ、「さあ、それは、ちょっと。うちの女房が微妙だろう」という答えがかえってきた。それもそうだなと思ったというのが稲子のこだわりのなさで、長年使い慣れた名前を捨てて新しい筆名にした。

本名が「佐田」で、筆名が「佐多」である。「佐多」は、『素足の娘』の主人公の少女の姓である。稲子自身は、単に字面で選んだ、と書いているが、ベストセラーになった自伝的小説の主人公の名前を憶えていないということがあるだろうか。

書類の上では、実の両親の養女という形で届けられ、結婚と離婚をくり返した稲子の戸籍は、限られたスペースに事項が書ききれず、紙が継ぎ足された。そうしたいきさつを小説『或る女の戸籍』（昭和二十三年刊）として書いている。

佐多稲子の名前で最初に出た単行本は昭和二十一年五月に萬里閣から出た短篇集『たたずまい』である。この本の「まえがき」で、名前を変えることへの思いを率直に書いている。

かつて、「いね子」を「稲子」としたときは、「柔かに肩をおとしたような、ひら仮名のいね子、という字に対して、自己嫌悪のような感情におちるほど潔癖に、自分で自分を励ますようにして、固い漢字に改めた」。このたび、「窪川」を「佐多」と改めるのはそのときのような「純粋なものではない」。思想的な理由でもなく、「ただ単に私の個人的な私的な理由に依っている。私が最早、窪川家のものでなくなったということなのである」。「世間的に言えば恥をさらすことだとおもう」が、「だからと言って決して自分の今の境遇をただ否定的に考えてはいない。感情としても毎日の生活に張りと幸せを感じている、と言えば、傲ぶりや強よがりに聞えるであろうか。とにかく私は、私の考えや感情が、はじめて独り立ちをしたような気持になっているのはほんとうのことだ」。

佐多姓に変えたあと、「正宗白鳥から『この新人は……』と書かれた」ことが印象に残っていると稲子は書いている（『時と人と私のこと』）。

白鳥の文芸時評は雑誌「潮流」昭和二十二年二月号に掲載されたもので、「私の東京地図」の連作のはじめの二篇について、「佐多稲子という生面の女性作家の作品」と書いている。「生面《せいめん》」は「初めて見る」といった意味で、新聞記者出身でゴシップにも通じていた白鳥のことだから、稲子が離婚によって名前が変わったことを知ったうえで、挨拶がわりにこういう書き方をした可能性もあると思う。

戦争の末期には、出版物はことごとく統制され、発行を許された数少ない雑誌も、印刷所が空襲で焼けたり刷り上がっても配本できなかったりしていた。

戦争が終わると、反動のように次々新しい雑誌が生まれた。休刊していた雑誌も復刊された。長いあいだ重い蓋で頭を抑えつけられていた作家たちは、旺盛に執筆を再開する。

稲子もまた新たな思いで猛然と書き始めた。その年末、中野重治に送った手紙で、「もの心ついてから、借金への気兼ねなしに年の瀬を越すのは初めてのような気がして今更のようにびっくりして子どもと笑い話にしています」と書き送っている。

この中野への手紙の中でも触れられているが、明るい光がさすように見えた稲子の戦後に影を落とすできごとが起きた。

戦前のプロレタリア文学の仲間を中心に新しく組織されることになった文学団体である「新日本文学会」の発起人に稲子は加えられなかったのである。

戦争中の行動が問題視され、発起人になれないと伝える役を引き受けたのは中野である。

発起人のひとりとして稲子の名前を挙げたのも中野だった。

鷺ノ宮の自宅に来た中野から伝えられて、稲子は愕然とした。

開戦前に、アメリカと戦争することはあるまい、なぜなら負けるから、という認識を持っていた彼女にとっては、作家として従軍することは一種の「かくれみの」で、人々を裏切っているつもりはなかった。だが周囲はそう受け止めなかった。

稲子を発起人にすることに強く反対したのは宮本百合子だったと思われる。

「戦争の間文学者として節を屈しなかった作家たちを第一の評価におき若い健やかな文学の世代をもり立ててゆく目的」（野上弥生子宛、宮本百合子書簡）に、稲子はふさわしくないと百合子は判断した。

「だって……」と抗弁しようとする稲子に向かって中野は、「作家には責任がある」ということを告げた。

この日から数日、稲子は体調を崩して寝込んだ。

このころ書かれた「省る『私らしさ』」という文章がある。


自分の書くものが社会の公器である出版物に載る以上、私も亦戦争中の自分の仕事に就て責任を感じている。私は支那戦線へゆき、南方へゆき、それに従って若干の報道を書いた。

戦争の最後の頃には海軍報道部に徴用された報道班員でもあった。責任を感じていると言えば、気負っていると笑われることかも知れないが、実際に問題にされてもいる。ただ自分の主観で言えば、この戦争中の行為が、日本の多くの人々を裏切るつもりや、自分の為にそれを利用する考えや、国権へのへつらいでしたことではなかったと思うのであるが、それは当時の私の行為を、日本の多くの人々がどんな風に感じたか、今日多くの人々が私の書くものによって騙された、と感じるか、によって決せられることだろうと思う。

日本中の人が戦争へ引き出されて、苦しい生活をしていると思う時、私はそれを直接見て来て、内地の家族の人へ伝えたかったし、また私自身、自分の目で、日本の戦争ぶりや、外地政策というものを見て来たかった。

（略）

今後の私はこの自分の経験主義や、また自分があまりに庶民の感情をそのままに持ちすぎているかも知れぬことなどについて考えてみなければならぬだろう。便乗的な自己ざんげなどと思われたくない、という、負けん気もある。

「省る『私らしさ』」東京新聞　昭和二十年十二月八日

中野に向かって「だって……」と口にした、その口吻がそのまま伝わってくる。

ほぼ十年後に書かれた「自分について」（「新日本文学」昭和三十一年九月号）では、痛みは深く沈潜しながら、なお生々しく、血を流すように感じられる。

私の人間観には、戦後の時期、つまり戦争責任の問題に打《ぶ》つかってはじめて、皮肉や意地悪や悲哀や傲慢などが加わった。勿論この人間に対して辛らつな見方を知ったその想いの中に、私自身への侮蔑がかけられていることは言うまでもない。

美しく生きたい、という素朴な願いが私の中にある。素朴だとおもっているが、あるいはこんな願いも傲慢なことなのかもしれない。しかしそれにしろこの願いは私にとって最早、美しく生きたかった、という表現に変ってしまった。生れ変ることができるなら、と初めて切実におもったのは戦後、自分の戦争責任について考えた時である。それ以前の私の貧しい人生に迷いや絶望があったにしろ、それは生き返ってみれば、生きてゆくことに抱きつづけてゆける性質のものだったのである。しかし私は今日も生きている。従って戦争責任の問題も、抱きつづけられるものだったということになろうか。私が死のうとはおもわず、生れ変ることができるなら、とおもったところに、私のこの問題に対する責任の感じ方がある。それは生きてつぐないたい、などという殊勝なものではなく、悔恨のうちにも自分を見つめたい、周囲をも見つめたいという、ある抵抗感であった。言ってみれば恥だけであるが、私がそんなにもいい気になっていたかという戦時中の自分への驚愕である。私の戦争への協力は、私の敗北感を伴わず、むしろ逆の心理のうちに行われた。いい気なもの、というそれにつきる。

民衆の悲哀の外にはいたくない、という気持ちを「裏返されたおもい上がり」、かくれみのを着得るという自分の意識を「いい気な思い」と断罪する。

死者と民衆に対して知識人は罪と責任を自ら感じねばならぬことは言うまでもない。が、それなら新日本文学会はその代理となって従軍した作家たちを責めているのであろうか。代理の資格があるのであろうか。

「もっと素直に、自らの責任を提出し得る空気が作られねばならぬのではないか、今こそ大根《おおね》の戦争責任者に対して共同の力が結ばれる時なのではないか」「何か少し間ちがっている、という気がした」——まっとうな問題意識を持ちながら彼女はその議論をそれ以上展開させることができない。なぜなら自分はまちがいを犯したからで、自分の口を封じるそのまちがいに対して、まちがいを犯すべきではない、としんから思うことになる。

第二十章　私の東京地図

『私の東京地図』は、長く読み継がれる佐多稲子の代表作のひとつである。

長い戦争が終わって新時代が始まったとき、稲子は思いがけず仲間の作家たちから戦争責任を問われる立場に立たされた。具体的には、宮本百合子や中野重治、元夫である窪川鶴次郎らが発起人となって立ち上げた新日本文学会に、発起人の一人として推薦されたが仲間の反対で加えられない、というかたちで示された。

新しい時代を迎え、「歌声よおこれ」と高らかに呼びかける百合子らのそばにいて、稲子は苦悩と内省のただなかにあった。自身の誤りを認めつつ、文学者の批判の方向に疑問を持つが、その疑問を自分が表に出すことは許されない。複雑な苦しみのなかで書くことになったのが連作『私の東京地図』である。

「私の東京地図」を書き出したのも、ある日の突然のことだった。机にむかって自分を締め上げているうちに、それを書こうとおもいつき、そして私は夢中になって深夜の部屋にひとりで机をパンパンとたたいてしまい、それはやっと、その時の自分の心の状態に合致した気がした。

「『私の東京地図』のこと」(読売新聞　昭和三十年七月二十一日)

「東京地図」というタイトルは、戦前に出たサトウハチローの『僕の東京地図』(昭和十一年)を思い出させる。朝日新聞東京版に連載され、ベストセラーになり映画化もされたこの本を稲子は当然知っていただろう。

戦争中は、変わっていく世の中を、苦しむ人々の姿をこの目で見ておこう、という気持ちで、自分が転向した、堕落したという意識は持っていなかった。けれども戦争が終わり、戦争に協力したという批判にさらされたときに、そう言われてもしかたない行動があったと気づく。同時に、それだけではない、という思いも抱え込んだ。

故郷喪失者である自分の、それでもここが故郷であると思い定めた東京の街への愛着も強かった。稲子は、空襲の翌日に浅草六区などの焼け跡を歩いている。思い出深い土地はどこも焼き払われ、もとの地形がむき出しになっていた。

長崎から上京してすぐの向島小梅町をはじめとして、清凌亭のあった上野、丸善のあった日本橋、窪川鶴次郎と出会った駒込、根岸、大塚、十条、戸塚と、一つところに落ち着くことなく、転々と移り住んだ東京の街の、土地の記憶を呼び起こす。そこで出会い、自分の人間形成に深くかかわった人の一人ひとりを思い出しながら、自分が歩いてきた道のりを連作としてたどりなおす試みが『私の東京地図』である。

どの場所にも、わき目もふらずに働く稲子の姿が描かれている。

作品が書かれる背景には、思想的な葛藤とともに、一家のあるじとして背負う経済的苦境があった。

連作の一にあたる「版画」は文芸誌「人間」昭和二十一年三月号に掲載されている。「人間」の編集長だった木村徳三は、発行元である鎌倉文庫に自分を訪ねてきた稲子が借金を切り出すときの、「いかにも思い余った表情」を記憶している。

離婚して（私はそのとき初めてそれを知って驚いたのだったが）、子供らとともに住むために小さな家を小平町の小川に建てたいのだが、どうにも金の工面がつかない、というのである。わざわざ鎌倉文庫にまで来られたというのは、よくよく思いあぐねた末のことだと察して、私は即座に承諾した。

「そのかわりと言ってはなんですが、この一年の間に三、四回小説を書いてください。短篇でも長篇でも結構です。そうすれば……それでいかがでしょうか」

私の返答を聞くと佐多さんは、ほっとしたように表情がくずれ、顔の色が薄赤く染まった。

木村徳三『文芸編集者　その跫音』

空襲で多くの住宅が焼失しただけでなく、建物疎開によって取り壊された住宅も多かった。地方から人も戻ってきて、戦後の東京は未曽有の住宅難に陥る。終戦間近に親友である壺井栄の家に近い鷺宮二丁目に越してきた稲子たち家族も借家を追い立てにあう。昭和二十二年一月に隣の鷺宮一丁目の借家に引っ越すが、そこでもまた追い立てを食らって、作家仲間の徳永直や、濱本浩に手紙で苦境を訴えている。

うちではまた追い出されになりましてこの一ヶ月ばかり前から苦労しております
とうとう月末から肺病の息子さんとおっ母さんが入って来ることになりました　私は行く場所が無いのでとうとう覚悟を決めて　国分寺に家を建ててしまうことになり（略）この頃金の工面にかけ廻り　まだまだその苦労が当分つづきます

昭和二十三年（推定）六月九日濱本浩宛書簡

寝ても覚めても金の当てばかり探しています　私にとっては　ばく大な金高ですが　何とかやり抜くつもりで　がんばっております

同日　徳永直宛書簡

濱本宛の手紙で「国分寺」と書いているのは小平のことで、北多摩郡小平村の土地を、戦争中、まだ窪川と結婚していた時に家を建てるつもりで手に入れていた。金の手当てがつかず、そのままになっていたが、出版社に借金して何とか建設費を工面し、家を建てて引っ越したのは昭和二十三年八月のことだ。

徳永宛の手紙では、そのころの苦しい心情を率直に書いている。

「私はまだ明るい強い気持で仕事が出来るところまで落ついておりません、これは家庭の事情ではなくて　私の社会人としての反省のためです　反省に際しての自嘲と皮肉になることを自分に警戒してはおりますが依古地なところがあるのでしょうか」（昭和二十一年七月十日）、「私などは、戦争中の自分の行動もあり、終戦後のおもいは実に辛かったのです、辛かったというのは、悪かったというだけからでないものがありました」（昭和二十二年六月六日）。

中野重治宛の手紙でも、「私は少しも小説が書けません。機関紙の小説を書くのにも日数ばかりかかって、もう、小説を書くことはやめてしまおうかとおもいました。自分の本心がまいっており、そのまいっていることにふっきれぬものがあって書けないのでしょう。私など意地わるの気持でいると小説は書けません」（昭和二十二年十一月十七日）と書いている。

この機関紙の小説というのは「新日本文学」昭和二十三年一月号に掲載された「表と裏」で、「私の東京地図」の連作の十一にあたる。鶴次郎が病に倒れ、表向き合法である文筆活動で稲子が一家の経済を支えながら、彼らが暮らす北区十条の長屋が非合法活動の連絡拠点にもなっていた時期で、表と裏、ふたつがまじりあう時期の稲子と周囲の人たちの姿が描かれる。

手紙に出てくる「ふっきれぬもの」「意地わるの気持」とはどういうことだろう。稲子を慕う後輩作家の畔柳二美の手紙にある「同じ思想の方々が、長い間獄に居られたその事は、誠に幸な事」という言葉は、このころの稲子の心情をある程度、代弁しているかもしれない。獄中にいて命を落とす人もいたが、獄中にいるか執筆禁止になっていれば従軍を求められることもなかった。

新日本文学会の発起人になることは認められなかったが、会員としてはその後すぐに参加が認められている。このあたりの判断基準はよくわからないが、単行本の『私の東京地図』も昭和二十四年三月、新日本文学会から出ている。

単行本化された連作「私の東京地図」と別に、もう一篇、「私の東京地図」と題した文章を稲子は書いていて、河出書房が戦後の短期間、刊行していた季刊の女性誌「ＦＥＭＩＮＡ」創刊号（昭和二十二年八月）に掲載されている。

別の仕事で河出書房の戦後の出版物を調べているとき、国会図書館のプランゲ文庫にこの雑誌が収蔵されているのを知り、「フォト・ストーリー　私の東京地図」と題された記事が掲載されているのを見つけた。写真は木村伊兵衛（一九〇一―七四）である。「私の東京地図」の連作をダイジェストしたような内容で、焼け野原になった現在の東京が写真で写されている。街角で絵を描く男性や、自転車で軽やかに走り抜ける女性がいる。

佐多稲子、木村伊兵衛ともに、年譜でこの記事については言及されていない。二人がこの仕事で顔を合わせたかどうかもわからない。日本を代表する写真家である木村は、戦争中は岡田桑三《そうぞう》、原弘《ひろむ》らと東方社をつくり、軍の参謀本部のもとで対外宣伝誌「ＦＲＯＮＴ」をつくっていた経歴を持つ。戦後は旧東方社のスタッフと文化社をつくるがすぐに倒産、「ＦＥＭＩＮＡ」は、名取洋之助が日本版「ＬＩＦＥ」を目指して創刊した「週刊サンニュース」に参加する直前の仕事だ。

進駐軍の検閲資料もついていた。「佐多稲子」という名前は正宗白鳥だけでなく検閲担当者にもなじみがなかったのか、「My map of Tokyo」の筆者の項は、「staff」となっている。作家ではなく、編集部の人間が書いたものと判断されたようだ。「挽歌」を読んだ斎藤茂吉が「佐多稲子ノ挽歌（東京地図ノ4）ヲ読ンダ、オモシロイ」と「日記」に書いているのを見つけた中野重治が稲子にはがきで知らせてくるのは少し先のことになる。

第二十一章　婦人民主クラブ

戦後日本の占領政策にあたった連合国最高司令官総司令部（ＧＨＱ）が掲げた五つの基本方針のひとつに「婦人の解放」があった。あとの四つは、秘密警察の廃止、労働組合の結成奨励、学校教育の自由化、経済の民主化である。

婦人参政権を求める運動は日本でも明治末から続いていたが、一度も認められることはなかった。敗戦によって初めて参政権が認められ、昭和二十一（一九四六）年四月に行われた戦後初の衆議院選挙では、一挙に三十九人もの女性代議士が誕生している。総当選者数（四百六十四）の一割には届かなかったが、二〇〇五年の衆院選挙で四十三人の女性が当選するまで、女性の当選者がこの第二十二回の数字を上回ったことはなかった。

稲子にも共産党から出馬しないかという話が西沢隆二を通してあったらしい。「冗談でしょうが」と前置きして、昭和二十年暮れの中野重治あての手紙でそう書いている。

十年ほど前、作家の河野多惠子に彼女の新作についてインタビューしたとき、取材が終わってからの雑談で河野さんの先輩女性作家評を聞かせてもらったことがある。「平林たい子さん、円地文子さん、佐多稲子さんの三人の中で、誰が政治家に向いているかと言ったら、私は佐多さんだと思うわ」と話していたことが印象に残っている。

「たいていの人は、一見強そうな平林さんだと言うと思うけど、実は佐多さんのほうが向いている。あのかたは賢いし、何をやっても成功した人ですよ」

雑誌「驢馬」以来の古い友人で、かつてプロレタリア女優になれとすすめた西沢は、稲子の中に政治家になれる資質を見出していたのだろうか。戦後の衆院選では、中野が共産党から福井選挙区で立候補しこのときは落選している。若いころから苦労し、知名度も女性人気も高い稲子が出ていたら当選していた可能性はたしかにある。

総選挙のひと月ほど前、昭和二十一年三月に「婦人民主クラブ」の創立大会が開かれた。

「私の戦後は婦民だった」と稲子がくりかえし書く婦人団体であり、活動である。

共産党を「わが家」と思い、戦後、再入党した稲子だが、党との関係がその時々で複雑なものに変化していくのと比べると、婦民は一貫して稲子のよりどころとなった。婦民を通じて多くの友人も得て、「わが家」というならこちらのほうがふさわしいのではと思える。婦民が分裂し運営が難しかった時期には委員長もつとめた。

婦人民主クラブの設立にはＧＨＱの力が働いていた。

ＧＨＱの民間情報局に、エセル・ウィード（一九〇六―七五）という女性の情報担当官がいた。地方紙の記者として働いた経験もあるこの女性中尉の働きかけによって、女性の民主化のためのグループが立ち上げられる。

来日したウィード中尉がまず連絡を取ったのは加藤シヅエ（一八九七—二〇〇一）である。産児制限運動を主導し、「日本のサンガー夫人」と呼ばれた社会運動家でもある加藤は、戦前にアメリカで秘書学を学び、英語で書いた自叙伝『フェイシング・トゥー・ウェイズ（邦題『ふたつの文化のはざまから』）はアメリカなどで出版されベストセラーになった。この本は、GHQの担当者のあいだでも日本を知るための参考図書として広く読まれていたという。

ウィードと加藤をつないだのは、アメリカの歴史家メアリ・ビーアド（一八七六—一九五八）である。

メアリの夫のチャールズ・ビーアドも著名な歴史家で、後藤新平が東京市長だったときビーアド夫妻を日本に招いて都市計画について聞いている。後藤の女婿である鶴見祐輔の姪にあたる加藤は、そのときにビーアド夫妻とも会っていた。加藤がアメリカで自叙伝を出版できたのも、メアリ・ビーアドのすすめがあってのことだった。

戦争によって交流はとぎれたが、戦後になって、ビーアドが加藤と連絡を取りたいとGHQに連絡し、この件を担当したのがウィードだった。

加藤の回想によると、敗戦の年の九月、加藤の家の前にいきなりGHQのジープが停まった。訪ねてきたのは民間情報教育局のツカモトという二世の中尉で、彼は加藤と、夫で政治家の勘十の両方にGHQの非公式な顧問になってほしいと依頼した。加藤は婦人問題の顧問を引き受ける。

十一月に加藤がウィード中尉に呼び出され、「婦人問題諮問委員会」が組織される。加藤と、やはり時々呼び出されていた羽仁説子のほかに、山室民子、山本杉、松岡洋子、赤松常子、宮本百合子、佐多稲子の八人が呼びかけ人に選ばれた。

加藤は自分が二十人ほどの名前を挙げ、それを参考にしてウィードが決めたと言い、『婦人民主クラブ』史である『航路二十年』(婦人民主クラブ編)によれば、百合子と稲子に声をかけたのは羽仁説子だという。

十一月の終わりには諮問委員会の初会合が開かれ、ウィードの提案で、民主的な婦人団体のモデルとして「婦人民主クラブ」が結成されることになった。

つまり、「婦人民主クラブ」はもともと、加藤とGHQの関係から始まったものだった。

記録映画作家で、「婦人民主新聞」の編集長をつとめたこともある厚木たかによれば、ほぼ同じころ(十一月七日)、雑誌「人民評論」で婦人問題をテーマにした座談会が宮本百合子の司会で開かれ、出席者のあいだで、「私たちのクラブが欲しいわね。みんなが集まって、そのなかでもんでいるうちに、それぞれの専門が育ってくるような民主的なクラブがね」という話が出ていたそうだ。

二、三日して百合子から厚木に電話があり、「GHQ婦人部のウイード中尉から呼び出され、婦人の民主化のためのクラブを作るよう言われたけれど、この間の座談会の帰り、皆で欲しいわねと言ったあのクラブと同じものになるから一緒でいいわね」と言われている。もともと自分たちの間で機運が高まっているところに、GHQからも話があり、それに乗っかった、ということか。

『航路二十年』ではそれが、「よく婦人民主クラブは〝アメリカ占領軍の落し子〟だといわれますが、それは一つのキッカケにすぎなかったのです」という書き方になる。

八人の呼びかけ人を中心に、各界から選ばれた二十三人の女性が発起人になることも決まった。婦人民主クラブの創立大会は、昭和二十一年三月十六日、共立講堂で開かれている。百合子が趣意書を起草、稲子はクラブの綱領を書き、大会事務も引き受けた。当日の写真を見ると、開会の辞も稲子が述べている。

食糧問題や女性の自立の問題にも取り組もうとするクラブの活動への関心は高く、講堂は満員になり、その日だけで二百人が入会した。後援には朝日、毎日、読売の三大紙が名乗りを挙げ、朝日新聞社が後援することになったが、ひと月後、今度は読売の後援でも講演会が開かれている。

順調なすべり出しに見えるが、加藤と百合子との間では、「民主主義」をめぐって意見の対立があった。

クラブの名称は羽仁が提案した婦人民主クラブに決まったのだが、「民主主義とはなにか」をめぐって大幅に意見が食い違った。加藤が、民主主義とは、アメリカやヨーロッパがすでに採っているデモクラシーであるというのに対し、百合子は、これまでの欧米の民主主義は古い「ブルジョア民主主義」であって、これからの民主主義は、今、中国で新しく出来つつあるものだ、と主張した、と加藤は書いている。確かに「婦人民主新聞」の創刊号で百合子が書いた「三つの民主主義」という論説にはそういう趣旨のことが書かれている。

「私にはここの居心地が、日に日に悪くなりました」と加藤は述懐する。決定的だったのは、婦人民主クラブの会合に詩人の深尾須磨子を招いたときに起きた吊るし上げだという。「日本人と欧米人の詩の比較」というテーマで話してもらうはずが、開会と同時に、「あなたは戦時中、何なすったんですか、ムッソリーニの所にいらっしたでしょ」という質問が飛んだ。

お茶をごちそうになった、と深尾が答えると、「違うでしょ、握手したでしょ」「ああいう独裁者と握手して、どう思ったんですか」と次々に問いただされ、深尾は答えられずに、ただただ謝るしかなかった。たしかに深尾はムッソリーニ礼賛の文章を書いているが、違うテーマでゲストに招いておいて一方的に吊るし上げるやりかたはどうかと思う。稲子がこの場にいたのか、戦争責任の追及のしかたにどう反応したか知りたいが、この件については、私が調べた限りではとくに書き残していない。

戦前の加藤は、石本男爵夫人という立場でありながら産児調節運動にかかわり、「人民戦線」事件で逮捕されたこともある。共産党に親しみを持っていたという加藤だが、「がまんしきれず」に婦人民主クラブを脱会、八人の呼びかけ人のうち、赤松、山室、山本も、ほぼ同じころ会を抜けたと書いている。加藤は昭和二十一年の総選挙に立候補して当選、社会党の代議士になった。赤松も社会党の参議院議員となり、山本はのちに自民党から出馬し参議院議員になっている。

戦後初の衆議院選挙で三十九人の婦人代議士が当選したとき、神近市子と深尾、平林たい子が「全日本婦人大会」を開いて彼女たちを応援しようとした。このとき、婦人民主クラブのクラブ員が個人として招待されたが、クラブは大会に反対する意思をわざわざ表明している。

「個人的には誰を支持しても自由だけれど、組織としてはいけない」という立場をとる婦人民主クラブだが、現実には、稲子や百合子も含めて共産党員や共産党支持者が多かった。呼びかけ人の中でも、加藤や山室、山本といった他の政党支持者やかかわりのある人ばかりが脱会しているように見える。『航路二十年』では加藤らの脱会は触れられていないが、そういう経緯があって、共産党の支持母体とみられていたからこそ、後に党が活動方針をめぐって割れたとき、婦人民主クラブも巻き込まれる事態を招くことになったのではないだろうか。

物価引き下げや食糧問題の改善、共同作業所の設置や内職の斡旋といった女性の地位向上にかかわるさまざまな取り組みとともに、「婦人民主クラブ」の活動の柱に、女性の手で、女性のための新しい新聞を発行することがあった。

「婦人民主新聞」は「婦人民主クラブ」という団体の機関紙ではあるが、ふつうの読者にも広く読まれることをめざし、昭和二十一年八月の創刊時には東京の市電に中吊り広告を出している。そのときの「誇らしい気持ちを今も思い出す」と、初代編集長をつとめた櫛田ふき（一八九九―二〇〇二）は書いている。

当初、編集長に予定されていた羽仁説子が「一身上の都合」で辞退し、急遽、櫛田が引き受けることになった。櫛田の夫は経済学者の故・櫛田民蔵で、近所に住む仲のいい壺井栄から、百合子や稲子が力を入れている婦人民主クラブへの協力を頼まれた。櫛田はのちに十年間、委員長をつとめ、その後も女性解放運動家として息の長い活動をつづける。

稲子が創刊号から連載したのが前述した小説「ある女の戸籍」である。

主人公であるイネが、みずからの来歴を振り返る。年若い両親のもとに生を受け、大叔父の子として届けられて、実の両親の養女というかたちで戸籍に入ったイネが、「母ちゃんの、父ちゃんと母ちゃんのことを話しましょうか」と言って、息子と娘に自分の人生を話しはじめる。

複雑な出生と二度の離婚で、イネの戸籍は書ききれずに余分の紙が貼り足してある。亡き叔父の戸籍を再興し、女戸主となったとき、手続きをした代書人が首をひねった、と聞き、「数奇なる運命と思ったか、あばずれ、とおもったか……」と、わざと面白がるふうに書いている。複雑な戸籍は、彼女が懸命に生きてきたあかしでもある。

来し方をたどるという点で「私の東京地図」と内容が重なるが、回顧的な「私の東京地図」に比べ、女性のための新聞の創刊にあわせて連載を始めた「ある女の戸籍」のほうが未来への希望を感じさせる。両性の平等が法律でも認められるようになった時代に、稲子は、三つの姓を持つ家族を束ねる家長の立場になったのである。

窪川（小説では牧瀬吉之助）と結婚していたとき、夫は、作家として収入のあるイネに庶民金庫から金を借りさせようとするが、女は法的には無能力者であり、借用証書には夫の承認の印が必要とされた。体験的に書かれるこうした法律の矛盾も、女性読者の共感を呼んだことだろう。

「婦人民主新聞」は、女性が女性のためにつくる画期的な新聞だったが、当初、経営は男性の手に任されていた。

戦争が終わっても新聞・雑誌の用紙割当制は続き、稲子は櫛田や厚木らとともに、首相官邸の隣にあった用紙割当委員会にお百度を踏まなければならなかった。用紙割当委員だった岩波書店の小林勇や、羽仁説子の夫で歴史学者の羽仁五郎の後押しもあり、「婦人民主新聞」は異例の五万部の割り当てを受け、半年後にはこれが七万五千部に増えた。

当時、用紙割当は大きな利権で、しばらくして経営していた男性が用紙を横流ししていることが明るみに出て、割当委員会から一か月の割当保留処分を受ける。

これを機に「婦人民主クラブ」は新聞の経営権を自分たちで買い取ることにした。経営側が五十万円と言ったのを何度も交渉して二十万で決着する。名古屋の篤志家が十万円出してもいいと言っていると聞いて、稲子と厚木が金策に出向いた。残りの十万円は銀行の借り入れや、櫛田が亡夫の印税を提供するなどして、なんとか経営権を買い取ることができた。その後は読者からも出資を募っている。

ロシア文学者の湯浅芳子が新聞の編集長だったこともある。

湯浅編集長は自分の専門分野であるツルゲーネフについて書くなどして、一般読者の関心と紙面内容がなかなか結びつかなかった。にもかかわらず、「読者が増えないはずはない」と櫛田に怒り、ついには「儲かった金を共産党にまわしているんだろう」と言い始めた。

櫛田はしかたなく、印刷したものの売れない新聞は、りんごの袋にするため青森のりんご園に買い取ってもらっているのだ、と内情を明かした。途端、怒り狂った湯浅にものすごい剣幕で胸ぐらを摑まれ、服のボタンが引きちぎられた。

櫛田がその話を宮本夫妻の前で話すと、「女の人が胸ぐらをつかむなんてすごいな」と顕治がおどろき、百合子は「そのくらいやりそうな人ですよ」と言った。かつて恋人だった百合子と湯浅との行き来は、とうに途絶していた。

第二十二章　わが家の場所

稲子は昭和二十一（一九四六）年十月に共産党に再入党している。

前年十月、ＧＨＱが治安維持法撤廃と政治犯の釈放を指示して、徳田球一や志賀義雄、宮本顕治ら戦前の非合法時代の共産党関係者が続々と出獄してきた。

党の再建は獄中で非転向を貫いた徳田や志賀がイニシアティブを取って進められた。戦後初の党大会が十二月に開かれ、党のトップである初代書記長に徳田が就任する。

徳田は明治二十七（一八九四）年に沖縄県で生まれ、逓信省貯金局に勤めながら日大専門部法律学科の夜間部に通い弁護士になった人物である。三・一五事件のときに治安維持法違反で逮捕され、いくつかの刑務所を転々としながら十八年過ごし、府中刑務所内に置かれた東京予防拘禁所で敗戦を迎えている。

翌年一月には、野坂参三が中華民国から帰ってきた。

野坂は明治二十五（一八九二）年山口県生まれ。妻の龍《りょう》とともに昭和六（一九三一）年ソ連に入国、その後、昭和十五（一九四〇）年に中国共産党に合流していた。

野坂は謎の多い人物である。党の最高幹部として議長までつとめたが、最晩年になって、ソ連のスパイだったという衝撃的な事実が「週刊文春」に報じられ、本人も事実だと認めて党を除名されている。スターリンによる粛清が進められていた時期には、日本人同志山本懸三らを密告し、山本は粛清されている。

中華民国からの帰国というふれこみも、のちにソ連経由だったことがわかっている。さらに、一九九三年に野坂が亡くなった後で、アメリカや中国、日本の特高警察にも情報を流す、多重スパイだったのではないかとも報じられた。

野坂が掲げたのが「愛される共産党」というキャッチフレーズで、同月二十六日に日比谷公園で開かれた野坂の帰国歓迎大会には三万人が参加したという。

同年四月に行われた戦後初めての衆議院議員選挙で、共産党から出馬した徳田や野坂ら五人が当選する。

稲子は戦後に二度、共産党から除名処分を受けている。つまり一度除名され後にいったん復帰するも、再度除名処分を受け、その後戻ることはなかったということだ。

一度目は、昭和二十六（一九五一）年三月に、婦人民主クラブに対する党の干渉に応じなかったことが分派活動にあたるとして除名された。

このころ党は、「五〇年問題」と呼ばれる分裂で揺れていた。

アメリカ占領下で、徳田が率いる日本共産党は協調的な平和革命路線を取っていたが、コミンフォルムの機関紙に、なまぬるいと厳しく批判する記事が出た。コミンフォルムは、アメリカによる戦後のヨーロッパ復興計画（マーシャル・プラン）が共産党封じ込めであるとして、対抗的に組織されたソ連主導の国際機関である。

徳田らは自分たちの平和的な立場にも理由があるとする「所感」を発表し、宮本顕治らはコミンフォルム支持を表明する。徳田ら「所感派」と宮本ら「国際派」で党が分裂するが、中国共産党からも批判され、主流である「所感派」は結局、コミンフォルムの方針に沿った武装闘争方針を入れた綱領を五月に発表する。

その結果、国会議員を含む二十四人の中央委員が昭和二十（一九五〇）年六月にＧＨＱの公職追放指令を受ける。団体等規正令に基づく出頭を拒否して逮捕状が出ると地下に潜り、十月に徳田らは中国に脱出する。

徳田のグループは「北京機関」と呼ばれ、国内の指導部は「北京機関」の指示を受けて動く二重構造になった。六月二十五日に朝鮮戦争が始まると、七月には機関紙の「アカハタ」発禁、レッドパージと、ＧＨＱの締め付けは一段と厳しくなる。

共産党は婦人民主クラブを党の下部組織と考えたのに対して、稲子はクラブを党から独立した自主的な団体と考えていた。

党の役職についていたわけではないが、作家として知名度があり、婦人民主クラブの活動を通して女性党員への影響力も大きい稲子に対して、党は情報戦をしかけてくる。

まず、北京に本拠地を置く「自由日本放送」が稲子を名指しで批判した。

「自由日本放送」は昭和二十七（一九五二）年に始まった北京を本拠地とした地下放送で、徳田の側近である伊藤律が責任者だったことがのちにわかっている。

さらに、アメリカ大使のマーフィーから稲子と厚木たかに定期的に金が流れているという噂が流される。金額は「月二万円」で、噂の出どころは関西の党支部らしかった。婦民の会員が確認に行ったところ、党の幹部は噂を否定しようとしなかった。

昭和二十八（一九五三）年十月には、「週刊読売」に「伊藤律はなぜ除名されたか」という記事が出て、その中で「彼をめぐる女十数名」として当局がマークする一人に稲子の名前が挙げられていた。

伊藤律は大正二（一九一三）年、広島県で生まれた。生後すぐ、父の故郷である岐阜に戻る。戦前に共産党に入党、豊多摩刑務所で終戦を迎える。共産党が再建されると、伊藤は徳田の片腕として手腕を発揮する。

伊藤にも逮捕状が出て極秘裏に出国し北京機関の徳田らと合流するが、北京では国際派との関係をめぐって対立が起きた。妥協を主張する野坂・西沢隆二と、自説を曲げない徳田の関係が悪化、徳田が体調不良で入院し意識不明の状態になると、伊藤は野坂らに軟禁される。

昭和二十八年十月に徳田は死ぬが、彼の死は昭和三十（一九五五）年まで伏せられた。尾崎秀実《ほつみ》らがスパイとして死刑になった「ゾルゲ事件」の発端が伊藤の供述だった、という米軍の調査報告が出ていたこともあって、党が伊藤をスパイとして除名したという記事が「アカハタ」に載る。「週刊読売」の記事が出たのはそのひと月後だった。

友人からのはがきで自分の名前が週刊誌に出ていると知った稲子は、抗議のために中野重治とともに「週刊読売」編集部に出向く。編集部の訂正記事は出なかったが、自分で反論を執筆、「取消文」の見出しで翌々週に掲載されている。

伊藤とは作家の江馬修の出版記念会で初対面の挨拶を交わしただけで一度しか会ったことがなく、「あまりにもおもいがけない虚報」「はねかけられたドロである」とふだんの彼女にない激しい調子の文章になっている。

党や警察に稲子を貶《おとし》めたい意図があったとして、なぜ一度しか会ったことのない稲子の名前が律周辺の人間としてここで出るのか腑に落ちなかった。一緒に名前が挙げられている尾崎英子は尾崎秀実の夫人で、伊藤と尾崎は満鉄にいたときから家族ぐるみのつきあいがあった。伊藤が率いる自由日本放送で批判されるような立場の稲子の名前が突然ここで出てきたのはなぜなのだろう。

伊藤律の次男、伊藤淳の『父・伊藤律』（講談社）を読んでいたとき、本に掲載されていた一枚の絵に目が吸い寄せられた。

そういうことか。

本に掲載されていたのは柳瀬正夢の「市バスの車掌」（一九三六年）という絵で、モデルは松本キミ。律の妻で、淳の母である。

松本キミは戦前に東交労組渋谷支部の婦人部長をつとめ、戦後も党員として活動している。雑誌「人民評論」の企画で、宮本百合子司会の座談会にも出席している。このときは稲子の親友である映画作家の厚木たかも出席していて、この日の帰りに「わたしたちのクラブが欲しいわね」という話になり婦民結成につながっていく。

伊藤律はともかく、妻のキミは稲子と近い場所にいて接点があったはずだ。律とは一度しか会ったことがなくても、キミとの関係で稲子の名前が出るのは決して根も葉もない噂とは言い切れず、だからこそ稲子もここまで強い反応になったのではないか。

伊藤が党から除名されたあと、妻のキミも伊藤を批判する声明を出している。出さざるをえなかった。

党員としての声明は出したものの、野坂参三の強いすすめがあったにもかかわらず、キミは律と離婚していなかった。

中国で死んだと思われていた伊藤律が生きているとわかったのは昭和五十五（一九八〇）年のことである。二十七年間刑務所に幽閉されたのち、伊藤の処遇に困った中国政府からの申し入れで帰国が決まる。

長い幽閉生活で聴力を失い、目もほとんど見えなくなって、重い腎臓病になっていた夫を、キミは自分の家に受け入れた。

律は、不自由な体をものともせず、ゾルゲ事件の発端が自分であるとするこれまでの定説を覆す数々の重要な証言を残したのち、平成元（一九八九）年に亡くなっている。

除名され、さまざまな攻撃を受けたにもかかわらず、昭和三十（一九五五）年七月の党大会、いわゆる「六全協」で稲子は党に復帰している。

この大会で党は、大衆の支持を得られなかった武装闘争方針を捨て、平和革命路線へと切り替える。徳田の死が初めて公表され、これまでの暴力革命路線は中国、ソ連という大国の干渉と、徳田・野坂ら「分派」によるもので誤りだったと自己批判した。党の主流であった「所感派」を分派と切り捨て、党としての誤りではないとする、かなりアクロバティックな主張を通した。

山村工作隊や中核自衛隊などを組織し武装闘争に入っていった若い人たちもこの時、切り捨てられた。六全協で失望して党を離れた人も多く、一部は新左翼の運動へとつながっていく。六全協の三年後、昭和三十三（一九五八）年に宮本顕治が党の書記長に就任する。

二度目の除名は、昭和三十九（一九六四）年、部分的核実験禁止条約がきっかけとなった。

部分的核実験禁止条約がアメリカ、イギリス、ソ連の間で調印され、中国、フランスが反対したとき、日本共産党も、中国に同調して反対することを決めた。衆議院議員の志賀義雄と、参議院議員の鈴木市蔵は賛成し、除名が決まる。彼らの除名に反対、態度を保留した中野重治と神山茂夫も除名された。

稲子や国分《こくぶん》一太郎ら文化人党員十二人は、こうした党の動きを批判する意見書を発表し、最後まで意見を撤回しなかった十人が除名処分を受けた。

二度の除名にいたるいきさつと共産党との長いかかわりについて、稲子は『渓流』と『塑像』というふたつの小説を書いている。

『渓流』と『塑像』で、稲子がモデルとなる人物は安川友江、中野重治には田村康治という名前が与えられている。他の登場人物にもそれぞれモデルがいて、モデルと重ねて読まないと理解できないところがあり、作品としての欠点になっている。

戦前からの仲間で党の要職についていた宮本顕治や西沢隆二には名前がない。稲子自身は、彼らに名前をつけることができなかったと述懐していて、若き日の友は、親しみを込めた名前で呼ぶことのできない権力的存在に変貌していったということだろう。

二作のタイトルは対照的である。『渓流』は動きを感じさせみずみずしいイメージだが、『塑像』はゆるぎなく、形を変えることがない。

ふたつの小説で、共産党は「わが家」と表現されている。

『渓流』の安川友江は、党の方針とたびたび対立するが、それでも党は「わが家」だともう、と口にする。それに対して、かつて党員であり、いまは党から離れている息子から「僕は、絶対に、わが家だなんておもわないね」と批判的なまなざしを向けられる。

主人公と息子では、党への思い入れも、党を象徴する「わが家」というものへの思い入れも異なる。息子にとっての「わが家」は母親が要に座る、三つの異なった名前を持つ大家族であろう。一方、早くに母親が亡くなり、幼くして他人の家で働いた経験のある主人公には安心して「わが家」と呼べる場所はなく、仲間たちの犠牲を礎に、荒波をくぐりぬけてようやく再建された党こそが「わが家」と思える場所だった。

「わが家」という言葉は『塑像』でもくりかえされている。二度目の除名処分に遭って、新聞記者から「もう、わが家、だなんて思わないでしょう」と聞かれた主人公が、「いいえ、わが家は今は、私の胸の中にあります」と反駁《はんばく》するのだ。


稲子と松川事件とのかかわりについても短く触れておく。

松川事件は、昭和二十四(一九四九)年に福島県松川町《まつかわまち》(現福島市)で起きた列車の脱線転覆事故で、乗務員三人が死亡し、国鉄と東芝の労働組合員二十人が逮捕・起訴される。下山事件・三鷹事件と並ぶ戦後の三大事件で、捜査側には共産党の関与が予断としてあったが、裁判で無罪が確定、犯人は特定できず未解決に終わった。

捜査に疑問を抱き松川事件対策協議会の会長となった作家の広津和郎に乞われて、稲子は副会長を引き受け、現地調査にも足を運んだ。広津には共産党とのかかわりはなく、政党の垣根を超えて支援が広がったことが無罪判決につながったと稲子は感じていた。無罪が確定したとき「あれは党が勝ったんだ」と言う共産党の中央委員に、「そんな風に言ってはいけない」と言ったと書きのこしている。

第二十三章　怒り

佐多稲子の人生をふりかえると、時折、自分の怒りを噴出させることがあってはっとさせられる。

若いときから他人の中で働いてきた人らしい、日ごろの人あたりの良さからすると意外に思えるが、どうしてもこれは飲み込めない、と感じたときは喧嘩も辞さない一面がある。

たとえば詩人の金子光晴に送った手紙が残っている。

昭和四十二（一九六七）年に亡くなった壺井栄の通夜の席で「佐多です」とあいさつしたところ、金子に「君はこの頃芸者みたいだ」と言われた。

金子の妻の森三千代は詩人・作家で、稲子が「私たちの会」と呼んでいた女性作家の集まりのメンバーでもあり、金子とも面識があった。

どういうことでございましょう　私には想像がつき兼ねます　私は芸者を侮蔑するものではありませんが　私自身が芸者みたいだといきなり云われることに深い抵抗を感じます

また通夜の席の人中でのあなたの御発言です（略）理由なく侮辱を受けたというおもいになりますのをどうしても消すことができずにおります

（『文学者の手紙7』日本近代文学館編）

手紙の日付は七月一日で、壺井栄が亡くなったのが六月二十三日だから、日をおかず筆を執ったようである。森三千代が関節リュウマチで闘病中であることを知っていたので、事を荒立てることにためらいがあったとしつつ、そのままにしておくことはできなかったと書いている。

金子からの返信も同じ本に収録されている。

御手紙拝見、たいへんびっくりしました。

あの際、あなたが御元気で若々しくおもわれたのでおもわず「女優さんのようですネ」と思うがままに口走りました。この節総入歯のせいで、それが別のことばにきこえ、あなたばかりでなく、御同席の人たちにもそうきこえたとすればことが弁解がましくなりそうですが、僕も、自分が助かりたさにごまかす人間となりたくはありません。それは、本当のことです。

しかし、僕の言った女優さん言々にしても場所柄軽佻かとも思われ、あなたの不愉快は変らないかもしれません。（略）

正々と御叱正下さったことを感謝しています

きちんと謝っているのはいいとして、自分は女優と言ったのに相手が芸者と聞き違えた、というのは言い訳としてちょっと苦しい。喪服の稲子が堂々と美しく、褒めるつもりで口にしたのかもしれないが、六十三歳の作家にかける言葉ではないだろう。金子が、雑誌「話の特集」などを通して「エロじいさん」のキャラクターで知られるようになるのはこのもう少しあとのことだが、これも相手を「もと女給」とあなどる気持ちがあっての発言ではないか。理由のない侮辱と感じたことは、知人の夫で、自分よりも年長者であっても、うやむやにせずはっきり指摘する。なかなか勇気のいることだと思う。

壺井繁治や村山知義、湯浅芳子といった古くからの友人知人に対しても、理由もなく傷つけられたと感じると手紙や文章でそのことを伝えている。保守派の論客である福田恆存が松川事件の被告を批判したときはそのことに激しく反論している。

評論家の丸岡秀子が『田村俊子とわたし』の中で田村俊子と窪川鶴次郎の恋愛を実名で書いたときも、「どうせ自分の身を曝しているのだから、端から実名で明かしてもかまわぬ、と見られたこと」が辛いと書いた。稲子自身、小説（『灰色の午後』）で自分たちのことを書いているが、小説として書くのと、第三者が当事者の了解なく暴露するのは違う、と意志表示をしている。

作家の高杉一郎との間では、さらに感情がこじれたやりとりがあった。

高杉の『征きて還りし兵の記憶』に、稲子の怒りに触れたいきさつが書かれている。

高杉は、改造社の編集者だった昭和十九（一九四四）年夏に応召し、哈爾浜で敗戦を迎えている。丸四年、シベリアに抑留されたのち、昭和二十四（一九四九）年秋になってようやく帰国できた。

その過酷な環境を生き延びた体験を「極光のかげに」として雑誌「人間」で昭和二十五年八月号から連載を始める。

稲子の名前が出てくるのは、「懲罰大隊」に送られた高杉が、そこに集められた旧日本軍の将校たちと文学談義をかわす場面である。

あるときひとりの将校が『日本新聞』に出ていた記事から話をひろって、プロレタリア作家として知られていた窪川稲子が軍当局の要請に応えてシンガポールやスマトラなどを廻ってきたことを問題にしたのだった。（略）その話題は仲間たちのなかから威勢のいい放言を誘いだすことになった。「女給というものは、あたらしい客を迎えるたびに笑顔を見せなければならないのさ」

（『征きて還りし兵の記憶』）

とい う。

「日本新聞」というのは収容所で発行されていた日本語新聞で、徐々に思想教育の側面を強めていったことが知られている。

高杉によれば、この原稿が「人間」に掲載されるとすぐ、稲子から抗議の手紙が届いたという。

改造社の編集者として高杉は稲子と面識があったし、前述したように『綴方教室』の大木教諭の授業を訪ねるルポでは取材にも同行している。

どうしたらいいか、私は考えあぐねた。女給ということばを使った放言があまり上品ではないことはたしかだが、しかしいつか彼女自身が雑誌『改造』に「女給の手記（「女給の生活」――筆者注）」という文章を書いていたことを私は覚えていたし、それに私はひとりの将校の品のない放言から彼女を守ろうとしたのだ。

「守ろうとした」というのは、「極光のかげに」の主人公が、戦争中に書かれた稲子の『素足の娘』を読んだが、自分には報道部文学とは思えないと発言したことなどをさしている。

（前掲書）

高杉は、封書に書かれていた住所を手がかりに稲子を訪ねることにした。稲子は留守で、近所の蕎麦屋で時間をつぶしたりしたあと佐多家を再訪して彼女の帰りを待った。夜遅く帰ってきた稲子は高杉の釈明に耳を貸さず、当時話題を集めていたゲオルギウ『二十五時』の流行に乗ってあれを書いたのでしょう、と決めつけた。

高杉によれば、そのころ話題になっていた『二十五時』は、書名こそ知っていたものの、読んだことはなかった。釈明を聞こうとしない稲子に、彼は失望する。

戦争が終ったあとのシベリアで命がけの労働をさせられた同胞の生活については心を動かされないのかと、私は失望もしたし、腹もたてた。

（前掲書）

稲子の怒りはもっともだと思った。付き合いのあった編集者にこんな文章を書かれたら、それは失望もするだろう。その一方で、「女給」うんぬんは高杉の発言ではなく、それを否定しているのだから、そこまで怒らなくても、という高杉の言い分もわからないではないと、この文章を初めて読んだときはそう考えた。

ところが、である。

私が読んだ岩波文庫（一九九一年刊）の『極光のかげに』にはある「女給」うんぬんの文章が、初出の雑誌「人間」の昭和二十五年十一月号の「極光のかげに」には見当たらないのだ。

同年末に目黒書店から刊行された単行本にも、翌年の新潮文庫版にもこの一節はない。昭和五十二（一九七七）年に冨山房百科文庫に入ったときに、「女給というものは、新しい客が入ってくるたびに笑顔を見せるものさ」というくだんの将校の放言が突然、挿入されている。

『征きて還りし兵の記憶』を読めば、「女給呼ばわり」されて稲子が腹を立てたようにしか読めないのだが、雑誌に掲載されたときにはその文章はないから、それはありえないということになる。

岩波文庫版のあとがきに、高杉は「四十年前に発表した原形のまま」とわざわざ書いているが、じつはほかにも書き換えられた箇所がある。

将校のひとりが言及した「日本新聞」の記事の中身である。

「人間」に載った初出では、「彼女が吉岡弥生や村岡花子と連れ立って、マッカーサー司令部を訪問したという記事があったろう」となっていた発言が、目黒書店の単行本収録時には、「彼女がマッカーサー司令部を訪問したという記事があったろう」というふうに、吉岡や村岡の名前が削られている。さらに、その後も、「それが誤報であることを当時知るよしもなかった私は、ともかくその記事を事実として受けいれはしたが」という文章が付け加えられている。

稲子の抗議の主眼が「女給」呼ばわりでないのは明らかで、「マッカーサー司令部訪問」が事実ではない、ということだったと推測できる。

「新版」と銘打たれた冨山房百科文庫版では、単行本で削った、マッカーサー訪問時の吉岡弥生と村岡花子の名前のかわりに、河崎なつなどといっしょにと再び変更されている。

河崎なつは、もと文化学院の教師で、婦人運動家。昭和二十二（一九四七）年の第一回参院選で社会党から出馬し当選しているが、収容所にいて戦後すぐに起きたできごとをあまり知らない将校の日常会話で出る名前としては少し不自然だ。

「日本新聞」は一九九一年に全三巻の復刻版が朝日新聞社から刊行されていて、復刻版にあたっても窪川稲子（と吉岡弥生や村岡花子や河崎なつ）がマッカーサー司令部を訪問した、という記事を見つけることはできなかった。

こうなると「日本新聞」で見た、というこのやりとり自体が疑わしく、高杉のフィクションではないかと思われる。「四十年前に発表した原形のまま」とあとがきにはっきり書きながら、その実、帰国後に聞いて知った噂話をもとに、ところどころ書き換えていっている。自分を弁護者として安全圏に置きつつ、小説の中の他の人間に批判させる形をとる。この他者の口から出る批判にこそ高杉の言いたいことがあったと考えざるをえない。マッカーサー司令部を訪問したというのはおそらく、前に触れた、婦人民主クラブ創設がGHQ指導で行われたことを指し、共産党だけでなく社会党も含めた超党派的な組織をつくろうとした動きを揶揄したものだろう。

もしかしたら「女給は」という発言はもともとの原稿にそういう文章があって、高杉の後輩で稲子とも親しかった「人間」編集長の木村徳三の配慮で外したということも考えられなくはない。だが、たとえそうであったとしても、掲載時に載っていない、読んでいない文章について稲子が怒ったかのように書くのは、読者をミスリードするやりかたでまったくフェアではない。

『極光のかげに』には、敗戦によって理不尽に生死の境に追いやられ、苦汁をなめた人間にしかわからない忌憚のないソヴィエト批判、スターリン批判の側面もあり、左翼陣営に大きな衝撃を与えた。

本がベストセラーになったことで、「私は「政治的な」支持と攻撃の渦のなかにまきこまれた」と高杉は書いている（冨山房百科文庫版の「あとがき」）。

「その後、日本共産党から除名されたある女流作家は、これはゲオルギウの『二十五時』の流行に乗って書かれた本だと言って、作者を非難した」（『征きて還りし兵の記憶』）

名前を出していないが、もちろん稲子のことである。

木村徳三によれば、連載時には「高杉一郎」が元改造社の編集者小川一郎であることは伏せていたそうだが、高杉は、「昨年末のことです。私はあるひとに「あの記録は『二十五時』的な流行心理のなかで書かれたのではないでしょうか？」と言われて、びっくりしました」と、「極光のかげに」批判に反駁する文章（「不幸な懐疑」『人間』昭和二十六年三月号）に書いているので、稲子との間に『二十五時』をめぐるやりとりがあったのは確かである。

稲子の非難は、当時としてはありがちな、スターリン批判、ソヴィエト批判を許さない、といった種類のものだっただろう。そして彼女の怒りはよほど激しかったのだと思う。相手を女給あがり、とみていたのならなおさら、高杉の気に障っただろう。

高杉は宮本百合子と親しかった。『極光のかげに』をいちはやく評価したのも百合子で、そのことを深く感謝していた。ちなみに百合子が亡くなったあと、宮本顕治が昭和二十九（一九五四）年に再婚したのが高杉の妻の妹である。

ここからは推測になるが、戦争中の稲子の行動について、高杉はかなり批判的に百合子から聞いていたのではないだろうか。あるいは、共産党内での立場の変化、稲子の二度の除名や宮本顕治との距離が、よけいな一文を付け加えさせたのか。

すぐれた記録文学として長く読み継がれる自著に、発表から二十七年もたって、「女給というものは、新しい客が入ってくるたびに笑顔を見せるものさ」（岩波文庫版では「見せなければならないものさ」）という復讐めいた文章を書き加えさせるほど、稲子の怒りは高杉の心を深く刺したのかもしれない。

第二十四章　友を送る

宮本百合子が急逝したのは昭和二十六（一九五二）年一月のことだ。まだ五十一歳だった。

風邪が治らず、亡くなる前日には高熱が出て、肝臓の痛みも訴えていた。病理解剖の結果、日本ではまだ報告例がない髄膜炎菌敗血症が死因と診断された。

戦争中に拘留されていたとき、百合子は熱射病で危篤になり、意識が混濁した状態で釈放されて、視力と言語機能に障害が残った。その後も体調はすぐれなかったが、戦争が終わり自由に書ける時代になるや、不調をおして旺盛な執筆活動を続けた。亡くなる前年には自伝的長篇である『道標』を完結させている。

百合子と、刑務所の夫顕治とのあいだでかわされた手紙が『十二年の手紙』として公刊されている。百合子が顕治にあてた手紙には「いね子が」「稲ちゃんが」と、ひんぱんに稲子の名前が出てくる。

親しさと愛情がにじみ出る呼び方が、終戦の年七月の顕治宛て手紙では「近所へ戸塚の母と子が越して来ています」とそっけない。

戦争中の稲子の行動に対して、同時代の作家として最も厳しい視線を向けた一人が宮本百合子である。

昭和二十二（一九四七）年に、百合子の『婦人と文学』という女性作家の作品を論じた評論集が出版されている。

戦前に中央公論社から出版する予定で紙型までできていたが、開戦で出版中止になった。中央公論社が紙型を紛失したということだったが、戦後になって実業之日本社の編集者がどこからかゲラを手に入れ、百合子のもとへ持参して同社から本が出ることになった。

『婦人と文学』で、百合子は稲子にかなりの紙数を割いている。かつて顕治への手紙で「栄文壇ヲ席巻ス」と知らせた壺井栄のことはさらっと名前を出すだけなので、作家としての稲子に対する百合子の思い入れの強さを感じさせる。

「キャラメル工場から」から始まって、「素足の娘」や「くれない」はもちろん、初期の短篇「別れ」や「二月二十日のあと」というエッセイにも言及している。青野季吉が書いた「窪川稲子論」に対する女性側からの反論も試みている。

戦後に加筆された部分では、「窪川稲子のような婦人作家までも、その動員に応じなければならなかったことは、一部の人々に意外の思いをさせた」と戦争協力を批判、連載中だった「私の東京地図」についても触れ、「久保田万太郎ではないこの作者が、（略）よもや、己れの純真な生のたたかいのたたかわれた場所場所を、名所図絵として描き終ろうとするのではないだろう」「この作者は、急速に、戦争中の自身の奴隷の言葉を、作品によって、自身と人々の精神のうちに訂正しなければならない責任がある」と書いている。

百合子が亡くなって、稲子は葬儀委員の一人に名を連ね、葬儀では野上弥生子、中野重治らとともに故人の思い出を語っている。

新日本文学会創立の経緯や百合子からの批判を考えると複雑な思いもあっただろう。自分としては大変面はゆい思いがある、と言い、「ある時は大変近く、ある時は疎遠に二十年ばかりの間を経てきた」とふたりの関係性を表現した。

葬儀委員になったのは宮本顕治や友人の好意で、という書き方は、本来、委員になるべきではないが、という含みを感じさせる。中央委員として党内の分裂に直面し、公職追放の対象者ともなっていた宮本顕治としても、ここで稲子を遠ざける選択はなかったのではないか。

百合子が急逝した昭和二十六年は、稲子にとって激動の一年だった。

前述したように、三月に共産党から除名処分を受けている。婦人民主クラブの活動は共産党の方針に従うべきだとする臨時指導部に従わなかったことが理由だった。婦人民主クラブの組合員には稲子をはじめ共産党員が多かったが、非党員も少なからずいた。思い通りにならない婦人民主クラブに対して、党は資金源である婦人民主新聞の購読を組織的に打ち切るなどの強硬手段を取った。

四月には、東大文学部の学生だった長男健造が、東京都知事選に出馬した哲学者の出隆《いでたかし》の選挙運動中に十五人の学生とともに警視庁麴町署に逮捕される。

党は、この選挙でも分裂、主流派は社会党の加藤勘十を推し、稲子や健造は東大を辞職して無所属で出馬した出を応援した。

逮捕理由は占領目的違反で、新聞には政令三二五号違反容疑と報じられている。

逮捕したのは日本の警察だが、その後は軍事裁判に回され、警視庁の五階に設けられていた連合軍の法廷ですべてが進行している。

都知事選の候補者の応援をしていた学生たちがいきなり逮捕され、軍事裁判に回された背景には、昭和二十五（一九五〇）年六月に始まった朝鮮戦争の影響があった。

東大学生救援会が発行したパンフレット『吾が友に告げん　軍裁に問われた東大十六学生の記録』によれば、逮捕の理由は四月十六日に開かれた初公判まで明らかにされなかった。

法廷で示された逮捕理由のうち、第一に挙げられているのは、前年十一月に「横浜職安によって朝鮮行《いき》人夫が募集され、翌月、二百四十七の遺骨となって還ってきた」ことなどをポスターやプラカードに書いたことである。

要するに占領下の日本で朝鮮戦争に対する反戦アピールをしたことが占領目的阻害行為に問われたのだった。

拘留された学生たちは黙秘を続けていた。稲子たち関係者は家族会を結成し、いくつかの警察署に分散して留置されている学生たちのもとへ、だれの家族かは明かさずに手分けして差し入れに通った。

東大生逮捕に対する社会的な反響は大きく、救援活動も広がっていく。

健造を含む学生たちは五十日後の五月二十三日に釈放された。このとき釈放されなかった三人もその後の裁判で無罪となる。

稲子は息子の事件を「みどりの並木道」や「ズボンを買いに」などに作品化している。

初公判の日は偶然、連合国軍総司令官のマッカーサーが日本を離れる日でもあった。解任がもう少し早ければ健造たちの処遇も変わっていたかもしれない。

公判を欠席してその日、稲子が向かったのは、鎌倉・東慶寺だった。

四月十六日は、上海で亡くなった田村俊子の七回忌にあたっていた。俊子の古い友人である湯浅芳子の尽力で俊子の墓がようやく東慶寺に建立され、法要に稲子も出席することになっていた。学生たちが黙秘を貫いていたため、顔を知られている稲子は傍聴が難しかったし、裁判を理由に法要を欠席することもできなかった。初公判には、父親の窪川と妹の達枝が立ち会っている。

俊子をモデルにした「女作者」という小説を昭和二十一年に発表したとき、稲子は窪川鶴次郎と俊子の恋愛が世の中に知られているとは思っていなかった。「女作者」に対する、「ほんとうのことが書かれていないからつまらない」という小田切秀雄の評を読んで、世間はとっくに知っていたのだと気づいた。

湯浅芳子が稲子に協力を呼びかけた意図はわからないが、戦争協力を批判されながらも新日本文学会に参加したことと、夫の恋人だった先輩作家の追悼会に参加する、稲子の心の動きはどこか似ている。恥のおもいで逃げ出したいときこそ、半歩前に出るようなところが彼女にはある。昭和三十六（一九六一）年に田村俊子賞が設立されると、その選考委員もつとめた。

五月二十三日には、東大で救援のための学生大会があり、稲子は健造が獄中でつくった詩を朗読している。会場は、五か月前に宮本百合子が講演した場所だった。

学生大会が終わるとその足で共立講堂に向かい、百合子をしのぶ会の主催者のひとりとして司会をつとめている。分裂状態にある共産党からは、しのぶ会をボイコットせよという指示が出ていた。

しのぶ会の最中に、学生たちが釈放されるという知らせがもたらされる。党が分裂状態にあることや都知事選も分裂状態で戦ったこと、警察予備隊が創設され、さらにこの間、マッカーサーが解任され離日したことなど、この間の政治状況が「みどりの並木道」の中に書き込まれている。

選挙応援中に捕まった学生たちの家族の中には、地方在住で東京まで出てこられない人や、思いがけない成り行きにうろたえる人もいた。そんななか、戦前に夫婦がともに治安維持法で拘留された経験のある稲子の家族は、政治に関心のない継母のヨツですら、窪川が刑務所にいたときに使った差し入れに使う名札があったはずだ、としまっておいたそれを手際よく取り出してきたりするほどこうした事態に慣れていた。

「息子による証明」という言葉が「みどりの並木道」に出てくる。

言葉の真意は小説の中でじゅうぶんに説明されていないが、息子が戦争反対の立場を取り、その結果、逮捕されたということが、自分の戦争中の行動が間違いではなかったことの証明になるのではないか、という意味だろう。

自分が正しかったと言いたいのではなく、そういう考えを一瞬でも自分が思い浮かべたことに嫌悪を感じた、と書くためにこの言葉は持ち出されている。その言葉が思い浮かんだ自分の弱さを、自責の念を込めて書き残しておくようである。

この年九月に日本はサンフランシスコ平和条約に調印、翌年、曲がりなりにも主権国家として独立を回復する。

昭和二十八（一九五三）年五月、堀辰雄が肺結核の闘病のすえに亡くなった。

かつて「驢馬」同人が急速に左傾化するなか、堀はひとり、政治や社会運動とは距離を置き、自分の道をすすんだ。

堀の没後に開かれた座談会で中野重治は、「いつごろどういうふうにして思想上別れて行ったのか」と人から聞かれたことがあるが、「思想上別れて行ったというふうなことはなかったようなものだと答えた」と発言している。

堀は左翼運動には参加しなかったが、昭和二十二年に中野が共産党から参院選に出馬したときは推薦者になっている。

当時はおたがいに知らなかったとはいえ向島小梅町の同じ小学校に通い、フランス語の個人教授をしてもらったことのある稲子も同じ気持ちだっただろう。

夫人の堀多恵子が堀や中野の師である室生犀星に、「辰雄は若い頃佐多さんに好意を持っていたのでしょうね」と聞いたところ、犀星は「堀君は美しい女の人には誰にでもやさしかったよ」と答え、「僕にしろ、堀君にしろ、その女性を好いている人がほかにいて、そのことを知っていたら、やっぱりわきの方をそっと通り過ぎるよ」と言い添えたという。

堀が母の結婚相手である養父の上條松吉が実の父親でないと知っていたかどうかをめぐって、福永武彦と稲子が論争になりかかる。

堀は『幼年時代』で、養父が亡くなったあとで実の父ではないことを知ったと書いている。「その前から『驢馬』の同人たちはなんとなく知っていた」と稲子は雑誌の座談会で発言し、のちに「時に佇つ」という作品でも堀をモデルにした人物を登場させ、おなじ趣旨のことを書いた。

福永は中野重治にも問い合わせ、中野が「知っていたようだ」と答えても納得せず、『驢馬』同人集団錯覚説」まで持ち出し反論した（福永『内的独白』河出書房新社）。稲子がそれに対して何か書く前に、昭和五十四（一九七九）年に福永は亡くなる。

福永もまた、戸籍上の父親が実父ではないという出生の秘密を抱えた人であったことを、福永の息子である池澤夏樹の小説『また会う日まで』（令和五年）と、その本についてのインタビューを読んで私は知った。

昭和三十三（一九五八）年一月、中野鈴子が肝硬変で亡くなった。

中野重治のすぐ下の妹である鈴子は、一田アキなどの筆名で、のちには本名で、詩や散文を発表した。

恋多き人で、その恋はいつもうまくいかなかった。

中野重治がまだ学生で旧制四高を落第しそうになっていたころ、鈴子は兄の世話をするために金沢に移り住む。そこで出会ったのが兄の友人である窪川鶴次郎で、鈴子は窪川に恋をする。

窪川と一緒になりたかったが、鈴子は父の意向で見合い結婚することになる。窪川は落第が続いて退学、仕事を求めて上京したばかりですぐに結婚できる状態ではなかった。鈴子は窪川を追って東京に行ったものの、福井に戻って予定どおり結婚は進められた。すぐに婚家を飛び出し実家に戻るが、二年後、再び父の決めた相手と再婚する。この間に窪川は、東京で出会った稲子と一緒になっていた。

兄や窪川の影響で短歌をつくるようになっていた鈴子は、二番目の夫とも別れ、東京に出る。東京では詩を書き、「働く婦人」に東北の飢餓のルポなどを書いている。兄重治が転向を表明して出獄したときに「文藝」に発表した「わたしは深く兄を愛した」という過去形をつかった詩は兄への痛烈な批判として読める。

稲子の『四季の車』（昭和十六年、文藝春秋）という大連日日新聞に連載した長篇小説に、鈴子をモデルとした女性が出てくる。

『四季の車』は、女医の章子と雑誌編集者の信三というカップルを中心とした群像劇である。かつて信三と恋愛関係にあった佳枝という女性が離婚して上京、信三に劇場の照明係の仕事を見つけてもらう。信三は佳枝の同僚女性が好きになり、章子と離婚しようとする。

登場人物の職業など設定は変更されているが、信三夫婦と佳枝の関係は、稲子と窪川、鈴子の関係を思わせるし、そこに『くれない』で描かれた、妻が仕事を持つことで起きる夫婦の葛藤と、窪川の恋愛、離婚未遂事件が重ねられている。さらに、終盤には鈴子と壺井繁治の恋愛らしきことも出てきて、稲子たちのグループの人間関係に起きた、さざ波とはいいがたい複雑な波紋が描かれている。

二度の離婚を経験した鈴子は、一時期、壺井繁治と恋愛関係にあったことが、壺井家にあった鈴子の謝罪の手紙を近代文学研究者の鷺只雄氏が発見して明らかになった。

壺井にはもちろん栄という妻がいて、夫と鈴子との関係に気づいた栄は愕然とする。鈴子は「働く婦人」で働いていたし、壺井家に身を寄せていたこともあって、栄とも親しかった。

激情にかられた栄は、自分の手形がつくぐらいの強さで鈴子を張り飛ばした。

栄を激昂させた鈴子の恋愛事件は、稲子の中篇「沖の火」（昭和二十四年）の中にちらっと出てくる。

「沖の火」の中で、作家の「私」は婦人団体の仕事で北陸の町を訪ねる。名前は出していないが、前年に大地震のあった地域とあるので福井である。この町で、「私」は知り合って二十年近くたつ民子と再会する。この民子のモデルが鈴子である。

民子は、かつてはプロレタリア文化運動の雑誌で「私」と一緒に働いたこともあるが、今は福井の実家で慣れない農業を細々と続けている。

その民子には、かつて「私」の亡夫との「過失」があった。「一度は民子に打ってかかったこともあった事件」があり、そのことについて「ごめんなさいね。ごめんなさいね」と泣き出した、と書かれているのだ。

「沖の火」を読んだ栄は、「私が書いたのかと思ったところがあった」と稲子に感想を伝えている。稲子と栄の体験をあわせ、生きている夫たちを亡き者にしてフィクションとしているが、逆になにか思いをはらすような書きぶりになっている。

書かれた鈴子は困惑したようで、発表後にやりとりした手紙で稲子は、「大変失礼なことも書いて、あなたを不必要に考え込ませたような気がしました。どうぞお許し下さい。そんな気ではなかったのです」と詫びている。何かしら困惑もしくは不満を伝えてきたのだろう。
壺井繁治との関係を清算した鈴子は、その後、金龍済という朝鮮出身の詩人と恋愛する。金には親が決めて十五歳で結婚した妻がいた。治安維持法違反で検束された金が強制送還されると鈴子は後を追ったが、金が妻と別れることはなく、ひとり帰国してきた。

鈴子の墓碑には「花もわたしを知らない」と刻まれた。「花もわたしを知らない」は鈴子の生前に一冊だけ出版された詩集のタイトルである。慣れない農業をやりながら、鈴子は詩を書いた。母のとらが亡くなり、昭和五十一（一九七六）年に上京して住み込み女中として働いた経験は、「三拍子」という詩になった。子どもがなく、夫がなく、田舎の出身であるという、住み込み女中にふさわしい条件が三拍子そろった自分を、自嘲も憐れみもせず、のびやかにうたう気持ちのよい詩である。
鈴子の詩から、稲子は小説のタイトルも借りている。朝日新聞に連載した「体の中を風が吹く」は、鈴子の「陽は照るわたしの上に」の一節にある詩句である。

片われものの手はひからび／体の中を風が吹く／そして　ぼんやりひとりごとを口走る

（略）

わたしはたしかにふしあわせと云わねばならない／わたしはたしかにふしあわせと云わねばならないのに／どうしてこんなにいそいそとなるのだろう

離婚して二人の子どもを育てる女性と年下の男性との恋愛をどう描くか、稲子は悩んだすえに、湯浅芳子の助言を入れて幸福な結末を選んだ。小説を病床で読み終わった鈴子は、「なアンも、体の中を風が吹いとりゃせんわいの」とつぶやいた。そのことを、稲子自身が作品への批判として書きしるしている。

昭和二十九（一九五四）年に東京の癌研で子宮筋腫の摘出手術を受けた鈴子は、それから四年後に亡くなった。

鈴子の死後、彼女とともに活動してきた同人誌「ゆきのした」のグループの人たちの尽力で、全二巻の『中野鈴子全著作集』が刊行されている。

昭和四十二（一九六七）年六月、壺井栄が喘息のため亡くなった。

戦争末期に稲子たち一家は壺井家のすぐ近くに引っ越して、何かあるごとに励まし合い、助け合ってきた親友だった。

栄はよく太って健康そうに見えたが、病気がちで、六年前の秋に軽井沢で喘息の発作を起こし、その後もたびたび発作が起きた。一月には危篤状態になり、稲子たち親しい人間が呼ばれた。薄れゆく意識のなか「がんばれと言って」と頼む栄に、稲子は「がんばれ、がんばれ」と声をかけ続け、元気を取り戻したことがあった。

二十二日の朝、危篤だという電話があり、稲子は入院先の病院にかけつける。栄の意識は朦朧として、紫斑があちこちにあらわれ、胸が大きく波打っていた。遅い昼飯を取りに病院の外へ出た稲子のもとに、栄が呼んでいるという知らせが入った。慌てて戻ったものの、苦しむ栄の手をなでさするだけで「がんばれ」とはもう言えなかった。黙ってうなずいてみせるとうなずき返して、稲子に見守られながら栄は逝った。

葬儀で稲子は弔辞を読んでいる。栄が死んで、稲子は栄の中にいる自分もこれで永久に消えると感じた。

稲子と栄の関係で書いておきたいのが、徳永直と栄との間に起きた論争である。

妻を亡くした徳永に頼まれ、栄は自分の妹を紹介する。妹と徳永の結婚はうまくいかず、夫婦生活がないまま二か月で離縁されることになった。この事件を双方が小説に書いたもので、文学的論争というより私的なトラブルである。

栄の『妻の座』には、稲子がモデルの作家川島貞子も出てきて、栄の目に映った稲子の姿を見ることができる。

貞子はたびたびミネ（栄）の相談相手になり、野村（徳永）との間を仲介する。この縁談が持ち上がったとき、うまくいくか心配したのが貞子だった。貞子は野村の先妻と三人の娘に会ったことがあり、そろって美人であることを知っていて、縁談を喜びつつも、そのことで少し不安になるらしかった。先妻と、器量がいいわけではない自分の妹とをどうしても比べてしまうことを理解しながらも、ミネはひけ目を感じて辛くなる。

　美しいものを好む人間の自然な心の前に、へり下る。そのへり下る心をさえも、受けとってもらえぬ悲しみ。それを貞子はその怜悧さで分ってくれるだろう。だが分っている貞子自身もその美しさが文名と共に聞えている作家なのであった。

『妻の座』には、繁治と鈴子との恋愛事件らしきものも書かれている。妹が離婚ということになって、ミネは涙にくれ、「涙で枕をぬらすなんて、通俗小説の悲劇かと思ったら、ほんとにあるのね」と言う。
「生れてはじめてよ」と言いさして、「いや、これで二度目だわ」と言い直す。
「あのとき、それは悠吉（繁治——筆者注）に、女の問題であるつまずきがあったことをさしていた。それをミネが言うと悠吉はいつもだまって苦笑する」

事件のあとも二人は結婚生活を続けたが、繁治は時折、栄からチクチクやられ続けたようである。

徳永は、その後も再婚と離婚をくりかえす。栄が徳永の破婚を「岸うつ波」として小説に書くと、徳永は栄の妹を離別したことで栄に殴る蹴るされたと自分の小説「草いきれ」に書いた。栄は殴っていないと反論しているが、この件に限っては徳永にうそをつく理由がないように思うし、栄には中野鈴子を張り倒した前歴がある。


昭和四十九（一九七四）年六月、窪川鶴次郎が亡くなった。

訃報が新聞に載った日の、前日の朝日新聞夕刊に稲子は短いコラムを寄稿していた。古くからの友人二人が自宅を訪ねてきて、そのうちの一人は「驢馬」同人で、彼が帰った後、残ったもう一人が「『驢馬』同人も老いた」と言う。

「老いた」と言われた「驢馬」同人の生き残りは宮木喜久雄である。

文芸評論家の平野謙もこのコラムを読んでいた。彼は毎日新聞に「窪川鶴次郎の苦渋」という原稿を書いたところだったので、窪川の訃報に感無量の思いだった。

葬儀で喪主をつとめる窪川夫人を見て、平野は文芸評論家の本多秋五と顔を見合わせた。

あまりにも稲子に似ていると思ったからだ。夫人の友人の「タムラトシコ」からの弔電が読み上げられ、会場をざわつかせた。

戦後の窪川鶴次郎は主に短歌研究の分野で仕事を発表、著書に『石川啄木』などがある。昭和三十一（一九五六）年からは日本大学の専任講師として教壇に立っていたが、認知症の症状が進み、昭和四十六（一九七一）年に退職していた。

稲子は通夜・葬儀ともに出席しなかったが、息子の健造と娘の達枝は葬儀に出た。兄と妹で、父親に向けるまなざしは正反対というぐらい異なっている。

吉村公三郎に師事し、のちにテレビ映画の監督になった健造が「中央公論」（昭和三十六年十一月）で稲子と対談したとき、自分には父親に対する感情がまったくない、と話して母親を困惑させている。

父親はいない、親はあなた一人だ、という宣言でもあったと、稲子の没後に改めてその意図を説明している。父親の葬儀でもまったく涙は出なかった。父の「不行跡（婚外恋愛のことであろう――筆者注）」だけが原因ではなく、「最初から嫌厭の溝が横たわっており、親子の間にまったく噛み合うものがなかったのである」（「中央公論」一九九九年二月）。

妹の達枝さんにお話を伺ったとき、鶴次郎は教育熱心で、長男である健造にはかなり厳しく接したと聞いた。文学が好きで、布団をかぶって小説を読みふける健造に、青臭い文学青年になっては困る、これからは科学だから大学は理科系に進むようにとうるさく言っていたそうだ。

自分は医師になる条件で他家に学費を出してもらい、にもかかわらず医師にはならなかった。なのに、というより、だからこそ、文学の道で食べていくことの難しさを骨身にしみて感じていたのかもしれない。

娘には優しい父親だった。コレオグラファーとして大きな賞を受賞している達枝さんにバレエを勧めたのも父親で、バレエをやっておけば幼稚園の先生になれるだろうというのがその理由だったそうだ。本で調べて東勇作に師事するようにすすめたのも鶴次郎で、涙が出なかったという兄に対して、妹は葬儀会場に入るなり号泣している。

「文藝」の連載「時に佇つ」の中で、稲子は元夫である窪川鶴次郎の死を小説として描いた。淡々とした書きぶりながら胸に迫るものがあり、「時に佇つ　その十一」は、すぐれた短篇に贈られる川端康成文学賞を受賞している。

瀬戸内寂聴は、稲子との対談で「お父さまと窪川さんとは、どこか似ていますか」と聞いて、「なかなかあなた、鋭い」と稲子に言わせている。

父・田島正文は、ユキ以外にも自分を好きな女がいて、「ユキさんが勝ったんだ」と娘に話した。

昭和五十四（一九七九）年八月二十四日、中野重治が亡くなった。

六月の初めに、白内障の手術のために入院、手術がすんで退院したが、顔色の悪さを指摘されて改めて受診したところ重篤な病気が見つかったのだった。胆嚢の癌が肝臓に転移し、すでに手術はできない状態で、余命は一か月、長くて三か月と診断された。

二十四日、稲子は朝から病院に詰めていて、午後四時過ぎに原泉から病室に呼ばれた。午後五時二十一分、原や稲子たち友人に見守られて、中野は息を引き取った。

病室で、稲子は文芸評論家の小田切秀雄から、「葬儀委員長は、佐多さん、あなたですよ」と告げられる。

「だってわたし、女ですよ」とためらったが、「驢馬」の時代を知る数少ない生き残りの一人として友人代表の役割を引き受けた。

八月二十六日に近親者の密葬が、九月八日に青山斎場で告別式が執り行われた。

宗教色を排した葬儀で、焼香もなく、参列者は献花のかわりにホオズキをひとつ、手向けた。野の花で飾られた祭壇は、壺井栄の甥にあたる建築家の戎居研造が手がけた。

葬儀の模様は、ドキュメンタリー監督の土本典昭が「偲ぶ・中野重治」という記録映画に残している。山本健吉、国分一太郎、尾崎一雄、石堂清倫《いしどうきよとも》、臼井吉見、桑原武夫、宇野重吉、本多秋五と男性ばかり八人が弔辞を読み上げた後で、稲子が友人代表として入院から最期に至るまでの経過を報告、「中野さんは、その思想と芸術との関係において、もっとも高く、独自の存在を示した人であったと思うのでございます」と述べた。

夫人の原泉は憔悴の色濃く、葬儀のあいだじゅうせわしなく扇子で顔をあおいでいる。喪主として原があいさつに立とうとするとき、稲子は腰のあたりをそっと後ろから支え、その手を原がつかむ。稲子の手を握りしめたまま、原は気力を振り絞るように話し出す。「わたくしは『驢馬』の同人たちによって中野と結婚いたさせられたんでございますけれども」。「結婚いたさせられた」という舌を嚙みそうな言い回しも、つかえることなく言い切っているのがさすがである。この言い回しは稲子にとってもなじみのあるもので、半世紀も前に窪川鶴次郎と西沢隆二の連名で出した、中野夫妻の結婚あいさつ状の「右両人このたび結婚いたさせ候」をふまえている。

中野が亡くなって二年後に、稲子は「新潮」で「夏の栞　中野重治をおくる」の連載を始めている。

病気がわかったときはもう手遅れで、余命宣告を受けたこと、入院から十日ほどで亡くなったことなど病気の経過をたどりつつ、時に「驢馬」の若き日にさかのぼり、戦争中には少し距離をおかれた時期もあったことを記していく。

中野は筑摩書房から『中野重治全集』を刊行中で、あと一巻を残して亡くなった。全集の「うしろ書《がき》」を書くため、何か確認したいことがあるたび稲子に電話をかけてきていた。心臓が悪く、目や耳にも衰えが出ていて、同年六月に中島健蔵が亡くなったときは原が不在で、一人で葬儀に行くのが不安なので、「君の家へ行くから、いっしょに行ってくれ」と稲子に頼んだ。

「夏の栞」で、なんといっても記憶に残るのは、病室に中野を見舞った稲子が、原泉にうながされて、ためらいつつ中野の足に初めて触れる場面である。姿が見えてないはずの中野が、「稲子さんに、足を撫でてもらっては、罰が当るね」と言い、原が「あら、稲子さんってこと、どうしてわかるんだろう」と言う。

よく似たやりとりがもう一度出てくる。

病室では、日光が直接当たるのを避けるため紐にタオルをかけてあった。その紐が垂れるのを稲子が直したところ、眠っているはずの中野が「稲子さんかァ」と声を発した。

「あら、稲子さんってこと、どうしてわかるんだろう」

原の言葉に、中野は「ああいうひとは、ほかに、いないもの」と言う。

なかばひとりごとのような言葉が、稲子が聞いた、最後の中野重治の言葉だった。「誰からも云われたことのない最上の言葉であった」と、それを書くことへのためらいをにじませながら、あえて書きのこしている。

ここまで節度を守って書きすすめられてきた文章が、この瞬間、何かが破れて、悲しみと喜びがあふれだすようである。

臨終の席で、「私が、女でなかったら、男だったら、もっとちがうつきあいが……」と悔しさをはじめて口にした稲子だったが、好意を持ちつつ恋愛には踏み込まない、だからこそ終生、この関係性を保つことができたとも言える。友情という言葉では表現しきれない、万感の思いをこめた言葉を書きつけた。

中野重治が自分を理解している、そのことを自分は知っている。そのことを自分はずっとたのみにしてきたが、中野もまた稲子をかけがえのない存在と思っていた。

数多くの作家・芸術家と恋愛し、結婚離婚をくりかえすなかで作品を書いてきた宇野千代が、稲子の『夏の栞』を「私はあれをよう書かないな」と言った。

壺井栄と。朝鮮にて

第二十五章　終わりの日々

昭和四十九（一九七四）年十二月、毎日新聞に稲子のインタビュー記事が載ったとき、見出しは「厭世観は私の隠し子」となっている。

若いころの写真は憂い顔の美女として撮られたものが多いが、七十歳になった稲子は、下の歯がはっきり見えるほど大きな口をあけて豪快に笑っている。

どんなに苦労しても、「ちっとも苦しかったという顔をしていないとよくいわれる」とインタビューでは語っている。十代のときに抱え込んだ厭世観を体の深いところに沈めたまま生きて、昭和という時代を通して作品を書きつづけた。戦争中の行動を批判する声も逃げずに受け止めて、彼女はこの風貌にたどりついた。風雨に洗われたような、飾り気のない、それでいて意志的な表情は、人生を通して獲得したものだ。

昭和五十八（一九八三）年には中野重治との死別を描いた『夏の栞』で毎日芸術賞を受賞。昭和五十九（一九八四）年には長年の文業に対して朝日賞、昭和六十一（一九八六）年にはエッセイ集『月の宴』で読売文学賞と大きな賞を次々受賞している。

その十年ほど前の昭和四十八（一九七三）年には日本芸術院賞・恩賜賞の内示を受けるが辞退している。全集の年譜にも「辞退」の記述がある。理由は書かれていないが、皇室に結びついた賞を受け取るわけにはいかないという意思表示だろう。

晩年の作家活動で触れておきたいのが、昭和六十（一九八五）年、「群像」五月号に発表した「『たけくらべ』解釈へのひとつの疑問」である。

樋口一葉『たけくらべ』の終盤で、主人公の美登利はそれまでの活発さを失う。従来の文学研究では、それは彼女が初潮を迎えたからだと解釈されてきた。

稲子は、初潮ではなく初店（水揚げ）によるものと読み解く。作中の母親の「怪しき笑顔」に触れ、「わが娘を金に換えて男の弄びものにする、ということへの、ためらい、情けなさ、悲しさの感情は、この母親にみじんもない。私は、樋口一葉がこの母親を描いたということに、一葉の作家としての視線の鋭さを感じ、このことによって一葉の文学は近代文学である、とおもうのである」とした。

稲子にとってはごく自然な解釈で、従来の研究を批判しようという気持ちはまったくなかったが、この文章への反響は大きく、『樋口一葉の世界』の著書もある国文学者の前田愛がただちに反論を発表、「たけくらべ論争」として話題を集めた。

反響への驚きも含めて稲子は『『たけくらべ』解釈のその後」を丸善のPR誌「學鐙」に書いている。美登利が変貌したすぐあとに母親が風呂の湯かげんを見る描写があることをあげ、「従来女は、月のさわりのとき、風呂には這入らなかった」と同性ならではの細やかな観察を示し、「折角の面白い子を種なしにしたと誹るもあり」という箇所を、「初潮が誹られることはあり得ない」とした。いま読んでも稲子の解釈は切れ味鋭く、説得力がある。

昭和六十年十一月、継母のヨツが亡くなった。

明治二十六（一八九三）年生まれで、稲子と十一歳しか年が違わない、血のつながりのないこの母は、家事いっさいを引き受けて、生涯を通して稲子を支えた。

正文が脳梅毒の病に倒れてからは、ヨツが裁縫をおしえて生計を立て、稲子が産んだ葉子に女学校まで終えさせた。結婚して子どもを産んだ葉子が結核で稲子の家で養生したときは、その世話をした。

健造が米軍の軍事裁判にかけられたときも、拘留されている警察署の差し入れなどにはヨツが中心になって動いた。七歳で生母と死に別れた稲子にとって、ヨツの気性が明るく、人間的な相性がとても良かったことは大きな救いだった。昭和五十（一九七五）年には、ヨツと稲子、二人だけで長崎を旅している。

六人の孫にとっての「おばあちゃん」は、日常的に世話してくれ、悪いことをすると叱ってくれるヨツのことで、稲子のことは「大っきいかあちゃん」と呼びならわしていた。金がなければないですまし、少しあれば物惜しみせず、金を借りにくる人があればさっと渡した。佐多稲子研究会によって翻刻された稲子の昭和二十九（一九五四）年七月の手帳に、「考えてみると年内70万の収入より20万よそへ出ている。貧乏の筈なり」という記述がある。娘の葉子や弟の正人だけでなく、新日本文学会と婦人民主クラブにも資金援助をしていて、その他も含めると三割近い。こうしたことも、稲子だけでなくヨツの人柄もあってできたことだろう。

正人の娘を自宅で預かっていたこともある。のちに俳優になり、「日本春歌考」などに出演する田島和子である。

晩年の小説では「群像」昭和六十一年十月号に発表した「小さい山と椿の花」に触れておきたい。

「小さい山と椿の花」は私小説で、作家である「私」が孫の裕介を連れて、生れ故郷の長崎を旅したときのことを書いている。

家にひきこもりがちの裕介を、祖母である「私」が長崎に連れていく。学生である彼は政治組織に参加し、地下にもぐったが、運動を離れて家に戻ってきていた。

昭和六十（一九八五）年十二月、長崎の諏訪公園に『樹影』の記念碑が建立されている。被爆の後遺症に苦しむ友人たちのことを描いた思い出深い作品の碑の除幕式に出席した「私」は、裕介を連れてもう一度、長崎を旅することを思いつく。

時代はバブル景気へと突入していくころで、裕介の弟はマスメディアに就職が決まっていたが、裕介には、おそらく大きな会社で働く道は閉ざされている。小さいころから本が好きで「小さな出版社で働きたい」と言うこの孫に「私」は、『樹影』像の隣の、日本で活字を初めてつくった長崎出身の本木昌三の銅像を見せようと思いつく。

裕介のモデルである窪川行一さんに、当時の話を伺うことができた。

行一さんは稲子の長男健造の長男だが、プライバシーに配慮して、作品では家族構成を変えてある。「みどりの並木道」で軍裁にかけられる息子（健造がモデル）の名前にした「行一」を、健造夫妻は自分たちの初めての子どもの名前に選んだのだ。

稲子は書くにあたって行一さんに了解を求めず、書き終えてからの事後報告だった。

「祖母には『書かないでくれ』と言ってたんです。長崎に行く前から、書くんじゃないかという予感はなんとなくあったんでしょうね。しばらくしたら、『書いちゃった』といわれて」

事前の通告ではなかったためにどうしようもなく、抗議はしなかった。

六人の孫のなかで自分がいちばん祖母の影響を受けたと行一さんはいう。祖母の家の敷地内に自分たちの家があったので、毎晩のように茶の間でテレビのニュースを見ながら祖母が社会問題にあれこれ論評するのを聞いて育った。

「小説に書かれたことにマイナスの感情がまったくないわけではないですけど、祖母の愛情も感じました。四十年近く時間がたった今では、この作品を残してくれてありがたいなと思うようになりました」

平成元（一九八九）年五月、長年の友人であった原泉が亡くなり、稲子は「ひとり残ったという思い」をふかめていく。

共産党を離れてからも政治や社会運動にかかわりを持ち続けたが、昭和から平成へと年号が変わるころから、それまで以上に体調を崩して入院することが多くなっていく。

昭和六十三（一九八八）年、腸閉そくのため東京医大病院に入院して手術を受ける。

平成二（一九九〇）年三月には、脳梗塞で東京医大病院に入院。十一月にも脳血栓で入院している。

平成五（一九九三）年には大腿骨骨折と脳出血で手術を受け、平成六年にも脱水症状と肺炎で入院した。

寝たきりの状態になると、健造を中心に三人の子どもたちが介護の体制を組み、家族に支えられて自宅で暮らしていたが、平成七（一九九五）年には自宅近くに新しくできた特別養護老人ホームかしわ苑に入居した。入居後も腸閉塞や心筋梗塞で何度か入院している。かしわ苑は三人の子どもの家から徒歩圏内にあり、子どもと孫、ひ孫、それぞれの配偶者や友人たちも含めて訪問者が絶えず、「見舞い日記」のノートは七冊にもなった。

稲子が作家だということはかしわ苑の職員も知っており、誕生日には「婦人公論」を模した寄せ書きが贈られた。

窪川健造「「ただ一人の」母―佐多稲子を送りて」（私家版『一つの終曲』所収）によれば、稲子の認知機能には好不調の波があり、九割方はしっかりと意志疎通することができていて、職員を相手に、昔の文壇の思い出話や次の作品の構想を話して聞かせることもあった。

亡くなる年の七夕の日、ホームには笹が飾りつけられた。短冊になんと書くか聞かれ、自分で筆をとる力はすでになかったので、職員が代筆した。数年前、米寿の祝いをした前後に「もう書かない」と家族には断筆宣言していたが、彼女の中に最後に残った願いは「いい小説を書きたい」だった。

平成十（一九九八）年十月十二日、敗血症のため、都立大久保病院で死去。享年九十四。二十世紀をほとんど丸々生きた作家が世を去った。

書斎にて。平成二年
写真・大石芳野

あとがき

佐多稲子について書き始めてから本になるまでに思いがけず時間がかかってしまった。

新卒で勤めた新聞社を二〇一一年に早期退職して、ぽつぽつライターの仕事をはじめたころに、芸術新聞社の相澤正夫さんから自社のウェブサイトに「何か書いてみませんか」と声をかけていただいた。

せっかく時間がたっぷりあるのだから評伝を、プロレタリア文学の作家佐多稲子について書いてみたいと思った。家庭の事情で小学校を終えることもできなかったのに、昭和という時代を通して作家として一線に立ち、社会とかかわり続けた。ふつうなら潰れてもおかしくないような試練に何度見舞われても、折れるということがなかった。

生前の佐多稲子に会ったことはないが、新聞記者時代に親しくしていたある女性作家が「綺麗な人だったわよー」と言った、嘆息のような声の調子がなぜか印象に残っていた。

老年の佐多稲子は写真で見る限り「綺麗」というより「立派」という表現がぴったりくる印象だった。口元に意志のつよさを感じさせ、それでいてあたたかみもあり、風格があった。

若いころは美人作家と言われ、おそらくそうした人気も背景にあって戦場にかり出されて厳しく批判されたことのある人が、批判を逃げずに受け止め、自分の弱さから目をそむけずにいられた、その人生をたどってみたいと思った。


準備期間をへて二〇一三年から「美しい人　佐多稲子の昭和」の連載を始めた。月二回ずつの更新を二年あまり続けたところでいったん終えて、残りは書きおろしでということになった。

締切に追われる別の仕事を抱えていたこともあり、中断はありがたかった。それまで通りのペースで書いていけば一年ぐらいで完成するはずと考えていたが、締切がなくなるとたんに手が止まってしまったのが情けない。

自分の知識が圧倒的に欠けている太平洋戦争のあたりで連載が終わったということも大きかった。調べても調べてもわからないことがあり、ひとつ調べ終わるとさらに調べるべきことが増えていく。ようやく戦争の章を書き終えると次は共産党内部の分裂の話に差しかかって、ここもまたわからないことだらけだった。いまにいたってもわからないことが多いし、佐多稲子の戦争責任をどう考えるかについても結局、はっきりした答えは出せていない。
太平洋戦争中の中国の戦地慰問とその後書かれた文章は佐多稲子の戦争協力の最たるものと言われる。事実その通りであるが、戦地で出会った兵士たちとの縁はテレビ番組での再会をきっかけとしてその後も続き、「時に佇つ　その四」や、文芸誌「海」に発表した続篇の「こころ」に書き継がれていく。戦地を見た彼女にしか書けない作品で、戦争が終わったあとも終わることのない兵士たちの痛み、当時はまだその言葉がなかったPTSD（心的外傷後ストレス障害）が描かれている。

長く足踏みを続けた自分の怠慢を正当化するつもりはないが、停滞していたあいだにいくつか発見もあった。
作家の大西巨人が二〇一四年に亡くなり、その後、美智子夫人が出された『大西巨人と六十五年』（光文社）を書評しようと思って久しぶりに『神聖喜劇』を読み返していたら、第一巻の途中で声が出そうになった。少し長くなるが引用する。

私がある特殊な親愛を感じている一人の婦人作家は、戦争中、軍の報道班員として前後二回、華中および東南アジアに赴いた。昭和初年〔一九二〇年代末〕からの共産主義者である彼女は、その行動に自己の戦争責任を痛感し、戦後の作品の幾つかで彼女自身を切り刻んでいた。華中で彼女は、宜昌の揚子江向こうを、小山づたいに奥地へ進んで、そこの「饅頭山」と名づけられた陣地の塹壕まで夜路をかけて辿りつき、戦地の兵隊に接した。「生と死との微妙に絡んだ人間の真実が、塹壕一杯に張り詰めているように迫っていた」その夜の感情が、また彼女を東南アジアにも向かわせたのであった。「戦争の持つ悲壮さ、またば戦場の感傷に溺れたということでもあったにちがいない。」とその既往を顧みて彼女は書いていた。「日本の兵隊を、人民大衆とおなじものに見てしまい、その中に自分自身を解消してもいたのである。」とも彼女は書いていた。「戦争に動員せられた民衆の苦痛を、自分の目で見て来たかったばかりに」戦争の本質を知っていた彼女が、潜水艦の出没する水平線を越えて、東南アジア戦線に出かけたのである。

(略)彼女を動かした内部衝迫を、しかし私は、肉感的な共感をもって理解することができるようである。「私は誤謬を犯したのであろうか」という彼女の問いは、彼女自身によっても、肯定的に答えられていた。非常にきびしくそれは肯定的に答えられねばならなかったのであろう。さりとても、——勝敗いずれかの結着についても民族人民の悲劇的破局のみしか誰人にも理性的・現実的にはほとんど予想せられ得なかった深刻巨大な戦争の渦中において、その種の内部衝迫に無縁であった類の人間を、しかも私は、めったには信頼することができない。

初めて読んだとき何も思わず通り過ぎてしまった箇所だが「特殊な親愛を感じている一人の婦人作家」は明らかに佐多稲子である。

大西さんには新聞記者時代に何度も取材したことがある。「厳格主義者《リゴリスト》」と恐れられる存在であったのに実際に会うと話し好きで、昼前にお邪魔して帰るのが夜になったことがある。中野重治について個人的な思い出を聞いたことはあるのに、『神聖喜劇』の冒頭にこの文章を入れた経緯や佐多稲子に対する思いを伺っておけばよかったと、今ごろになって悔やまれた。

編集者の服部滋さんからは、小西恵さんの『天の声、地の声』(随想を書く会叢書)を教えていただいた。服部さんは本好きのあいだで名高い「ウェッジ文庫」を手がけた人で、元河出書房の名編集者藤田三男さん(装丁家榛地和でもある)を手伝うかたちで「随想を書く会」にかかわってこられた。会のメンバーである小西さんが佐多稲子の最初の結婚相手の義兄のことを書いておられるとメールで教えていただき、『天の声、地の声』を送ってくださった。読後、小西さんに連絡を取り、これまで知られていない結婚のいきさつや、義兄がどういう人だったのかを聞くことができた。

小西さんは、満州を舞台にした稲子の『重き流れに』を読んで感想を送り、自分も満州で生まれ育ったことや、夫の父が稲子の知る人であることを知らせた。稲子からすぐ返事がきて、手紙の最後に「小西さんとおっしゃるのは小堀さんのお義兄さまに当られるかたでございますか。（略）おひまの折にでもお返事頂きたくございます」とあり、少し焦っているようすである。

『素足の娘』のモデル問題について佐多稲子は何度か触れているが、義兄については私の知る限り触れていない。触れにくかったのだろう。

稲子の遺品の手紙や写真にあった「割烹笑月」という文字を手がかりに、長崎時代の初恋の人の名前を突き止めることもできた。息子の亀川純一さんと連絡が取れ、戦後に長崎から新潟の長岡に移り住んで料理屋を開き、消雪パイプの発案者としても知られる人で、本名は亀川軍一、旧姓が野中と教えていただいた。作中で名前を「野中軍治」としているのは、中野重治からの連想ではなく、記憶違いか少しだけ変えたものと思われる。

いっこうに終わりが見えず、気持ちばかり焦っていた二〇二三年六月に、筑摩書房の河内卓さんから連絡をもらった。

佐多稲子の短篇集をちくま文庫で出したい、ついては作品を選んで解説を書いてもらえないかという。

河内さんは、二〇二一年に亡くなった小沢信男さんの担当で、小沢さんとの会話をきっかけに佐多稲子と長谷川四郎の短篇集を出すことになったそうだ。

小沢さんは、かつて新日本文学会で「新日本文学」を編集していたことがあり、佐多稲子とも親しかった。評伝を書くためにインタビューさせてもらい、貴重な資料もいただいた。伝記の著者ならともかく、書いている途中の人間が編者になるというのは、どうなのだろうと思わないでもなかったが、ぜひともやらせてもらいたいと返信し、佐多稲子の著作権継承者である窪川昌平さんに河内さんと会いに行った。

窪川昌平さんは、中断していたウェブ連載を読んで、芸術新聞社あてに一度、連絡をくださったことがある。携帯電話の番号を聞いて私から連絡していたので、八年ぶりぐらいに電話してお会いする約束をした。

窪川さんは出版を快諾してくださり、その後しばし雑談していたときに、河内さんが、「ぼくの祖母は佐多稲子のいとこかなにかにあたるようです」と思いがけないことを言う。

父方のいとこはいないはずなので、稲子の母ユキにつながる人ということだろうか。

昌平さんの父で、稲子の長男である窪川健造さんからは伝記執筆のために戸籍関係の書類を見せていただいていたが、ユキに関しては記載された情報が少なすぎた。佐賀市役所は昭和七（一九三二）年に火災に遭い、戸籍が焼失してその後、複製されている。亡くなった人に関しては必要最小限の情報しか複製されておらず、ふつうなら記載されているはずの結婚前の住所や戸主の名前も書かれていなかった。

直系親族の昌平さんに、さかのぼって戸籍を取得していただいたが、火災の壁に阻まれ、いま手元にある以上のデータは得られなかった。

河内さんにも無理を言って、お父上の敏さんを通じて戸籍を取ってもらったが、ユキについてそれ以上の情報は得られなかった。

あきらめていたところ、河内さんから、親戚が作った一族の系図のコピーがあったと連絡をもらった。

系図では、ユキの父親は勝田武助、母は高柳スガとなっている。

スガは真崎基と高柳エイの次女で、エイが高柳家の跡取りである。次の代も、スガの姉ヒデが跡を継ぎ、長男でヒデの弟（スガの兄）の貫一は真崎家に養子に入っている。

ヒデの夫は、スガの夫と同じ勝田武助という名前になっていて、勝田に線が引かれ高柳と訂正されている。

戸籍で確認できず、佐多稲子研究会編の『佐多稲子文学アルバム　凜として立つ』（菁柿堂）に載っている系図などともところどころ違っていて推測の域を出ないが、ヒデが亡くなったあと、武助はヒデの妹であるスガと再婚し、ユキの兄長輔やユキが生まれたのではないか。それならユキの旧姓が勝田ではなく高柳となる理由になる。「はとこ」になるはずのイエの娘のスマを稲子が「いとこ」と呼んでいることも、イエとユキが異母姉妹だとすれば説明がつく。

稲子と河内さんの祖母タツ（スマの妹）もいとこということになる。タツさんは、東京にいたとき稲子と行き来があり、婦人民主クラブの会員だったそうだ。

スマとの写真は何枚かあり、兄の古賀経美とスマと稲子の三人が京都の写真館で撮った写真も残っている。親戚づきあいがまったくなかったわけではないようだ。系図を作成した古賀久國さん（二〇二三年死去）は、経美の孫にあたる。

ちなみに真崎家の真崎仁六は三菱鉛筆の創業者である。古賀家、真崎家、高柳家の間では何代かにわたって婚姻や養子縁組する関係が続いていた。稲子も、『年譜の行間』で祖父高柳武助が古賀銀行創立に尽力したと話している。

明治のこういう家庭で、十五歳の少女が結婚前に妊娠し、周囲の反対を押し切って出産、戸籍の上では養子に出したとはいえ、自分の手元で育てるというのは、どれほど思い切った選択だっただろう。二十二歳で亡くなったユキは、残された写真を見ると、「お人形のような」という形容がぴったりくる、はかなげな美少女だが、相当肝の据わった、意志を持った女性だったのだと思う。

若い両親の恋愛を、稲子は否定したことがない。二十二歳で亡くなったこの人の思い切った決断があってこそ彼女はこの世に生まれてきた。文学好きは父や叔父の影響を受けているが、決して折れない、しなやかな強さは母親譲りなのかもしれない。

楽しみにしていてくださった小沢さんに伝記を読んでいただけなかったのは残念だが、小沢さんが結んでくださったつながりのおかげで、ユキという女性の輪郭に、少し描線を加えることができたことをありがたく思う。佐多稲子生誕百二十周年にあたる二〇二四年に『キャラメル工場から　佐多稲子傑作短篇集』をちくま文庫から出すことができ、短篇集があとおしする力になって、なんとか評伝も完成させることができた。

稲子の親族である窪川健造さんや佐多達枝さん、孫の窪川行一さん、昌平さん、甥の田島四郎さんをはじめ、大勢の関係する方々に貴重な話を聞かせていただいた。

佐多稲子研究会のみなさんが稲子の生前から発行を続けてこられた研究誌「くれない」や、没後に出た『佐多稲子文学アルバム　凜として立つ』にも多くのことを教えられた。

母・ユキ

長いあいだ原稿完成を待ってくださった芸術新聞社の相澤正夫さん、連載を担当してくださった根本武さん、単行本担当の北川さおりさん、丁寧に校正してくださった猪熊良子さん、八十代になった稲子のすばらしい肖像写真の掲載を許可してくださった写真家大石芳野さんにお礼申し上げます。中断しているあいだ、「佐多稲子はどうなっていますか」とねばりづよく叱咤激励してくださった細井秀雄（平山周吉）さんに感謝します。

【参考文献】

『佐多稲子全集』（講談社）
『佐多稲子作品集』（筑摩書房）
佐多稲子『年譜の行間』（中公文庫）
佐多稲子研究会「くれない」
佐多稲子研究会編「凜として立つ　佐多稲子文学アルバム」（菁柿堂）
『文学者の手紙7　佐多稲子』（日本近代文学館編、博文館新社）

◉第一章◉
佐多稲子『夏の栞――中野重治をおくる――』（講談社文芸文庫）

◉第二章◉
「山本健吉さんと長崎の縁」（「群像」一九八八年七月号）

◉第三章◉
及川益夫『大正のカルチャービジネス』（皓星社）
鳥木圭太「プロレタリア文学と児童労働」
（『立命館言語文化研究』二十一巻一号）
『森永製菓一〇〇年史』
「青年奮闘家堀越嘉太郎君」（「一大帝国」大正五年八月号）

◉第四章◉
『〈大正三年度〉東京市職業紹介所第四回年報』
北浦夕村『東都浮浪日記』（崇文館書店）
獅子文六『ちんちん電車』（河出文庫）

◉第五章◉
『大庭みな子全集』（第十八巻、日本経済新聞出版社）
大庭みな子「母の姿」（「群像」平成十年十二月号）
『播磨造船所50年史』
「PEN　佐多稲子特集」（一九七二年十二月、相生ペンの会機関誌）
「少女の友」（大正八年五号）

◉第六章◉
江口渙「芥川龍之介とおいねさん」（『向日葵之書』楽浪書院）
同『わが文学半生記』（講談社文芸文庫）
週刊朝日編『値段の明治・大正・昭和風俗史』（朝日文庫）
小島政二郎『場末風流』（旺文社文庫）

◉第七章◉
『丸善百年史』（丸善編）
曾根博義「生田春月と『文芸通報』『詩と人生』」
（「日本古書通信」二〇〇二年九月号）
内田魯庵「丸善再度の典籍禍」（『紙魚之自伝』春秋社）
『現代史資料6』（みすず書房）
『歴史の真実――関東大震災と朝鮮人虐殺』（現代史出版会）

◉第八章◉

小林裕子『佐多稲子　体験と時間』（翰林書房）
「座談会　女流作家の〝はたちの青春〟」（「若い女性」一九五八年九月号）
窪川鶴次郎『新浅草物語』（東京民報出版社）

◉第九章◉

佐多稲子『遠く近く』（筑摩書房）
室生犀星「詩人・堀辰雄」（『室生犀星全集』第九巻、新潮社）
同「『驢馬』の人達」（『室生犀星全集』第十二巻）
同「窪川いね子」（『室生犀星全集』第四巻）
堀辰雄「二人の友」（『堀辰雄作品集』第四巻、筑摩書房）
近藤富枝『田端文士村』（中公文庫）
窪川鶴次郎「はるかな世界　『驢馬』と堀辰雄」（「国文学：解釈と教材の研究」昭和三十八年七月号、学燈社）
同『新浅草物語』
下島勲『芥川龍之介の回想』（靖文社）
菊池寛編『文章創作講座』（文藝春秋）
ぬやま・ひろし「稲子の思い出」（『佐多稲子作品集』第十巻月報）
司馬遼太郎『ひとびとの跫音』（中公文庫）

◉第十章◉

窪川鶴次郎「わが文学への道」（『闘いのあと』民主評論社）
中野重治「芥川氏のことなど」（『藝術に関する走り書的覚え書』岩波文庫）
藤田富士男『ビバ！エル・テアトロ！——炎の演出家佐野碩の生涯』（オリジン出版センター）
立花隆『日本共産党の研究』（講談社文庫）
山田清三郎『プロレタリア文学史』（理論社）
室生犀星『室生犀星全集』（別巻二、新潮社）
徳田秋声『仮装人物』（岩波文庫）
松尾尊兊『中野重治訪問記』（岩波書店）
佐多稲子『夏の栞』（講談社文芸文庫）
藤森節子『女優原泉子』（新潮社）
壺井繁治「『戦旗』時代」（『「戦旗」別巻・資料編』戦旗復刻版刊行会）
窪川いね子「獄中への手紙」（「火の鳥」昭和六年一月号）
窪川鶴次郎「作家の経験」（『佐多稲子作品集』第八巻月報）

◉第十一章◉

「新作家のプロフィール」（「新潮」昭和六年三月号）
窪川鶴次郎『風雲』（『日本現代文学全集六十九　プロレタリア文学全集』講談社）
安田徳太郎『思い出す人びと』（青土社）
藤森節子『女優原泉子』
室生犀星「『驢馬』の人達」

◉第十二章◉

「窪川稲子氏の『牡丹のある家』『一婦人作家の随想』出版記念会」（「婦人文藝」一九三四年十一月号）
宮本顕治・宮本百合子『十二年の手紙』（筑摩書房）
窪川鶴次郎「緑陰日記・他所ゆきの日記」（「読売新聞」昭和十年年七月四日朝刊）
窪川鶴次郎「愛情と生活」（「婦人公論」昭和十年十月号）

堺誠一郎「『くれない』のころ」（『佐多稲子作品集』第八巻月報）
佐多稲子「『くれなゐ』の頃と今日」（「婦人公論」昭和三十三年十一月号）

◉第十三章◉

佐多稲子「女流作家共通の問題」（「婦人文藝」昭和十一年六月号）
吉屋信子『自伝的女流文壇史』（中公文庫）
丸岡秀子『田村俊子とわたし』（ドメス出版）
瀬戸内寂聴『田村俊子』（講談社文芸文庫）
『作家の自伝87　田村俊子』（日本図書センター）

◉第十四章◉

宮本百合子「一九三七年十二月二十七日の警保局図書課のジャーナリストとの懇談会の結果」（「新日本文学」昭和二十七年一月号）
『日本労働年鑑特集版　太平洋戦争下の労働運動』（法政大学大原社会問題研究所）
長太三『杉山智恵子』（私家版）
瀬戸内晴美ほか『瀬戸内晴美対談集　すばらしき女たち』（中央公論社）
藤森節子『女優原泉子』
『特高月報複製版』（文生書院）

◉第十五章◉

壺井栄『私の雑記帳』（青磁社）
『壺井栄全集』第十巻（筑摩書房）
宮本顕治・宮本百合子『十二年の手紙』
中国引揚げ漫画家の会編『ボクの満州』（亜紀書房）
「幸せの歩き方――上田トシコさんに聞く」（「彷書月刊」平成十六年二月号）
佐多稲子『きのうの虹』（毎日新聞社）
「満洲の兵隊さんと開拓団」（「日本学芸新聞」昭和十六年十月十日）
中野重治『敗戦前日記』（中央公論社）
「最近に於ける婦人執筆者に関する調査」（情報局第一部）
畑中繁雄『覚書　昭和出版弾圧小史』（図書新聞社）

◉第十六章◉

『輝ク　復刻版』（不二出版）
尾形明子『女人芸術の人びと』（ドメス出版）
岩橋邦枝『評伝長谷川時雨』（講談社文芸文庫）
窪川稲子「心の火を」（「週刊朝日」昭和十六年十二月十四日号）
同「高知の印象」（「オール讀物」昭和十七年一月号）
「われらの決意」（「婦人朝日」昭和十七年二月号）
黒田秀俊『知識人・言論人弾圧の記録』（白石書店）
窪川稲子「入学試験」（「都新聞」昭和十七年三月十八～二十日）
真杉静枝「花を乗せて」（「読売新聞」昭和十八年二月二十三～二十八日）
豊島与志雄「台湾の姿態」（「文藝」昭和十七年六月号）
『昭和十七、八年の支那派遣軍』（防衛庁防衛研修所戦史室）
瀬戸内晴美『田村俊子』（講談社文芸文庫）
渡辺澄子「田村俊子の『女声』について」（「文学」昭和六十三年三月号）

◉第十七章◉

大坪進編著『歩兵第百十六聯隊概史』（原書房）
平櫛孝『大本営報道部』（光人社NF文庫）
宇野千代・中里恒子『往復書簡』（講談社文芸文庫）

中里恒子「ダイヤモンドの針」（『中里恒子全集』第十三巻、中央公論社）
神谷忠孝「南方徴用作家」（北海道大学人文科学論集20）
畑中繁雄『昭和出版弾圧小史』
中島健蔵『雨過天晴の巻　回想の文学⑤』（平凡社）
佐多稲子「妙な見合い」（「週刊毎日」昭和十八年六月六日）

◉第十八章◉
中野重治『敗戦前日記』
原泉「壺井家で」（『佐多稲子全集』第一巻月報）
佐多達枝「母のこと」（『日本現代文学全集第83（佐多稲子・壺井栄集）』月報、講談社）
壺井栄「日記」（『壺井栄全集』第十二巻、文泉堂出版）
長谷川啓「戦後の佐多稲子」（「城西評論」1）
「佐多稲子、戦争協力の作品発見」（「朝日新聞」平成二十四年十一月二十二日夕刊）
『戦う少年兵』（満洲日報社）
ひろし・ぬやま『詩集編笠』（日本民主主義文化連盟）

◉第十九章◉
正宗白鳥「文芸時評」（「潮流」昭和二十二年二月号）

◉第二十章◉
佐多稲子「『私の東京地図』のこと」（「読売新聞」昭和三十年七月二十一日）
木村徳三『文芸編集者　その跫音』（TBSブリタニカ）
佐多稲子・木村伊兵衛「私の東京地図」
（「季刊FEMINA」昭和二十二年八月創刊号）
斎藤茂吉「日記4」（『斎藤茂吉全集』第三十二巻、岩波書店）

◉第二十一章◉
加藤シヅエ『ある女性政治家の半生』（PHP研究所）
上村千賀子『メアリ・ビーアドと女性史』（藤原書店）
『航路二十年―婦人民主クラブの記録』（婦人民主クラブ）
櫛田ふき『二〇世紀をまるごと生きて』（日本評論社）
厚木たか『女性ドキュメンタリストの回想』（ドメス出版）

◉第二十二章◉
徳田球一・志賀義雄『獄中十八年』（講談社文芸文庫）
「伊藤律はなぜ除名されたか」（「週刊読売」昭和二十八年十月十一日号）
佐多稲子「取消文」（「同」昭和二十八年十月二十五日号）
伊藤淳『父・伊藤律』（講談社）
「座談会・現代婦人の課題」（「人民評論」昭和二十一年一月号）

◉第二十三章◉
丸岡秀子『田村俊子と私』
高杉一郎『征きて還りし兵の記録』（岩波現代文庫）
同「極光のかげに」（「人間」昭和二十五年十一月号、目黒書店、新潮文庫、冨山房百科文庫、岩波文庫）
『復刻　日本新聞』（朝日新聞社）
高杉一郎「不幸な懐疑」（「人間」昭和二十六年三月号）

◉第二十四章◉

宮本顕治・宮本百合子『十二年の手紙』
宮本百合子『婦人と文学』(実業之日本社)
『吾が友に告げん　軍裁に問われた東大十六学生の記録』(東大学生救援会)
中野重治・佐多稲子・中島健蔵・中村真一郎「堀辰雄の人と文学」(「婦人公論」昭和二十八年八月号)
堀多惠子『堀辰雄の周辺』(角川書店)
福永武彦『内的独白』(河出書房新社)
池澤夏樹『また会う日まで』(朝日新聞出版)
中野鈴子『花もわたしを知らない：中野鈴子詩集』(創造社)
稲木信夫『詩人中野鈴子の生涯』(光和堂)
鷺只雄【評伝】壺井栄』(翰林書房)
壺井栄「妻の座」「岸うつ波」(『壺井栄全集』第三巻、文泉堂出版)
徳永直「草いきれ」(現代新書)
壺井栄「虚構と虚偽」(「群像」昭和三十一年十一月号)徳永直「破婚問題を扱う態度について」(同十二月号)
佐多稲子「たがいの老い／日記から」(「朝日新聞」昭和四十九年六月十五日)
平野謙「窪川鶴次郎の苦渋」(「毎日新聞」昭和四十九年五月二十七日)
菊池章一「批評家の軌跡から」(「新日本文学」昭和四十九年九月号)
吉田精一「窪川鶴次郎氏の印象」、森脇一夫「窪川鶴次郎氏の印象」(「短歌」昭和四十九年九月)
佐多稲子・窪川健造「親子対談・内と外の嵐の中で」(「中央公論」昭和三十一年十一月号)
窪川健造「『ただ1人の』母・佐多稲子を送りて」(「中央公論」平成十一年二月号)
佐多稲子『時に佇つ』(講談社文芸文庫)
佐多稲子『夏の栞』
『瀬戸内晴美対談集』

◉第二十五章◉

佐多稲子インタビュー「わが人生のとき」(「毎日新聞」昭和四十九年十二月三十日)
佐多稲子「『たけくらべ』解釈へのひとつの疑問」(「群像」昭和六十年五月号)
佐多稲子「『たけくらべ』解釈のその後」(「學鐙」昭和六十年八月号)
佐多稲子「小さい山と椿の花」(「群像」昭和六十一年十月号)
窪川健造『一つの終曲』(菁柿堂)

◉あとがき◉

大西巨人『神聖喜劇』第一巻(光文社文庫)

ヤ行

ラ行

ワ行

ハ行

マ行

カ行

【人名索引】

佐久間文子（さくま・あやこ）
1964年大阪生まれ。文芸ジャーナリスト。朝日新聞記者をへて、現在フリーランス。著書に『「文藝」戦後文学史』（河出書房新社）、『ツボちゃんの話』（新潮社）がある。

美しい人 佐多稲子の昭和

2024年11月20日　初版第1刷発行

著者	佐久間文子
発行者	相澤正夫
発行所	芸術新聞社
	〒101-0052
	東京都千代田区神田小川町2-3-12 神田小川町ビル
TEL	03-5280-9081（販売課）
FAX	03-5280-9088
URL	http://www.gei-shin.co.jp
印刷・製本	中央精版印刷株式会社
デザイン	美柑和俊+滝澤彩佳（MIKAN-DESIGN）

ISBN 978-4-87586-713-5 C0095